हिजरत से पहले

[कहानी-संकलन]

हिजरत से पहले

वंदना राग

राजकमल प्रकाशन

ISBN : 978-81-267-2707-0

मूल्य : ₹ 300

पहला संस्करण : 2015
दूसरा संस्करण : 2016

प्रकाशक : राजकमल प्रकाशन प्रा. लि.
1-बी, नेताजी सुभाष मार्ग, दरियागंज
नई दिल्ली-110 002

शाखाएँ : अशोक राजपथ, साइंस कॉलेज के सामने, पटना-800 006
पहली मंजिल, दरबारी बिल्डिंग, महात्मा गांधी मार्ग, इलाहाबाद-211 001
36 ए, शेक्सपियर सरणी, कोलकाता-700 017

वेबसाइट : www.rajkamalprakashan.com
ई-मेल : info@rajkamalprakashan.com

मुद्रक : बी.के. ऑफसेट
नवीन शाहदरा, दिल्ली-110 032

HIJARAT SE PAHALE
Stories by Vandana Rag

यह किताब मैं अपने दिवंगत माता–पिता श्रीमती वसंती तिवारी और श्री एच.सी. तिवारी को समर्पित करना चाहती हूँ। माँ जिसने हमेशा कहा, ''तुम बहुत कुछ कर सकती हो'', और पापा जिन्होंने हमेशा कहा, ''तुम सब कुछ कर सकती हो''। यह किताब मैं बाबूजी प्रो़फ़ेसर आर एल शुक्ला को भी समर्पित करना चाहती हूँ जिन्होंने आशा की इस कड़ी को मजबूती से और पक्का करते हुए कहा, ''तुम तो हनुमान हो, तुम जानती ही नहीं तुम क्या–क्या कर सकती हो।''

अनुक्रम

विरासत

गो न समझूँ उसकी बातें गो न पाऊँ उसका भेद
—ग़ालिब

आज फिर पिता, पिता की तरह नहीं, छाया की शक्ल में दोपहर के सपने में सरपट, किसी लम्बे सफ़र पर जाने को आतुर से गुज़र गए। जब तक उन्हें ठीक से देख पाता, चारों ओर गुच्छा-गुच्छा कुहासा हवा में झूल गया। हवा भारी हो गई और अँधेरा छा गया।

बड़े लोग छोटे कैसे हो जाते हैं? बड़े लोगों को कोई छोटा बनाना चाहता ही क्यों है? बड़े लोग, जैसे—बड़े कलाकार, फनकार। शोहरत वाले बड़े लोग, राज्यों वाले बड़े लोग...! बड़े लोग, जैसे—वाजिद अली शाह...लखनऊ का बादशाह! अंग्रेज़ों ने कैसे उसे बेदख़ल कर लखनऊ से बाहर खदेड़ दिया! बड़ा आदमी था वह। फिर भी? कहते हैं, जब जा रहा था, कह रहा था, "जब छोड़ चले लखनऊ नगरी, पूछो न हमपे क्या गुज़री?"

बड़े लोग, जैसे पिता।

मेरे पिता।

मैं दोपहर में कभी नहीं सो पाता हूँ। सिर्फ़ इतवार का दिन ही वह दिन होता है, जब मैं दोपहर में दो घड़ी आराम करता हूँ। आज वह भी सम्भव नहीं लग रहा है। दीपावली आ रही है, घर की साफ़-सफ़ाई मुझे ही करनी है। मुझे ही फिर जुटना होगा...! दिल्ली में तो आजकल फेस्टीवल प्लानर्स मिलते हैं। बड़े लोग अपने घर की साफ़-सफ़ाई, डेकोरेशन और पार्टी का इन्तज़ाम उन्हें ही दे देते हैं।

मैं बड़ा आदमी नहीं हूँ।

घर साफ़ करने की क्षुद्र बात मन में लाने के बाद, मैं फिर पिता पर लौटकर आता हूँ। याद आता है, जब हम लखनऊ में रहा करते थे, तो कितने ठाठ थे हमारे। तब जब हमारा बचपन था। तब जब पिता एक बड़े रुआबदार पद पर बैठा करते थे। तब जब, यूँ ही तफ़रीह के लिए हम भाई-बहन, पिता के दफ़्तर तक टहलते हुए चले जाया करते थे। पिता का दफ़्तर घर से बहुत दूर नहीं था। हम सँभलकर

फुटपाथ पर चला करते थे, छोटी का हाथ थामे। वह भी बहुत सँभलकर छोटे क़दमों से फुटपाथ नापती जाती थी और गिनती जाती थी।

एक-दो-तीन।

हम दुलार से छोटी को कभी-कभी अपनी हथेलियों की मदद से थामे हुए, हवा में उछाल देते थे। वह ख़ुश होकर कहती थी—पचास—और हम पिता के दफ़्तर के पास होते थे। इतना ही नज़दीक था, पिता का दफ़्तर। सचमुच इतना कि उस फुटपाथ पर अन्य चलनेवाले लोगों की नज़र से भी ओझल ही रहते थे हम। कोई नहीं कहता था—देखो तीन छोटे बच्चे अकेले ही फुटपाथ पर कहीं जाने को निकल पड़े हैं।

पिता के आलीशान कमरे में पहुँच हम आलीशान हँसी के साथ कहते थे—

''हम थम्सअप पिएँगे।''

उस समय कोक और पेप्सी इस देश में आकर पूरी तरह छाए नहीं थे और बड़े लोग और उनके बच्चे, जिनकी संख्या कम थी, थम्सअप ही पीते थे। छोटी कभी थम्सअप पूरा नहीं पी पाती थी। दो घूँट पीने के बाद वह बोतल मुझे पकड़ा देती थी और मैं गटगट पीते हुए बड़े और समर्थ भाई होने का फ़र्ज़ निभाता था। पिता हँसते थे, धीरे-धीरे एक निडर ऊँची हँसी। अपने क़द से बहुत ऊँची हँसी। पिता का क़द छोटा था, लेकिन उनके उच्च अधिकारी उनका बहुत आदर करते थे और कहते थे—पिता तो नेपोलियन हैं।

पहली बार हमारे सामने पिता को नेपोलियन कहे जाने पर छोटी सहमकर चुप हो गई थी। बाद में रुआँसी होकर बोली थी।

''पिता तो पिताजी हैं, नेपोलियन नहीं।''

छोटे भाई ने उसके अबोध ज्ञान पर, उसकी चोटी खींचते हुए कहा था—

''पगली, अंकल ने तो पिता को नेपोलियन जैसा कहा था, नेपोलियन नहीं और नेपोलियन तो फ्रांस का सम्राट था, बहादुर—इतिहास में नाम था उसका।''

छोटे भाई और बहन की उम्र में कम फ़ासला था। छोटा भाई, बहन को अक्सर ही चिढ़ाया करता था, जैसे बहुत प्यार करनेवाले भाई अपनी बहनों को चिढ़ाया करते हैं। मैं दोनों से बड़ा होने के नाते दोनों के बीच सुलह करवाया करता था। बहन छोटे भाई के समझाने पर भी नहीं मानी थी, वह देर तक कहती रही थी—

''पिता, सिर्फ़ पिता हैं, सम्राट-वम्राट नहीं।''

मैं उस दिन देर तक अपने दो मंज़िले, आलीशान घर की छत पर अकेला बैठा सोचता रहा था—पिता को मैं कैसे अधिक पसन्द कर पाऊँगा, सिर्फ़ पिता की तरह या सम्राट जैसे पिता की तरह!

दिल्ली का यह फ़्लैट जिसमें आज हम रहते हैं, दो बेडरूम और एक ड्राइंग रूम का है। तीन-चार वर्ष पहले की ही तो बात है, जब एक सुबह मैं नहाकर, अपनी कमीज़ के बटन दुरुस्त करता हुआ ऑफ़िस जाने की जल्दी में था, तभी मैंने

पिता को पहली बार बहुत ज़ोर से चिल्लाते हुए सुना था। मेरे माथे पर पसीना चुहचुहा गया था। क्या हो गया पिता को?

पिता कह रहे थे—

"मोहन अडवाणी, तुम अपने आपको समझते क्या हो? तुम्हें मैं बार-बार फ़ोन लगाता हूँ और तुम लगातार व्यस्त होने का ढोंग करते हो? मेरी रक़म लौटाते क्यों नहीं?"

मोहन अडवाणी के नाम से मैं परिचित था, लेकिन इससे पहले पिता कभी भी उसके नाम को लेकर चिल्लाए नहीं थे। इससे पहले वे कितनी ही बार मोहन अडवाणी की चर्चा मुझसे कर चुके थे। कैसे नौकरी के दिनों के समय से मोहन अडवाणी की कम्पनी पिता की कंसलटेंसी की फीस के रुपए दबाए बैठी थी। कैसे रिटायरमेंट के कई वर्षों बाद तक पिता पैसा माँगना टालते रहे थे लेकिन आज परिस्थितियाँ बदली हुई थीं और क्या एक इज़्ज़दार आदमी को किसी दूसरे आदमी का पैसा रोकना शोभता है? यह तो नीति के ख़िलाफ़ बात हुई। 'नीति' बोलते वक़्त वह मेरी पत्नी और मुझे 'तुम लोग क्या समझोगे' वाली निगाहों से देखने लगते थे। पिता ने इस तरह कई बार मोहन अडवाणी की इस बात को सुनाने के बाद और मेरे से अपने मन लायक जवाब न पाने के बाद कहा था कि अब वे मानेंगे नहीं, अब वे बेधड़क होकर मोहन अडवाणी से पैसे माँग लेंगे। पिता की इस बात को भूल वश मैंने धमकी की तरह नहीं लिया। मुझे यह भी नहीं लगा कि पिता अपना शील-संकोच त्याग देंगे और एक बड़ी कम्पनी के बड़े चेयरमैन से अपनी बारह साल पहले की बकाया रक़म इस अन्दाज़ में माँग बैठेंगे। मैंने नहीं सोचा था—'मोहन अडवाणी...ऽऽऽ' वही मोहन अडवाणी, जो कल तक सिर झुकाकर पिता को सर-सर कहते नहीं थकता था, आज पिता को इतने दयनीय दृश्य में क़ैद कर लेगा कि मैं उससे आजीवन घृणा करता रहूँगा।

पिता फ़ोन पर बात करते वक़्त जो खड़े हुए थे, ठीक वैसे ही अब तक खड़े थे और हाँफ रहे थे। मैंने और पत्नी ने मिलकर उन्हें सोफ़े पर बिठाया। पत्नी पहले पानी लाई फिर उसने मुलायमियत से पूछा—

"पिताजी, चाय लाऊँ?"

उन्होंने बिना पत्नी की ओर देखे कहा—

"नहीं।"

उस दिन की उनकी उस आवाज़ को कभी न भूल पानेवाली कुछ चीज़ों की तरह मैं कभी नहीं भूल पाऊँगा। वह गला बझी हुई आवाज़ थी। वह एक ऐसे योद्धा की आवाज़ थी, जो अपनी ग़लती से नहीं हारता। उसके अपनों का छल उसे हरा देता है और वह हतप्रभ रह जाता है, क्योंकि अपनों द्वारा रचाई गई साज़िश की कल्पना तो उसके लिए असम्भव थी।

इस घटना के साथ ही मैं अचानक अपने बचपन के दिनों के शहर लखनऊ पहुँच जाता हूँ और पिता के इर्द-गिर्द के उस आभामडंल को खोजता हूँ। लेकिन फिर मैं जल्द एक ही झटके से दिल्ली लौट आता हूँ। अब मैं उस आभामंडल में प्रवेश कर सुराग करनेवाले दुश्मनों को खोजता हूँ। मुझे आश्चर्य होता है, उन दुश्मनों में मोहन अडवाणी नहीं हैं। उन दुश्मनों में मोहन अडवाणी जैसा एक भी व्यक्ति नहीं है। उन दुश्मनों में मुझे 'सरकार' नाम की व्यवस्था दाँत चियारे खड़ी नज़र आती है। उसकी संरचना आक्टोपस जैसी है, और उसकी लम्बी शाखाएँ मेरे घर के अन्दर तक घुस आई हैं। हद तो तब होती है, जब मैं अपने आपको उसी सरकार का मुकुट उठाए चलता पाता हूँ। पूरी धार्मिक निष्ठा के साथ।

आज जिस फ़्लैट में मैं रह रहा हूँ, वह पिता क़ा ही बनवाया हुआ है। बाहरी दरवाज़े पर मेरे पिता का नाम ख़ुदा हुआ है। घर की सारी डाक पिता के नाम से ही आती है। फ़्लैट की सीढ़ियाँ उतरने पर लोग मुझे पिता के बेटे के रूप में ही नमस्कार करते हैं। मेरे पिता के नाम की रोशनी, उनके रिटायर होने के इतने वर्षों बाद भी पूरी सोसायटी में जगमगाती रहती है। लेकिन इसके बावजूद मैं अजीब-सी कशमकश में अपने को फँसा हुआ पाता हूँ। जब मैं पिता के लिए इतना कृतज्ञ होकर सोचता हूँ, तो पिता के दुश्मन के रूप में मैं अपने आपको कैसे देख लेता हूँ? और वह भी सरकार से हिला-मिला सा होके?

सच तो यह है कि इस देश के अधिकांश नागरिकों की तरह, सरकार से मेरा नाता, चुनाव के दौरान ही प्रकट होता है और वोट देने के साथ समाप्त हो जाता है। वोट देते वक़्त, एक पढ़ी-लिखी इच्छा, मुझे ज़रूर तंग करती है, वह कहती है—सही सरकार का चुनाव करो जो तुम्हारा कुछ भला कर सके। इस देश के भले के बारे में मैं बहुत नहीं सोच पाता हूँ। मैं उन उत्साही लागों से भिन्न हूँ, जो वोट देने के बाद इस आशा में बैठे रहते हैं कि उनके वोट का सदुपयोग हो और उनकी सरकार बने। वैसे लोग, अपने से भिन्न मतवालों को तुम्हारी सरकार कहकर बातें करते हैं। वे अपनी सरकार को लेकर लगभग कट्टर क़िस्म के हो जाते हैं।

पिता मुझसे अलग हैं। उनकी राजनीति में हमेशा से बहुत रुचि रही है। लेकिन वे भी किसी पार्टी या विचारधारा को लेकर कट्टर क़िस्म के कभी नहीं रहे हैं। इधर के वर्षों में मुझे न जाने क्यों लगने लगा है कि वे अपनी राजनीतिक विचारधारा और पार्टी को लेकर आग्रही होते जा रहे हैं। वे खुलकर ऐसा कुछ कहते नहीं, इशारा भर कर देते हैं।

मेरे दिमाग़ में पिछले लोकसभा चुनाव की बात कौंधने लगती है। पिता को अपने बजाज स्कूटर पर बिठाकर मैं वोट दिलवाने ले गया था। पिता को स्कूटर पर बैठने में दिक़्क़त होती थी। वे जीवन भर कार में चले थे। मुझे याद है, बचपन के दिनों में हमारे पास एक नीले रंग की फियेट कार हुआ करती थी। उससे जब हम

स्कूल जाया करते थे तो स्कूल वालों पर बहुत भारी प्रभाव पड़ता था। मेरे दोस्त, अपने माँ–बाप को मेरे बारे में शान से बताते थे—

"हमारा दोस्त गाड़ी से स्कूल आता है।"

उस समय कम लोगों के पास कार होती थी और उससे भी कम लोग उसका स्कूल जाने में इस्तेमाल करते थे। मैं जब भी पिता को स्कूटर पर ले जाता था, बहुत धीरे–धीरे स्कूटर चलाता था जिससे पिता को कोई असुविधा न हो। वोट डालनेवाले स्थान पर बहुत सारे सोसायटी के परिचित लोग मिल गए। पिता ने उनको नमस्कार किया और वोट डालने चले गए। लौटते वक़्त उनके चेहरे पर कई तरह के रहस्य नाच रहे थे। उन्होंने मुझसे नज़र मिलाने के बाद प्रत्याशियों के प्रचार के लिए लगे ऊँचे पोस्टरों में से एक की ओर देखा। हठात् मेरी नज़र भी उधर चली गई। वह किसी नौजवान लड़के का पोस्टर था, जो किसी नई बनी पार्टी से खड़ा हुआ था। उस पार्टी का नारा भी वहाँ छपा हुआ था—

"समय रहते व्यवस्था बदलो।"

तो क्या पिता ने एक नगण्य पार्टी के छुटभैया समतावादी लेकिन अतिवादी नेता को अपना वोट दे डाला था और वह यह मुझे जतला देना भी चाह रहे थे? मैं जब तक कुछ समझ पाता, सोसायटी के सारे परिचित हमारे नज़दीक चले आए। वे सब पिता से कहने लगे—

"कैसे हैं?"

"अब तबीयत कैसी है?"

"बहुत दिनों से टहलने नहीं आए?"

"अब पार्क के एक हिस्से में हम योग करते हैं।"

"कुछ लोग भजन भी गाते हैं।"

"ये नई गतिविधियाँ हैं।"

"कल से आइए, आप आएँगे तो हमें अच्छा लगेगा।"

वे सब हाथ जोड़कर सिर झुकाए, ऐसे बात कर रहे थे जैसे पिता को वे किसी भव्य आयोजन में चीफ़ गेस्ट होने की दावत दे रहे हैं। मैंने देखा पिता वैसे ही भीने–भीने ढंग से मुस्कुराए, जिस ढंग से तब मुस्कुराया करते थे, जब हम लखनऊ के दिनों में उनके दफ़्तर जाया करते थे और वे अपना काम निपटाते हुए, हमारे लिए मुस्कुराहट के क्षण निकाला करते थे। पिता को यूँ देख मैं ख़ुश हो गया और उन्हें स्कूटर पर पीछे बिठाते हुए बहुत उमंग से बोला—"पिताजी, अपनी सुबह की सैर फिर शुरू कीजिए न! लोग आपको कितना पूछते हैं!"

मैं जानता था, पिता को टहलने के अलावा किसी भी प्रकार की वर्जिश पसन्द नहीं। योग भी नहीं। मैं यह भी जानता था, पिता को पार्क में बैठ भजन गानेवाले लाचार और बे–काम के लगते थे। फिर भी बड़े दिनों बाद पिता के होंठों पर पुरानी

वाली मुस्कुराहट देख मैं बौरा गया था। मैं सड़क पर ध्यान केन्द्रित कर बहुत धीरे-धीरे कंकड़-पत्थर बचाते हुए स्कूटर चला रहा था, जब पिता आदत से अधिक ज़ोर लगाकर बोले—

"अब तुम भी मुझे सरकार की तर्ज़ पर रिटायर करना चाहते हो?"

यह सुनते ही मेरे हाथ स्कूटर के हैंडल पर अनायास ही कस गए। मैंने ऐसा क्या कह दिया था? मैंने तो पिता को ख़ुश करने के लिए एक बात कही थी। एक सहज बात। लेकिन पिता ने उसे सरकार की मंशा के साथ जोड़कर मुझे वही बना दिया था, जिसका मायावी ढंग से मैं बार-बार मन में चित्रण करता था। मैंने कहीं पढ़ा है कि दुनिया के कुछ वैज्ञानिक मानते हैं कि इस पृथ्वी पर घट चुकी, घट रही या भविष्य में घटनेवाली सारी बातों की मनुष्य कल्पना कर सकता है। उन्हें लिख सकता है। उनके चित्र बना सकता है। तभी खोजें भी सम्भव हुई हैं।

तो क्या मैं, जो मन में इन मायावी चीज़ों को देखने लगता हूँ उसके पीछे कुछ सच्चाई ही है!

लोकतंत्र में तो सरकार अपने लचीले नियमों से ही चलेगी। सरकार ने किसी बदनीयती से पिता को रिटायर नहीं किया था। पिता की उम्र हो चुकी थी। यह सच है कि पिता ने अपने संस्थान की ख़ूब सेवा की। फिर भी उन्हें एक्सटेंशन नहीं मिला। हो सकता है, उस वक़्त सरकार के लिए यह सम्भव नहीं रहा हो। बाद में अख़बारों में पढ़ा, उसी संस्थान ने पिता के साथ रिटायर होनेवालों को अपने और साझे संस्थानों में कई उच्च पदों पर नियुक्त किया।

छोटा भाई जो अब मुम्बई में रहता है, कहता है कि पिता को इस बात का सदमा लगा है। छोटी, जो अब आगरा में रहती है, समझदारी से कहती है—भला रिटायरमेंट का भी सदमा हो सकता है? पिताजी के तीन स्वस्थ बच्चे हैं, एक बहू-दामाद हैं, एक पोता और इतनी प्यारी नातिन है (यह बोलते हुए वह अभिमान से अपनी चार वर्ष की बेटी को गोद में दुबका लेती थी)। नातिन की भोली बातों से पत्थर भी हें-हें कर हँस पड़े, फिर पिताजी क्यों नहीं हँस सकते? इतना भरा-पूरा तो जीवन है उनका!

हम आपस में माँ की बातें कम ही करते थे। माँ पिता के रिटायरमेंट और लखनऊ से दिल्ली शिफ्ट होने के बाद पाँच ही वर्ष हमारे साथ गुज़ार पाई थी। माँ का जाना, हमारे लिए मृत्यु जैसे दुख से पहले पहल वाबस्ता होना भी था। इससे पहले हमने किसी को मरा हुआ नहीं जाना था। माँ के जाने के बाद घर में पैदा हुई ख़ाली जगहें हमें बेतरह डराने लगी थीं। इसलिए घर में जहाँ-जहाँ माँ रहा करती थी, उन जगहों को हमने अलमारी, कुर्सी और सुन्दर लैम्पों से ढँक दिया था। माँ के जाने के बाद हम पूरा ध्यान पिता पर ही उँड़ेलते थे। फिर पिता क्यों सदमाग्रस्त रहते थे? पिता ने मोहन अडवाणी से इस तरह क्यों बात की?

रिटायरमेंट के तुरन्त बाद ऐसा नहीं लगता था कि पिता परेशान हैं। बल्कि उस वक़्त तो उन्होंने अपने उन्हीं तीन उच्चाधिकारियों के साथ वित्तीय सलाहकारों की एक कम्पनी बनाने की सोची, जो पिता को कभी फाइटर, कभी उलझनों को सुलझानेवाला मास्टर और कभी आदर्श अधिकारी कहा करते थे। इन तीनों अधिकारियों में पिता को नेपोलियन कहनेवाले अधिकारी शामिल नहीं थे।

पिता जब नौकरी में थे तो रात दो-दो बजे तक जागकर ऑफ़िस की फाइलें निपटाते रहते थे। फाइल निपटाने के बाद फाइल को वे फ़र्श पर ज़ोर से पटक देते थे। रात को पटकने की यह आवाज़ बहुत ऊँची मालूम होती थी। हम भाई-बहन उसे सुन चौंककर उठ जाते थे और फिर पिता की आदत को याद कर हँसते-हँसते सो जाते थे।

रिटायर होने के बाद भी पिता का रात को देर तक जगने का रवैया क़ायम रहा। वे ड्राइंग रूम में बैठे-बैठे टी.वी. पर बारी-बारी से हिन्दी-अंग्रेजी सभी चैनलों पर समाचार देखा करते थे। रात को देर तक एक बुदबुदाती आवाज़ कमरों में फैली रहती थी। मेरी पत्नी को जल्द सोने की आदत थी। उसे जल्दी उठ बेटे को स्कूल भेजना होता था। बहुत सारी तैयारी करनी पड़ती थी। उसे पिता का देर तक जागना अच्छा नहीं लगता था। वह कहती थी—

''इस तरह तो पिताजी की तबीयत ख़राब हो जाएगी।''

पिता की बनाई कम्पनी की पहली मीटिंग हमारे ही घर हुई। पिता उस दिन कुछ अधिक व्यग्र दिखे। वे बार-बार मेरी पत्नी और बेटे को कहते रहे—

''वे लोग बड़े आदमी हैं, तुम लोग अच्छे से पेश आना।''

मेरी पत्नी पिता के निर्देशों को सुन तंग हो चुकी थी, लेकिन फिर भी मुस्कुराती जा रही थी। उन दिनों माँ भी हमारे साथ थी। वह भी पिता के साथियों को नमस्कार कर जा चुकी थी। माँ ने ख़ूब महीन और महँगी सूती साड़ी पहन रखी थी। वह बहुत गम्भीर लग रही थी। माँ के पास एक ज़माने में ढेर सारी महँगी साड़ियाँ थीं, लेकिन पिता के रिटायरमेंट के बाद वह उन्हें विशेष अवसरों पर ही पहनती थी। माँ के जाने के बाद मेरी पत्नी ने उनमें से कुछ साड़ियों को अपने लिए रख लिया। लेकिन पत्नी ने उन साड़ियों को कभी पहना नहीं। मैं सोचता हूँ, शायद माँ की याद के दुख से बचने के लिए उसने उन साड़ियों को नहीं पहना।

मेरी पत्नी ने माँ से बहुत सारी बातें सीखीं, उनमें सबसे ज़्यादा पिता का ख़याल रखना है। फिर भी पिता पत्नी की देखभाल से ख़ुश नहीं होते। उनकी इच्छा रहती है कि मेरी पत्नी उनके बग़ल में बैठ उनसे राजनीति पर बातें करे। देश की हालत पर चिन्ता व्यक्त करे। वे टी.वी. पर समाचार देखते-देखते कभी-कभार हवा में सवाल टाँग देते—बिहार में कभी लैंड रिफोर्म्स होंगे कि नहीं ? मेरी पत्नी को बिहार की भूमि व्यवस्था में कोई रुचि नहीं। वह बेचारी तो महानगर दिल्ली की

इस फ़्लैट की भूमि व्यवस्था सुधारने में लगी रहती है। पिता अपने सवालों का मेरी पत्नी से जवाब न पा निराश हो जाते हैं। मगर वे पत्नी को कभी दर्शाते नहीं। वे उसकी पीठ पर हाथ रख कहते हैं—

"बैठ जाओ थोड़ी देर, थक गई होगी।"

मैं सोचता हूँ, मेरी पत्नी भी ग़ज़ब है। थोड़ी देर बैठकर पिता से देश की हालत पर बात क्यों नहीं कर लेती? लेकिन मैं उससे कुछ नहीं कहता। मैं ही कौन-सा इन सब बातों में रुचि रखता हूँ? फिर भी मैं पिता के पास बैठ जाता हूँ और कहता हूँ—

"पिताजी, बिहार नहीं सुधर सकता, वहाँ जाति-दंश इतना है!"

पिता सहमत नहीं होते। सच जानते हुए भी सहमत नहीं होते। वे मूलतः बिहार के ही हैं। वहीं पैदा हुए, पले-बढ़े। इस नाते, मेरे मूल में भी बिहार ही है, लेकिन जब मैं जाति व्यवस्था की बात करता हूँ तो पिता मेरी ओर नाराज़गी से देखते हैं, मानो मैं उनका बेटा नहीं कोई और हूँ। मैं कोई ऊँची जातवाला हूँ और इसीलिए भूमि सुधार नहीं चाहता। उनके अन्दर ज़रूर ही कोई टेढ़ा विचार कुलबुलाता है, तभी वे हड़बड़ाकर दवा की एक गोली खाते हैं और मुझे कहते हैं—

"जाओ, तुम्हें ऑफ़िस के लिए देर हो रही है।"

हालाँकि, पिता मेरे ऑफ़िस की संरचना और उसके नियम-क़ानूनों से चिढ़ते हैं। कहते हैं, इस तरह के दफ़्तर आदमी का ख़ून चूस लेते हैं, फिर भी वे मुझे नियमों का पालन करने की हिदायत देते हैं। मैं उन क्षणों में याद करता हूँ—कैसे पिता सरकारी दफ़्तर की नौकरी में दस-दस घंटे काम कर लेते थे बिना किसी शिकायत ख़ुशी-ख़ुशी।

ऑफ़िस से जुड़ी बातें, पिता के अन्दर कितना हौसला भरती हैं, यह उनकी बनाई कम्पनी की प्रगति से समझ में आता है। उनका दिमाग़ इतना तेज़ चलता है कि उनके मित्र अपनी सारी काग़ज़ी ज़िम्मेवारी उन पर छोड़ देते हैं। यह नब्बे का दशक है और पिता अपनी कम्पनी द्वारा ग्राहकों को सरकारी संस्थानों में निवेश करने की सलाह देते हैं। दिल्ली में इस बीच कई प्राइवेट और मल्टीनेशनल कम्पनियाँ अपने पाँव जमा रही हैं। पिता की मर्ज़ी के विरुद्ध मैं उन्हीं में से एक में छोटी नौकरी करता हूँ। पिता उस दौर को सरकार का षड्यंत्रकारी दौर कहते थे। मैं यह सुनकर पिता के अन्दर धीरे-धीरे बढ़ते विरोधाभास से चिढ़ने लगा था। एक तरफ़ कम्पनी बना रहे थे, जो सरकार को फ़ायदा पहुँचाने का काम करे, दूसरी तरफ़ लगातार कहते रहते थे कि ये लोग देश को बेचकर ही दम लेंगे। पिता को किसी भी प्रकार की आक्रामकता पसन्द नहीं थी। फिर पिता ने आक्रामक पार्टी वाले प्रत्याशी को क्यों वोट दिया? यह क्या हो रहा था पिता के साथ?

पिता के अन्दर की उथल-पुथल, इस बात को देख बढ़ने लगती है कि उनके

पास एक भी क्लाइंट सलाह के लिए नहीं आता। वे अब बार-बार कहते हैं—यह भी कोई बात है? अब सरकार अपना घाटा ख़ुद चाह रही है तो क्या करें! सारे दरवाज़े खोलकर बैठ गई है। चोरों को बाइज़्ज़त घर के अन्दर बुला रही है। पिता हमेशा इशारों में बात करते हैं और मेरी ओर इस आशा से देखते रहते हैं कि मैं उनकी बातों को खटाक से जज़्ब कर लूँगा। मैं ऐसा करता भी हूँ, लेकिन उन्हें ज़ाहिर नहीं करता। पता नहीं क्यों हम दोनों एक-दूसरे के सामने खुलना नहीं चाहते। मैं अपने तरीक़ों से मालूमात करता हूँ और सच जानकर मेरे पैरों के नीचे से ज़मीन खिसक जाती है। मुझे पता लगता है कि पिता तो कबके अपनी कम्पनी से अलग हो चुके हैं। बाक़ी तीनों साथियों का काम फल-फूल रहा है। अब वे सिर्फ़ सरकारी संस्थाओं में पैसा निवेशित करने का काम नहीं करते हैं, अब बड़ी मल्टीनेशनल कम्पनियों का कारोबार भी वे देखने लगे हैं। मुझे यह भी पता लगता है कि अब पिता का बैंक बैलेंस कुछ ख़ास नहीं रहा। पिता ने अपने रिटायरमेंट बेनिफिट का पूरा पैसा इस कम्पनी को बनाने में लगा दिया था।

पिता की तबीयत तभी से ज़्यादा ख़राब होने लगी थी। अब वे महीने में तीन हज़ार रुपए की दवाइयों पर निर्भर हो गए थे। घर का बजट एकदम से गड़बड़ाने लगा था। हर दिवाली की तरह इस बार भी छोटा भाई और बहन हमारे घर आए। उन्हें पिता के व्यवहार पर आश्चर्य हुआ। पिता उनसे अजनबियों की तरह व्यवहार कर रहे थे। छोटी को यह देख धक्का लगा। वह अपनी आदत के अनुरूप पूछ बैठी—

''पिताजी का उत्साह कहाँ गया? वे अपनी नातिन को देखकर भी ख़ुश नहीं हो रहे?''

छोटी का जीवन पिता की नातिन और दामाद के आस-पास फैल गया था। उसने पिता के पास से अपनी चीज़ें समेट ली थीं। इसीलिए वह समझ ही नहीं पाई पिता किन चीज़ों के खोने का शोक कर रहे हैं। वैसे यह समझना किसी के लिए आसान कहाँ था! पिता हर बार छोटी को अपने पास से पैसे देते थे और अपनी नातिन को महँगे चॉकलेट्स। इस बार जब नातिन चॉकलेट के लिए ज़िद कर बैठी, तो पिता ने मेरे बेटे की ओर इशारा कर कहा था—

''ज़िद मत करो, भैया की तरह समझदार बनो।''

इसके बाद पिता ने मेरी पत्नी की ओर मदद भरी सवालिया निगाहों से देखा था। पत्नी ने पूरे दृश्य में अपने उपस्थित न होने के तिलिस्म को रचा और ग़ायब हो गई। छोटे भाई ने माहौल के तनाव को तोड़ते हुए रोती बच्ची को गोद में उठा लिया और खिड़की के बाहर उड़ती चिड़िया दिखला उसे बहला दिया। छोटी रूठ-सी गई थी। उसे लगा पिता के घर में उसका मान कम हो गया है। वह भाई दूज के लिए भी नहीं रुकी। दिवाली के अगले ही दिन ताज एक्सप्रेस पकड़ आगरा चली गई।

पत्नी ने अगले दिन मुझे शर्मिन्दगी से भर, पूरा आँखों-देखा हाल सुनाया था—

''यकीन कीजिए, शाम की सब्ज़ी और दूध के लिए रखे गए पैसों के अलावा पैसे नहीं थे मेरे पास।''

मैं जानता था। मैं सब जानता था। मैं ही तो उसे ख़र्च के लिए पैसे देता था।

आज 2009 में याद करता हूँ तो याद आता है, नब्बे के दशक में मन्दी जैसा शब्द हमारे लिए कोई मायने नहीं रखता था। लेकिन क्या पिता को कुछ आभास था, ऐसा हो जाएगा जो वे बार-बार इस तरह के इशारे करते थे! पिता समाचार बहुत देखते थे। पिता जानकारी भी बहुत रखते थे। क्या पिता के जन्म के वर्षों में घटी घटना, बाद में उनकी कोर्स बुक में पढ़ाई गई होगी? क्या पिता के पिता ने विश्व की आर्थिक नीतियों और अवस्थाओं के बारे में उन्हें बतौर क़िस्से के रूप में कुछ सुनाया होगा, जिससे पिता के अन्दर मन्दी जैसी विचलन को भाँप लेने का पूर्वाभास विकसित हो गया था। या पिता ने तेज़ दिमाग़ का होने के नाते समझ लिया था कि देश के लिए आगामी वर्ष कैसे होंगे? पिता को देश की बहुत चिन्ता जो रहती थी।

इन्हीं दिनों की बात है, जब दुबारा चुनाव हुए और वोट देकर हम दोनों घर आए। पिता ने पत्नी के कन्धे पर हाथ रख कहा—

''क्यों, किसे वोट दिया?''

सवाल सुन पत्नी के साथ मैं भी चिहुँक गया। पिता तो वोट देने के गोपनीय अधिकार का सम्मान करते थे। फिर आज वे पत्नी से ऐसा सवाल क्यों कर रहे थे? क्या देश के लिए ऊँचा सपना देखने के क्रम में वे पत्नी और मुझे अवरोध मान दंडित करना चाह रहे थे?

पत्नी के जवाब नहीं देने पर भी पिता की आवाज़ नहीं बुझी थी। वे एकदम बुलन्द आवाज़ में कहने लगे—

''मैंने तो उसी पार्टी को वोट दिया है, जो कहती है, समय रहते व्यवस्था बदलो।''

ये पिता का किस तरह का व्यवहार होता जा रहा है? पिता ने उसी छुटभैया नेता को वोट दे डाला और वोट दिया तो दिया, शाम से ऐलान कर हमें क्यों सुना रहे थे? जब तक हम लोग अपने आश्चर्य-लोकों से बाहर आ पाते, पिता ने एक और बात मेरी पत्नी से कही जो इससे पहले कभी नहीं कही थी—

''जानती हो, मैंने स्वतंत्रता संग्राम में भाग लिया है।''

मेरे अन्दर यह सुनते ही अजीब-सा व्यंग्य का बगुला फड़फड़ाने लगा। इतने वर्षों में पिता ने यह बात पहले कभी क्यों नहीं कही? पिता ने दरअसल, हमारे जन्मों से पहले के अपने जीवन के बारे में कभी नहीं कहा। हमने भी कभी जानने

की कोशिश नहीं की। वैसे 1947 में पिता की उम्र कितनी रही होगी! बमुश्किल पन्द्रह वर्ष। उस उम्र में उन्होंने सपने देखने के अतिरिक्त भी क्या कुछ किया होगा? पिता ने कैसे सपने देखे होंगे उस वक़्त?

एक दिन पत्नी ने मुझसे बढ़ती उदासी से कहा था, ''क्या आजकल तुम नियमित रूप से शेयर्स में अपनी तनख़्वाह लगाने लगे हो?''

''क्यों?'' बहुत डरते हुए मैंने पूछा।

''मेरे ख़र्चे पूरे नहीं पड़ रहे और तुम कुछ करते भी नहीं। एक बार पिताजी तुम्हारे सम्भावित शेयर्स की बातें छोटे भाई से फ़ोन पर कर रहे थे, जो मैंने सुन लीं, इसी से पूछा।''

''नहीं, ऐसा कुछ नहीं है, थोड़ा लोन लिया है, उसी की किस्त चुकाता हूँ। कुछ महीने की बात है, सब पहले जैसा हो जाएगा।'' मेरी आवाज़ फुसफुसी और किसी भी विश्वास से परे थी। पत्नी मुझे गहरी नज़रों से ताकती रही। उन नज़रों में अविश्वास कूट-कूट कर भरा था।

छोटा भाई फ़ोन पर मुझे बताता है कि भैया, पिता तुममें बड़ी सम्भावनाएँ देखते हैं। कहते हैं, अपने बड़े भाई की तरह बनो, कितनी किफ़ायत से रहना सीख गया है। मुझसे भी होशियार है। अपना पैसा सही जगहों पर निवेशित कर रहा है। मैं धक से रह जाता हूँ। मेरे चारों ओर कैसा मकड़जाल बुनता जा रहा है और मैं उसे ध्वस्त भी नहीं कर पाता। यह कैसा समय है? छोटे भाई ने आगे और बताया कि वह घर की हालत समझ रहा है, इसलिए उसने पिता से कह दिया है कि वे अब उसे पैसे न भेजा करें। मुम्बई में खाना-कपड़ा सस्ता है, स्टाइपेंड के पैसों से काम चल जाता है।

भाई ने बताया, ''भैया, मैं अब बान्द्रा वाला कमरा छोड़ वाशी चला गया हूँ।''

मैं जानता हूँ, भाई को लोकल ट्रेन से इंस्टीट्यूट पहुँचने में तीन घंटे लगते हैं। वह बहुत थक जाता होगा, लेकिन जब वह होली-दिवाली पर घर आता है तो बहुत रौनक़ जमाता है। पिता उसकी ज़िन्दादिली देख कुछ आश्वस्त लगते हैं। कभी-कभी हँस भी देते हैं। मुझे अफ़सोस होता है, मैं क्यों छोटे भाई की तरह नहीं हो पाता? मेरी पत्नी कहती है—

''चार दिन की रौनक़ लगाना आसान है। रोज़-रोज़ एक ही घर में साथ रहने पर तो छिलके उतरने ही लगते हैं। छोटे-से फ़्लैट में कहाँ तक छिपाएँगे, अपने आपको?''

मैं अपने कमरे में बैठा सुन रहा हूँ, भाई पिता को देश की हालत पर बात करने को उकसाता है। पिता उत्साहित हो कहते हैं—

''कितना चलेगा यह बूम-वूम? नक़ली है, देखना ग़ुब्बारा फूटेगा एक दिन।''

1997 में पिता ने यह बात कही थी और तब ग़ुब्बारा नीले आसमान में स्वच्छन्दता

से उड़ रहा था।

एक दिन पिता ने मुझे अपने पास ज़बर्दस्ती बैठाया और कहा—

''जाओ मोहन अडवाणी से मेरे पैसे ले आओ।''

पिता का हठ एकदम न बहलनेवाला लगा। मैं घबरा गया। इसके आगे कि मैं कुछ कहता, वे कहने लगे—

''जानते हो, मोहन अडवाणी जहाँ बैठा है, वह कम्पनी जल्द ही मुँह के बल गिरेगी। तुम देख लेना। इस देश का तो नक़्शा ही गड़बड़ हो गया है। स्वतंत्रता संग्राम के वक़्त कुछ और ही सोचा था...देखो, अब क्या हो रहा है?''

वे मेरी ओर इल्ज़ाम लगानेवाली निगाह डालते हैं, मैं भी ग्लानि से भर जाता हूँ। इतना छोटा-सा तो काम है। कर क्यों नहीं देता मैं?

मैं माहौल बदलने के लिए पिता से कहता हूँ, ''पिताजी, चलिए कहीं घूम आते है,''

वे कहते हैं, ''चलो इंडिया गेट चलो, लेकिन गाड़ी से चलो।''

उस दिन बड़ी मुश्किल से मैंने पिता द्वारा ख़रीदी हुई, मारुति 800 कार निकाल स्टार्ट की और उन्हें बिठाकर इंडिया गेट तक ले गया। पिता गाड़ी से उतरे नहीं, बैठे-बैठे (मैंने आश्चर्य से देखा) इंडिया गेट को नमन करने लगे। फिर उन्होंने गाड़ी के माइलोमीटर पर नज़र डाली और कहने लगे—

''अब वापिस ले लो, गाड़ी में पेट्रोल कम है।''

मैंने जवाब नहीं दिया, नज़रें चुराता रहा। मेरे वालेट में पेट्रोल भरवाने के पैसे नहीं थे। पिता ने मेरी चुप्पी देख कहा—

''आजकल पेट्रोल का क्या भाव है?''

मैं फिर भी चुप बना रहा। पिता को ठीक ही लगा, मैं उनकी अवहेलना कर रहा हूँ।

''हूँह,'' उन्होंने कड़वाहट से कहा, ''मैं 1932 में पैदा हुआ था।''

मेरा मन क़ैद का पिंजरा हो गया है। वहाँ एक छोटा चूहा रहता है। जी करता है लखनऊ के दिनों की तरह अभी यहीं इंडिया गेट के सामने, पिता की छाती में अपना सर घुसा, सब कुछ स्वीकार कर लूँ। अपनी असफलता और अपनी सम्भ्रान्ति। मैं कहना चाहता हूँ—पिताजी मेरा मार्गदर्शन कीजिए। मुझे रास्ता बताइए। मुझे आपकी ज़रूरत है लेकिन मैं ऐसा कुछ भी नहीं करता और बनावट के चुप रास्तों पर चलते हुए हम घर पहुँच जाते हैं।

उस दिन के बाद से पिता फिर नए तरीक़े से बदल जाते हैं। अब वे समाचार नहीं देखते। अब वे राजनीति पर चर्चा नहीं करते। अब वे स्वतंत्रता संग्राम वाले बयाँ को भी कभी नहीं दुहराते। अब चुपचाप हो कुछ सोचते रहते हैं। वे अब अक्सर मुझे, पत्नी और बच्चे को घूम आने की सलाह देते हैं। मैं देखता हूँ, वे

अकेले रहना चाह रहे हैं। मुझे लगता है, वे अपने लिए कोई नया स्पेस तैयार कर रहे हैं। मैं दख़ल दे उनके अकेलेपन के सुख को नष्ट नहीं करना चाहता हूँ।

एक दिन ऐसा ही सोचते हुए मैं पत्नी और बच्चे के साथ घूम-घुमाकर घर नियत समय से पहले लौट आता हूँ। घर में घुसते ही आशंका का अन्धकार मुझे दबोच लेता है। मैं चिल्लाता हूँ—

''पिताजी, पिताजी...घर में इतना अँधेरा क्यों है, बत्ती क्यों नहीं जलाई आपने? कहाँ हैं आप?''

मैं घर की सारी बत्तियाँ जल्दी से जलाता हूँ और उनके कमरे में पहुँचता हूँ। देखता हूँ, पिता अपने बिस्तर पर सफ़ेद चादर ओढ़े, पूरी तरह सर से पाँव तक ढँके, सिमटे पड़े हैं।

''पिताजी!'' मैं गला फाड़कर चीख़ता हूँ।

''आ गए तुम? जल्दी आ गए?'' वे चादर से अपना मुँह बाहर निकालकर कहते हैं। मेरे गले में कुछ फँस रहा है। जी में आता है, उन पर ख़ूब ग़ुस्सा करूँ, और चिल्लाकर कहूँ, जानते हैं कितने भयावह लग रहे थे आप? एकदम सफ़ेद कफ़न ओढ़ी लाश लग रहे थे! पिता ने मेरी डरी और उत्तेजित मुद्रा देख, समझ तो लिया होगा कि मैं उस वक़्त कैसा महसूस कर रहा हूँ, शायद इसी वजह से या फिर इस वजह से कि मैं अनावश्यक बहुत कल्पना करता हूँ, या मैं तो हूँ ही हारी हुई प्रवृत्ति का आदमी और ऐसा ही सोचूँगा, पिता ऐसा प्रदर्शित करते हैं कि वे बहुत आराम से हैं, उन्हें कोई कष्ट नहीं और उनकी आँख लग गई होगी इसलिए समय का पता ही नहीं चला। वे एकदम संयत भाव से चादर के नीचे से एक डायरी निकाल मुझे पकड़ाते हैं—

''लो, इसे मेरी अलमारी में रख दो।''

मैं हाथ में पकड़ी डायरी को देखता हूँ। वह खुली हुई है। खुले हुए पन्ने पर लिखा है—मोहन अडवाणी। मैं यह देखकर शर्म से गड़ जाता हूँ और तय करता हूँ, साले मोहन अडवाणी के बच्चे...कल ही, अब कल ही तुझे घेरता हूँ। मैं पिता के अलमारी में डायरी रख देने के इस आदेश से थोड़ा चकित ही हूँ, क्योंकि माँ के जाने के बाद हममें से कभी कोई पिता की अलमारी के नज़दीक भी नहीं पहुँचा है, उसमें रखी चीज़ों को हाथ लगाना तो दूर की बात है। आदतवश मैं अलमारी के भीतर रखी चीज़ों पर नज़र भी नहीं डालता और डायरी को एक जगह टिकाकर छोड़ देता हूँ।

उसके अगले ही दिन, सचेत हो मैंने मोहन अडवाणी को तैश में फ़ोन कर दिया था और मिलने का समय माँगा था। उस पार से आती उसकी आवाज़ गरम चाक़ू सी थी। वह किसी को भी पलभर में चीर देती—

''आप उनके लड़के बोल रहे हैं?''

"जी।"

"ठीक है, कनाट प्लेस के मेरे दफ़्तर में आ जाइए।"

मोहन अडवाणी का ऑफ़िस मेरे पिता के नौकरी के दिनों के ऑफ़िस से कहीं आलीशान है। सब कुछ इतना आधुनिक है। कुर्सी टेबल, खिड़की के पर्दे, कार्पेट, लैंप, कम्प्यूटर...! वह कुछ-कुछ मेरी कम्पनी के उस मालिक के जैसा है, जिसके बारे में मैंने सुना है। कभी देख नहीं पाया हूँ। हमारे ऑफ़िस में मालिक और मेरे जैसे कर्मचारी के बीच बहुत फ़ासला रहता है। ठीक उसी फ़ासले को मैं यहाँ महसूस कर रहा हूँ, इस सच को जानते हुए भी कि कल तक सामने खड़ा यह असम्भव सा देवता, मेरे पिता के सामने सिर झुकाकर सर, जी सर, सर करता रहता था।

मोहन अडवाणी अपने कम्प्यूटर पर कुछ काम कर रहा है। वह बहुत व्यस्त लग रहा है, वह मेरी ओर देखता भी नहीं है। लगभग पन्द्रह मिनट तक मैं दरवाज़े के पास खड़ा सिकुड़ता रहा। इसके बाद ही वह मेरी ओर देख कहता है—

"अरे आ गए तुम? आओ-आओ।"

इसके बाद वह अपनी मेज़ की किसी दराज़ से एक लिफ़ाफ़ा निकालता है, उसे अपने हाथों की दो उँगलियों के बीच पकड़कर ऐसे हिलाता है, जैसे लोग हवा में कुत्तों के लिए बिस्कुट लहराते हैं। इसी मुद्रा में बैठा-बैठा वह ख़ूब ज़ोर से ठहाका लगाता है। इस मखौल पर मेरे चारों ओर की चीज़ें घूमने लगती हैं। मैं एक छोटा धब्बा बन जाता हूँ। इस तरह मोहन अडवाणी मेरी मार्फ़त मेरे पिता पर वार करता है।

मेरे पिता जो बड़े आदमी थे।

मैं उस रात बहुत देर से घर पहुँच पाता हूँ।

पिता दरवाज़ा खोलते हैं और उतेजना से कहते हैं—

"बड़ी देर हो गई? दुकानें तो सब बन्द हो गई होंगी?"

दर्द से मेरा माथा फटा जा रहा है। इस दर्द के मारे मोहन अडवाणी से लाए पैसे भी मैं भूल जाता हूँ। मैं पिता को कोई जवाब नहीं देता और बिना कपड़े बदले सो जाता हूँ।

सुबह उठकर देखता हूँ, पिता ड्राइंग रूम में, एक कुर्सी पर डरे, दुबके, सिर पर एक हाथ रखे बैठे हैं। वे बहुत चिन्तित लग रहे हैं। मैं चुपचाप मोहन अडवाणी का लाया हुआ लिफ़ाफ़ा उनके हाथ में पकड़ा देता हूँ। वे लिफ़ाफ़ा देख ख़ुश हो जाते हैं। वे समझ जाते हैं, लिफ़ाफ़ा किसने दिया होगा। ऊपर ही मोहन अडवाणी की कम्पनी का पता छपा हुआ है। वे तेज़ी से उठ अपनी अलमारी की ओर भागते हैं और एक पर्चा ला मुझे पकड़ा देते हैं—

"ये...ये, दवाइयाँ आज ले आना। भूलना नहीं।"

मैं जानता हूँ पिता की दवाइयाँ पास वाली दवाइयों की दुकान में नहीं मिलतीं।

उन्हें ऑल इंडिया मेडिकल इंस्टीट्यूट के पास की एक ख़ास दुकान से लाना होता है। अचानक याद आता है, दो-तीन महीनों से तो पिता की दवाइयाँ मैं लाया ही नहीं...!

"कब ख़त्म हुईं दवाइयाँ?"

"एक महीना हो गया।"

उनका स्वर कातर और डरा हुआ है, लेकिन मैं उसमें अपने लिए उलाहना ढूँढ़ता हूँ। दवाइयों के बिना पिता को कुछ हो जाता तो? मेरे अन्दर झुरझुरी सनसना जाती है। मैं अपनी असमर्थता को डाँट का जामा पहनाता हूँ।

"इतनी लापरवाही? मुझसे कहा क्यों नहीं?"

पिता खिड़की से बाहर देखने लगते हैं। मैं झमकता हुआ फ़्लैट की सीढ़ियाँ उतर जाता हूँ और तय करता हूँ—भाई-बहन को बुलाना ही होगा। अब अकेले मुझसे पिता का दिया और तनाव बर्दाश्त नहीं होगा।

छोटी मेरे बुलाने पर अगले ही दिन आ जाती है। छोटे भाई को दो दिन लगते हैं। हम तीनों एक ही निर्णय पर पहुँचते हैं। पिता बदल गए हैं। वे अब कुछ बताते नहीं। पिता नाख़ुश रहते हैं। पिता का आभामंडल कहाँ गया? हम तीनों यह सब सोच असमंजस में पड़ जाते हैं। पिता का क्या किया जाए? पिता को कैसे ठीक किया जाए? हम पिता का सम्पूर्ण मेडिकल चेकअप करवाने की सोचते हैं।

अगले दिन हमारी चिन्ताओं और सन्देहों को परे खिसकाते हुए, पिता नहा-धो, ख़ूब अच्छे कपड़े पहने हमारे बीच आकर बैठते हैं और कहते हैं, "अरे भाई, यूँ अचानक इकट्ठे हुए हो, कुछ मौज-मस्ती करो। घूम आओ।"

मैं पिता के इस अप्रत्याशित व्यवहार से चौंक जाता हूँ। क्या पिता ने अब हमारी चिन्ताओं को अपने ख़िलाफ़ षड्यंत्र मान लिया है? वे इतने दिनों से जो हमारे बीच होते हुए भी नहीं होते थे, आज अचानक हमारे बीच शामिल होने का ढोंग क्यों कर रहे हैं? झल्लाहट मुझे घेरने लगती है। क्या पिता हमारे बीच की सारी सहजता मिटाकर ही दम लेंगे?

पिता का अच्छा मूड देख छोटा भाई पिता की हथेली प्यार से दबाता हुआ कहता है—

"हाँ पिताजी, जाएँगे, लेकिन आपको भी हमारे साथ चलना होगा।"

बहुत दिनों बाद छोटी भी बचपन वाली छोटी बन जाती है, वह कहती है, "पिताजी मैं पल गिन रही हूँ, आपका समय शुरू होता है, अब बोलिए हाँ या ना?"

"अरे हाँ...हाँ।" पिता जोश में उठ तनकर खड़े हो जाते हैं।

"चलो...अभी चलो...!"

मुझे याद नहीं पड़ता कि इन शब्दों के बाद हमने पिता के मुँह से और शब्द सुने

कि नहीं। ठीक उसी क्षण अस्पताल ले जाने की जद्दोजहद से पिता हमें मुक्त कर देते हैं और यही अन्तिम शब्दों के रूप में हमारी स्मृतियों में दर्ज हो गए हैं।

उनके जाने के बाद हमारे दिल्ली वाले मौसा का हमारे घर आना-जाना बढ़ जाता है। दिल्ली में रहनेवाले हमारे एकमात्र नज़दीकी रिश्तेदार वही हैं। हमारे पिता के रहते मौसा हमारे यहाँ कम ही आ पाते थे। पिता उन्हें पसन्द नहीं करते थे। कहते थे कि मौसा की आँखें चालाक हैं, उनमें हमेशा साज़िश का भाव रहता है लेकिन मैं धीरे-धीरे मौसा को बेहतर समझ पाता हूँ; वे पिता के जाने के बाद मेरे बहुत बड़े सम्बल साबित हुए हैं।

मुझे जब मौसा अपने पास बिठा, कन्धे पर प्यार से भरा हाथ रख कहते हैं—

"तुमने बहुत किया पिता के लिए, जानता हूँ। इसके बावजूद तुम्हें कुछ नहीं मिला। जानता हूँ कितने टेढ़े हो गए थे तुम्हारे पिता अपने जाने के दिनों में। अन्दर से लखनऊ वाले दिनों को कभी नहीं निकाल पाए वे। अब तक तुम क्या-क्या कर लेते? उनके मानकों पर खरा उतरना क्या सबके बस की बात थी? विचित्र ढंग से जीवन काटा। एक पैसा नहीं जोड़ा अपने बच्चों के लिए। उलटे गँवा दिया। दुख मत करो। तुमने बहुत किया उनके लिए।"

मौसा की बातें कितनी सही थीं। पिता के साथ वाले लोगों के पास दिल्ली में बड़े बँगले थे, और हमारे पास था यह दो कमरों का फ़्लैट। पिता ने अगर चाहा होता तो आज मैं भी उनके साथियों के बच्चों की तरह किसी बड़ी अन्तर्राष्ट्रीय कम्पनी में ऊँचे पद पर होता। पिता ने हमेशा क्यों कहा कि मेहनत करो, अपना भविष्य आप बनाओ? क्या इसके पीछे स्वतंत्रता संग्राम में उनकी भागीदारी थी? लेकिन उनके कई साथी जिन्होंने दिल्ली में बँगले बनवाए, वे भी तो उसी समय को जीकर आए थे। पिता को ही देश की चिन्ता करने की ज़िद क्यों थी?

"अरे देखो, तुम लोग आज कहाँ से कहाँ पहुँच गए?" मौसा अर्श से फ़र्श तक का इशारा करते थे।

पत्नी को मौसा का इतनी बार घर आना और हमारे घर के बजट पर चर्चा करना अखरता था। मौसा के चले जाने के बाद वह मुँह फुलाकर कहती थी—

"क्या ज़रूरत है, घर की बातें बाहरवालों के सामने करने की?" मेरी पत्नी नहीं समझती थी, मौसा किस तरह मेरे दुख को काटने में मेरी मदद कर रहे थे।

एक दिन मौसा बहुत ग़ुस्से में मेरे घर आए और मेरी पत्नी को चाय बनाने को बोल, मेरे पास बैठते हुए बोले—

"बेटा, पिताजी के सारे काग़ज़ात ठीक से देख लिए हैं न तुमने? अभी-अभी एक पारिवारिक शादी में गया था मैं। वहाँ कुछ रिश्तेदार चर्चा कर रहे थे कि तुम्हारे पिता बहुत सारा धन छोड़ गए हैं तुम लोगों के लिए, शायद तुम लोगों को पता नहीं है। मैं तो जानता हूँ, बेटा ऐसा नहीं है, पिता ने तुम्हें उलटे क़र्ज़दार बना दिया है।

फिर भी एक बार देखने में हर्ज नहीं है बेटा...।''

''हाँ...हाँ।'' मैं मरी हुई आवाज़ में बोलता हूँ, काश, पिता अपने अन्तिम दिनों में इतने चुप्पा न हुए होते! काश, उन्होंने अपनी बातें मुझसे बाँटी होतीं, तो कम से कम आज यह स्थिति न होती! मैं पत्नी को अर्थ भरी निगाहों से देखता हूँ, ''देखो मौसा कितने अच्छे हैं, हमें समाज के तानों से भी बचाते हैं।''

''पिताजी के सारे काग़ज़ात ठीक से देखे हैं? कोई रेफरेंस छूट तो नहीं गया? जाओ बेटा, एक बार सारे काग़ज़ात ले आओ। मैं ठीक से देख देता हूँ।''

मौसा चाह रहे हैं कि मैं पिता की अलमारी से पिता की सारी व्यक्तिगत चीज़ें यहाँ ले आऊँ। फिर हम उन्हें मिलकर देखें कि आख़िर पिता ने अपने पीछे क्या-क्या छोड़ा है। छोटा भाई और छोटी भी यह ज़िम्मेवारी मुझ पर ही छोड़कर अपनी जगहों पर चले गए है। मैं इस तरह अकेले होने की वजह से थका और मरा हुआ-सा तो हूँ, लेकिन पिता की बहुत सारी बातों को ले क्रोधित और उत्तेजित भी। मौसा इस वक़्त, मेरे कष्टों को हरनेवाले दूत बनकर आए हैं। मैं उनकी सारी बातें मान लेना चाहता हूँ। मैं उनकी बात मान जाता हूँ। मैं शिथिल क़दमों से ज़ा अलमारी के दोनों दरवाज़ों को पूरी तरह से खोल देता हूँ और एक कुर्सी डाल अलमारी के सामने बैठ जाता हूँ। मैं पहले नीचे के ख़ानों से शुरू करता हूँ। कपड़े-लत्ते हैं। ढेर सारे। फिर तरह-तरह के छोटे बैग्स और पाउच हैं। चश्मे हैं, पुरानी घड़ियाँ हैं। एक घड़ी उठाता हूँ। उस पर स्विसमेड फेवरल्यूबा अंकित है। यह पिता ने अपनी पहली नौकरी के तुरन्त बाद ख़रीदी थी। ऐसा उन्होंने कभी बताया था। पता नहीं चलना बन्द कर देने के बाद भी वह क्यों यहाँ पड़ी है? एक दराज़ पुराने फ़ोटोग्राफ़्स से भरी हुई है। मैं देखता हूँ एक काली-सफ़ेद तस्वीर के पीछे लिखा है 1945। फ़ोटो में पिता, ठीक कैमरे की आँख में देख रहे हैं। ज़रूर उनके हाई स्कूल के दिनों की फ़ोटो होगी। एक तस्वीर 1947 की भी है। पिता अपने साथियों के साथ बड़ा-सा तिरंगा हवा में उछाल रहे हैं और ख़ूब ख़ुश दिख रहे हैं। एक तस्वीर 1958 की है, जिसमें पिता अपनी पहली नौकरी के अधिकारियों के साथ खड़े हैं, ख़ासे आत्मविश्वास के साथ।

1980 की तस्वीर में पिता भव्य लग रहे हैं। उनके चेहरे पर मेहनत की स्वस्थ चमक और सफलता की ठोस अभिव्यक्ति है। पिता के साथ उनके वही उच्चाधिकारी भी खड़े हैं, जो पिता को नेपोलियन कहकर पुकारा करते थे। 1990 की तस्वीर में पिता का सिर झुका हुआ है। वे प्रधानमंत्री से संस्थान की उत्कृष्ट सेवा करने के लिए पुरस्कार ग्रहण कर रहे हैं। उसी समारोह की दूसरी तस्वीर में हम सब हैं। माँ, मैं, छोटा और छोटी। हमारे चेहरों पर पिता के सम्मान का वैभव रँगा हुआ है। मैं ग़ौर से देखता हूँ, दर्शक-दीर्घा में मोहन अडवाणी भी अनुगृहीत भाव से बैठा-बैठा ताली बजा रहा है। इसके बाद जो तस्वीर मेरे हाथ लगती है, वह

2007 की है। इंडिया गेट पर खड़े पिता। एकदम, कृशकाय, कमज़ोर, उदास, लेकिन जैसे ही मैं उनकी आँखो की ओर देखता हूँ मुझे अजीब-सा लगने लगता है। उन आँखों में मैं, विभिन्न संग्रामों में मारे गए सैनिकों के प्रति अकूत सम्मान देखता हूँ।

इसके बाद मैं सारे काग़ज़-पत्र पलटता हूँ। उस धन को खोजने की कोशिश करता हूँ, जो मेरी जानकारी में कभी नहीं रहा। काग़ज़ों के बीच ही में से मेरे हाथ वह डायरी आती है, जिसे एक दिन पिता ने मुझे अलमारी में रखने को दिया था। और जिसे मैंने ग़ौर से कभी नहीं देखा था। आज देखता हूँ। डायरी 1957 में लखनऊ से ख़रीदी गई है। स्वतंत्रता संग्राम के दस वर्ष बाद। उसके पहले पन्ने पर लिखा हुआ है—"सौ वर्षों के बीत जाने के उपलक्ष्य में।" डायरी के ऊपर नवाब वाज़िद अली शाह की तस्वीर है। नवाब वाज़िद अली शाह ने तस्वीर में एक लाल रंग का चोग़ा पहन रखा है। उसके सिर पर ताज नहीं है।

डायरी को देख मेरे अन्दर अजीब-सा हड़कम्प मचने लगा है। डायरी आधी ख़ाली है। ख़ाली पन्नों के ठीक पहले मेरा नाम लिखा हुआ है। पिता ने जानबूझकर उन पन्नों को मेरे भरने के लिए ख़ाली छोड़ दिया है। पिता बहुत बातों की तरह यह भी जानते थे कि उनके जाने के बाद मैं इस डायरी को खोलकर देखूँगा। मैं उसके बाद क्या सोचूँगा, क्या इस बात का भी अन्दाज़ा था पिता को... ?

मैं ड्राइंगरूम में मौसा के पास दुबारा आता हूँ। मौसा देख रहे हैं, मेरे हाथ ख़ाली हैं। पिता के प्रति रही, उनकी जीवन भर की चिढ़ और मेरी ख़ाली-ख़ाली सी मुद्रा मिलकर उन्हें अस्त-व्यस्त कर देती है। वे चाय के बड़े-बड़े घूँट पीते हुए बहुत व्यंग्य से पूछते हैं—

"क्या हुआ ? कुछ मिला ? पता चला क्या छोड़ के गए हैं, तुम्हारे महान पिता ?"

मैं हामी में अपना सिर हिलाता हूँ। कितना कुछ है मौसा को बताने के लिए। लेकिन मेरे मुँह से बहुत सारे शब्द नहीं निकल पा रहे हैं। मेरे चेहरे पर मुस्कुराहट है और आवाज़ में किसी प्रकार का कम्पन नहीं, जब मैं कहता हूँ—

"इतिहास।"

मौसा अब भरपूर रूप से उत्तेजित हो रहे हैं, वे फिर पूछते हैं—

"क्या मिला ?"

मैं फिर दुहराता हूँ,

"इतिहास," और अपना दायाँ हाथ अपने हृदय पर रख लेता हूँ और वहाँ बसी धड़कन को महसूस करता हूँ। मेरी मुद्रा ठीक उस खिलाड़ी के समान है, जो विजयी होने पर अपना राष्ट्रगान सुनते हुए अपना दायाँ हाथ अपने बाएँ सीने पर रख लेता है। यह अदब का तरीक़ा है।

मौसा न जाने क्या सोचने लगते हैं, मैं मसखरी कर रहा हूँ, वे मुँह बिचकाते हैं—

"क्या है यह सब? नाटक क्यों कर रहे हो?"

मैं देख रहा हूँ पर्याप्त रूप से चिढ़े हुए मौसा अब फें-फें कर हँसना चाह रहे हैं, मानो सामने मैं नहीं कोई विदूषक खड़ा उनसे छेड़ख़ानी कर रहा हो और यह सब कुछ अब कितना असुन्दर और सस्ता नज़र आ रहा है। मैं मौसा को इस तरह देखकर कोई और जवाब देना नहीं चाहता। पूर्ववत् खड़ा रहता हूँ। मुझे अब किसी बात से कोई फ़र्क़ नहीं पड़ता है। मौसा तकलीफ़ से अपनी भावनाओं को दबाते हुए, पिता के बनवाए मेरे इस फ़्लैट से बाहर हो जाते हैं।

स्टेला नौरिस और अपूर्व चौधुरी अभिनीत

क्रिसमस कैरोल

"आजकल क्या लिख रही हो?" स्टेला ने मुझसे पूछा था।

"एक कोशिश कर रही हूँ...देखोऽऽ कब सफल हो पाती हूँ।"

ज़रूर, मेरा फ्रस्ट्रेशन फ़ोन के पार उस तक पहुँचा होगा, तभी वह एकदम से आश्वस्त करती हुई अपनी ख़ुशनुमा हँसी के साथ बोली थी, "शुरू कर दिया है, तो पूरा भी कर लोगी...वैसे है क्या?" स्टेला दूसरों को उन्मुक्त करने की क़ाबिलियत रखती है। मैं भी उस जादुई असर में आ, अपनी हिचक छोड़, उसे अपने महामहत्त्वाकांक्षी प्रोजेक्ट के बारे में बताने लगती हूँ।

"एक नाटक पर काम रही हूँ, जिसमें क्राइम और मोरालिटी की नई परिभाषाएँ प्रस्तुत करना चाहती हूँ।"

"अच्छाऽऽ" वह ख़ासी उत्तेजना से कहती है।

"लगता है, इस बार मॉडर्न क्लासिक जैसा कुछ रच दोगी तुम।"

"न-न, मॉडर्न से कुछ आगे के समय की बात करना चाहती हूँ। क्लासिक होगा कि नहीं, वह तो समय ही बताएगा, लेकिन इस बार मेरा इरादा बहुत सारी अकल्पनीय डिबेट्स को जायज़ ठहराने का है।"

"अरेऽऽ, क्या यह सम्भव है?" वह गहरे आश्चर्य में डूब गई थी।

"हाँ।"

'वेलकम टू द वर्ल्ड ऑफ़ पोस्ट मॉडर्निज़्म बेबी... !'

यह मैं ज़ोर से नहीं कहती। मन ही मन में मथती हूँ। जानती हूँ उसे, इस तरह की बातें कम ही समझ में आती हैं, फिर उसे उलझाने से क्या फ़ायदा?

दरअसल स्टेला नौरिस बरसोंबरस से एक-सी रही है। हद दर्जे की 'शौक़ीन, ख़ूब हँसनेवाली, मीठा बोलनेवाली और तुनकमिज़ाज। लेकिन एक घटना समान उसमें पहला बदलाव मुझे तब महसूस होता है, जब वह अपने चालीसवें जन्मदिन के सेलिब्रेशन के वक़्त घर में जुटे फूलवालों, रंगीन बल्लियोंवालों और अन्य साज-सज्जा वालों से कहती है, "यह सब मत करो, प्लीज़ कीप इट सिम्पल।"

मैं देखती हूँ, उसी दिन के बाद से वह यह जुमला लगातार दुहराती है। बताती नहीं, कहाँ से उठाया है, लेकिन मेरा अनुमान है, दीपक चोपड़ा या रौंडा बर्न जैसे किसी लेखक की प्रेरणादायी किताब ही इसका स्रोत है। आजकल वह अलग-अलग क़िस्म की किताबें ख़रीदती रहती है। पढ़ती कितनों को है, यह ठीक-ठीक पता नहीं, लेकिन तरह-तरह की चर्चाएँ ख़ूब करने लगी है। कभी उपभोक्तावादी कल्चर से अलग जाने की बात करती है, कभी दुनियादारी की चालाकियाँ उसे नागवार लगने लगती हैं, कभी कुछ तो कभी कुछ। और तो और चर्चाओं तक ही उसका सिलसिला ठहरता नहीं, वह अलग मौक़ों पर अक्सर रूप भी अलग दिखलाती रहती है। जब अपने पति स्टीव नौरिस के अलग-बग़ल होती है तो उसकी पतली नाक ग्रेशियन आभिजात्य का ढिंढोरा पीटने लगती है। और जब अपने घर में काम करनेवाली औरतों को सिस्टर करकर पुकारती है, तो उसके चेहरे पर सिस्टरहुड की ऐसी सर्वहारा चमक फैल जाती है कि मैं उससे पूछने पर मजबूर हो जाती हूँ, ''तुम हर मौक़े पर इतनी अलग-सी क्यों हो जाती हो?''

''मेरी मर्ज़ी।'' वह छोटा-सा जवाब दे, कुछ भी नामाक़ूल-सा करने लगती है। मुझे अटपटा लगता है। लगता है, दिग्भ्रमित-सी तो नहीं हो रही ये, कितनी आसानी से 'मेरी मर्ज़ी' कहकर आगामी सवालों के घेरे से निकल जाना चाह रही है। मेरी मध्यमवर्गीय चेतना में 'मेरी मर्ज़ी' कुछ ज़्यादा ही क़िस्म के स्वतंत्रता-बोध को जगाता है, और यह डरावनी बात लगने लगती है। मैं यह भी जानती हूँ कि इस तरह का 'डर' पॉलिटिकली इनकरेक्ट भाव है और स्टेला का मेरी वर्गीय चेतना से कोई वास्ता नहीं, फिर भी मित्र होने के नाते मैं उसे टोक देती हूँ—

''स्टेला, क्या तुम ख़ुदगर्ज़ क़िस्म की नहीं होती जा रही हो?''

''हाँऽऽ।'' वह प्यार से कहती है और अपने भरे-भरे लेकिन रूखे हो चुके होंठों को गीला करने के उद्देश्य से उनपे जीभ फिराती है। मैं देखकर सन्न रह जाती हूँ कि ऐसा करते वक़्त वह सेक्सी कम ज़रूरतमन्द ज़्यादा लगती है।

अब जैसे मैं स्टेला को बरसों से देख रही हूँ, ठीक वैसे ही उसके पति स्टीव नौरिस को भी उससे ज़्यादा बरसों से देख रही हूँ। वह दिल्ली शहर का नामी-गिरामी आदमी है। पक्का, सफल बिज़नेसमैन। कनाट प्लेस में गाड़ियों का बड़ा शो-रूम है उसका। चर्च में लोग अक्सर बातें करते हैं कि नौरिस प्रधानमंत्री का क़रीबी है। यह दीगर बात है कि प्रधानमंत्री हर पाँच-दस साल में बदल जाता है, लेकिन नौरिस का रिश्ता प्रधानमंत्री से बदस्तूर रहता है। ज़ाहिर है, प्रधानमंत्रियों टाइप के लोगों को हमेशा से नौरिस जैसे लोगों की ज़रूरत बनी रहती है। लोग तो यहाँ तक क़यास लगा चुके हैं कि नौरिस को जल्द राज्यसभा के लिए मनोनीत किया जाएगा। वैसे भी नौरिस लोग ख़ानदानी अमीर-उमरा रहे हैं। पीढ़ियों से सत्ता से उनका रिश्ता क़ायम रहा है। दे डिज़र्व इट!

सच तो यह है कि स्टीव मेरे पसन्दीदा लोगों में से है। हमेशा मस्त रहता है। अपने ख़ानदान के पुरखों की बड़ी शानदार कहानियाँ हैं उसके पास। ख़ालिस अंग्रेज़ों का वंशज है वह। उन्नीस सौ सैंतालीस के बाद जो कुछ अंग्रेज़ रह गए भारत में, उन्हीं में से एक उसके ख़ानदान के लोग थे। उसके कई रिश्तेदार उसके बाद ऑस्ट्रेलिया चले गए। उनमें कोई मिक्सिंग नहीं हुई। वे कभी-कभी इंडिया आते हैं तो ऑस्ट्रेलियन ही कहलाते हैं। यहाँ जो उसके ख़ानदान की शाखा रह गई, पता नहीं उसमें स्थानीय लोगों की आमद हुई या नहीं, इस बाबत ठोस जानकारी नहीं है हमारे पास लेकिन सुखद तरीक़े से स्टीव का डी.एन.ए. तो पूरा विदेशी ही जान पड़ता है। उसका लम्बा क़द, उसका गठीला शरीर, उसकी गोराई, उसके बालों का भूरा रंग और उसकी भूरे कंचे जैसी आँखें जो बेहद ख़ूबसूरत हैं। कई बार महफ़िलों में बैठे-बैठे स्टीव हमें सुदूर अतीत की सैर करवाता है, और स्टीव और मैं वहाँ की शानोशौकत से रूबरू हो बेहद तरोताज़ा और आत्मविश्वासी महसूस करते हैं। मैं, क्योंकि नॉस्टैल्जिया मेरी कमज़ोरी है (वही चिरपरिचित मध्यमवर्गीय लोलुपता का बोध) और वह, क्योंकि शासक वर्ग से ताल्लुक़ रखना अपने आपमें बड़ी अनुभूति है। अलबत्ता स्टेला को अतीत में जाना बिलकुल नहीं पसन्द और तो और मुझे लगता है, उसे भविष्य के बारे में सोचना भी पसन्द नहीं। थोड़ी अजीब ही है वह और-और अजीब बनती जा रही है। स्टीव इन विषयों पर उसकी विरक्ति पर उसका चिबुक उठाकर कहता है—

"भोंदू।"

स्टेला इस पर आँखें बन्द कर लेती है। मैंने ग़ौर किया है कि यह सिर्फ़ एक बार की बात नहीं स्टेला स्टीव के किसी भी प्रकार के उकसाने का जवाब यों ही देती है। पूरी तरह भोंदूपने को जीते हुए, मानो कोई बहुत छोटा बच्चा छुपम-छुपाई का खेल खेल रहा हो और छुपने के बजाय अपनी आँखें बन्द कर लेता हो, यह सोचते हुए कि अब जो वह नहीं देख पा रहा है, तो शर्तिया ख़ुद ही छुप गया होगा। एकदम चिढ़ानेवाली हरकत है यह। पता नहीं स्टीव उसकी इस हरकत पर चिढ़ता क्यों नहीं। उलटे उसे और दुलारने लगता है।

"स्टेला, अपने आपसे ही छिपती हो क्या?" मैं कुरेदती हूँ।

"क्या बकवास करती हो, लेखक हो तो क्या हर बात में पेंच ढूँढ़ोगी? समटाइम्स कीप इट सिम्पल।"

फिर उसका वही तकिया-कलाम। वह चिड़चिड़ाकर भी यही बोलती है, और यह बोल वो न सिर्फ़ सबको लाजवाब कर देती है बल्कि अब तो लगने लगा है कि हमारी ज़ुबान को भी इस जुमले की लत लग ही जाएगी। ख़ैर! यह सब भविष्य की बातें हैं और भविष्य के बारे में कौन कब ठीक-ठीक जान पाया है!

सोचते-सोचते यकायक स्टीव की मस्ती की बात याद आती है। सुबह की संडे

सर्विस के बाद हम चर्च से निकले तो स्टीव ने अपनी लेटेस्ट चकाचक सफ़ेद ऑडी में हमें बिठाया और फ़र्राटे से गाड़ी दौड़ा दी, लुटियन्स की दिल्ली और आभिजात्यों की दिल्ली से अलग दिशा में "कहाँ जा रहे हो?" स्टेला अस्थिर होने लगी।

"सदर...चलो, आज तुम्हें वह जगह दिखा ही दूँ जहाँ मेरे पुरखे रहा करते थे। कितनी बार सोचा...।"

इसके बाद उसने गाड़ी एक गली के मुहाने पर पार्क कर दी और हम गली में पैदल चल पड़े। बारिश के दिन थे। चारों ओर गन्दगी, गड्ढों और बदबू का साम्राज्य फैला था। इसके बावजूद स्टीव का उछाह देखने लायक़ था। झक सफ़ेद टाई-सूट पहने वह चल नहीं दौड़ रहा था। ऐसा लगता था मानो सदर की इस गली में दफ़न पुरखों की हड्डियों की मिट्टी से उसे साँसें मिल रही हों। और वह अपने अतीत के गौरव की गन्ध से उन्मत्त हो रहा हो। उसके वजूद से ऐसी अथाह मस्ती टपक रही थी।

स्टेला उससे ठीक उलट नाक और मुँह बिचकाती अपनी साड़ी दो इंच पिंडलियों से ऊपर उठाए, धीरे-धीरे चल रही थी।

"ये देखो," स्टीव एक भद्दी कंक्रीट की दो-मंज़िला दुकान के निचले-पीछे के हिस्से को दिखाते हुए बोला, "यही वह कोठी थी, जिसमें मेरे परदादा और दादा रहते थे।"

स्टेला ने अवमानना से नाक सिकोड़ी। मैंने अपनी निराशा पर क़ाबू पाते हुए, 'अभी भी उत्साहित हूँ' वाला चेहरा ओढ़ लिया।

"मेरे परदादा, अलबर्ट नौरिस फर्ग्यूसन। पूरी दिल्ली में बड़ा नाम था उनका। जिधर निकल जाते थे, लोग सर झुका लेते थे। इतना रुतबा था उनका।"

स्टीव की बातों और सामने खड़ी इमारत में कोई मेल नहीं दिख रहा था, फिर भी मैं लगातार उसकी बातें सुने जा रही थी, लेकिन स्टेला अवज्ञा की हद तक निस्संग बनी हुई थी और स्टीव उस पर ध्यान दिए बिना उज़बक-सी रौ में बोले जा रहा था।

"ये जो खिड़की है न, उससे अन्दर झाँको, फायर प्लेस दिखेगा, देखो...देखो वह पत्थर का है। और बरामदे के ये पिलर्स कितने मज़बूत और गोल हैं, और देखो वहीं फायर प्लेस के ऊपर एक नक़्क़ाशीदार लोहे का कुन्दा है, वह भी सन् 1900 के आसपास का है।"

"क्या टँगता था उसमें?"

हैरतवाली बात थी, स्टेला पूरी तरह दृश्य से कटी हुई नहीं थी क्या? उसने ये सवाल किया तो कैसे? उसके यों सवाल करने पर स्टीव ठिठक गया था। कुन्दे की ओर इशारा करती उसकी उँगली कुछ देर हवा में प्रलम्बित रह गई थी। फिर धीरे से सिर झुकाते हुए उसने उद्घाटित किया था, "बन्दूक़ टँगती थी वहाँ।"

"क्यों?" स्टेला बाज़ नहीं आ रही थी, इसके बावजूद स्टीव ने बहुत लाड़ से स्टेला के कान खींचते हुए कहा था, "बताया था न, मेरे परदादा पुलिस की नौकरी में थे।"

"हाँऽऽ" बहुत नाटकीय अन्दाज़ में अपनी घनी पलकों को ऊपर-नीचे करती बोली स्टेला, "याद आ गया, जेल के दारोग़ा थे न?"

इसके बाद न जाने क्यों, स्टीव वहाँ ठहर नहीं पाया और उलटे क़दमों से गाड़ी की ओर भागने लगा, मानो किसी पीछे लगे भूत से अपना पीछा छुड़ा रहा हो। स्टेला वैसी ही बनी रही और इत्मीनान से स्टीव के पीछे चल पड़ी।

दोनों के बीच यह कैसा वार्तालाप हुआ, मैं बिलकुल समझ नहीं पाई और छुट्टी के दिन के ख़ाली बाज़ार की गली नापते हुए उस भारी सवाल के नीचे दब-सी गई कि स्टीव ने मुझे यह क्यों नहीं बताया था कि उसके परदादा अंग्रेज़ों के ज़माने के दारोग़ा जेलर थे? फिर मुझे याद आया—स्टीव ने तो कभी बताया ही नहीं कि उनकी रैंक क्या थी। वह तो मेरी कल्पना का ही खेल था कि मैं उन्हें बहुत ऊँचे रैंक का समझती रही। फिर बाद में मैंने सोचा—रैंक-वैंक से क्या होता है, आख़िर अंग्रेज़ तो अंग्रेज़ ही था न, और वही होना उसका रुतबा था।

जब तक मैं गाड़ी तक पहुँची, देखा स्टेला गाड़ी की अगली सीट पर बैठी हुई कुछ बड़बड़ाती जा रही है। उसके ठीक पीछे बैठते हुए मैंने सुना—

"चारों ओर कितने मीठे-मीठे झूठ हैं। सब उसे ही सच मान जीए जाते हैं।"

जब मैंने कोई प्रतिक्रिया नहीं दिखलाई तो वह चुप हो गई। मैं गाड़ी के बाहर नज़र दौड़ाने लगी और सोचने लगी—किस तरह के झूठ की बात कह रही थी वह! हमारे ठीक सामने स्टीव खड़ा था और एक पच्चीस-छब्बीस साल के युवक से बात कर रहा था। युवक के गले में प्रोफ़ेशनल फ़ोटोग्राफर वाला कैमरा लटका हुआ था, लेकिन शक्ल से वह कोई रिसर्च स्कॉलरनुमा लग रहा था। दुबला-पतला, आकर्षक से व्यक्तित्व का था। स्टीव उससे बात करता हुआ, अपना विज़िटिंग कार्ड पकड़ा रहा था। युवक विज़िटिंग कार्ड को हाथ में थामे, उस पर टंकित गुरूर को तसल्ली से जज़्ब कर रहा था। कार्ड को हाथ में थामे-थामे ही उसने एक बार गाड़ी के अन्दर नज़र दौड़ाई थी। उसी क्षण स्टेला की नज़रें उससे मिली थीं। मैंने पीछे से उचककर उस नज़र को पकड़ा था और मैं असमंजस से भर गई थी। दोनों की नज़रों का भाव एक था। तहरीर स्क्वायर पर सत्ता के ख़िलाफ़ नारे लगाते लोगों का भाव था वह, जो दो अनजान लोगों के बीच भी समान हो सकता था। मुझे विश्वास नहीं हो रहा था कि स्टेला बिना जाने उस युवक को ऐसी साझेदारी से देख सकती है, लेकिन इससे पहले कि मैं उससे पूछती, "स्टेला, तुम उसे जानती हो क्या?" वह निहायत सपाट स्वरों से पूछ बैठी थी, "कौन था वह?"

यह सुन मुझे राहत महसूस हुई थी और स्टीव ने गाड़ी में बैठ रफ़्तार बढ़ाते हुए

कहा था, ''फ़ोटो जर्नलिस्ट है, दिल्ली के कोलोनियल मॉन्यूमेंट्स पर किताब तैयार कर रहा है। रिसर्च के दौरान सदर में बची-खुची कोठियों के हिस्सों को ढूँढ़, अपने कैमरे में क़ैद कर रहा है। मेरे बारे में भी जानता था। मैंने उसे घर बुलाया है, कल। बहुत-कुछ बताना है उसे।''

''लेकिन कल तो हमें मानेसर जाना है। भूल गए, फार्म हाउस वाली पार्टी का इन्तज़ाम देखने। और चर्च से बच्चे भी आने वाले हैं, कैरोल की प्रैक्टिस शुरू करवानी है उन्हें।''

''कोई बात नहीं, सब हो जाएगा। मैं ऑफ़िस से टाइम निकाल किसी भी समय इन्तज़ाम देख आऊँगा और उसके आने तक आ जाऊँगा, तुम बच्चों को कैरोल्स सिखाना।''

क्रिसमस एक महीना दूर था और नौरिस परिवार की चर्च में संलग्नता और उनकी दी हुई पार्टीज़ का दिल्ली शहर को इन्तज़ार था। पेज थ्री के कई दिन उन पार्टीज़ की बदौलत छपने थे। इन दिनों स्टेला बहुत मसरूफ़ हो जाती थी, और उसके पर्सनल टच की वजह से ही क्रिसमस इतना शानदार हो जाता था, लेकिन स्टीव तो स्टीव था, वह अगर एक बार कुछ कह देता था तो वह बात पत्थर की लकीर हो जाती थी, उसे काटा नहीं जा सकता था। इसीलिए स्टीव ने जो 'न' कहा तो 'न' ही रहा और स्टेला मानेसर नहीं गई। उस दिन स्टेला के घर बच्चे आए, स्टेला ने उनके लिए कुछ ख़ास कैरोल्स चुने, फिर उसने 'गिफ़्ट ऑफ़ मैजाई' की तर्ज़ के एक छोटे-से नाटक का आइडिया बच्चों को दिया, जिसमें तीन गड़रिए आज के ज़माने के गिफ़्ट, जैसे—मोबाइल, प्लेस्टेशन, नोटबुक लेकर चर्च में खड़े रहेंगे और दूसरे बच्चों का स्वागत करेंगे, यह आइडिया बच्चों को बहुत पसन्द आया और वे हल्ला मचाते हुए वापस लौटे।

''बच्चों का जाना और उसका आना एक साथ हुआ। साँस भी नहीं ली थी कि हाज़िर--मेरा नाम अपूर्व चौधुरी है।'' पहले उसने युवक के आने पर झल्लाहट प्रकट की, शिकायत की, ''स्टीव भी मानेसर से नहीं लौटा।'' फिर युवक की मिमिक्री लगातार करती रही और फिर ख़ुद ही तंजिया हँसी हँसती हुई बोली, ''टिपिकल इंटलेक्चुअल बंगाली हैऽऽऽ, स्ट्रेट फ्रॉम कोलकाता] समझीऽऽ'' और फिर इस बयान के बाद वह और ज़ोर से इतरा-इतराकर हँसने लगी और उसके बाद उसकी अपेक्षाभरी हँसी खिंचती चली गई। इतनी कि मुझे खटक गई, ''बहुत हँस रही हो उस पर, तुम ख़ुद क्या हो? हाँ टिपिकल...क्या? अपने बारे में भी बताओ ज़रा...।''

''मैं?'' वह कुछ पलों के लिए ठक से रह गई फिर एक अपरिचित शर्मसार-सी टोन में कुछ बुदबुदाई।

''क्या? मैं नहीं सुन पाई?''

"मैंऽऽ मैं...कैबरे डांसर..." वह कानफोड़ू वॉल्यूम में चीख़ी और फ़ोन बन्द कर दिया।

अब ठक से रह जाने की बारी मेरी थी। ये क्या बोल रही थी वह? एकदम अनाप-शनाप। बहुत हर्ट हो गई शायद...। मैं सारी रात ग्लानि से भरी सोचती रही, और अगले दिन पहली फ़ुर्सत में उसे मनाने पहुँची।

मेरे सामने ग़ज़ब का नज़ारा था। स्टेला ने हरा शरारा पहन रखा था, और कुछ लाउड मेकअप भी कर रखा था। मुझे देखते ही उसने झटके से नाचना शुरू कर दिया।

पूरी तरह आमंत्रित करनेवाले अन्दाज़ में। सारी अदाओं के साथ।

मैं ग्लानि से मरने लगी। "अरे बाबा, आई एम सॉरी , मैं तो यों ही...प्लीज़ ग़ुस्सा थूक दो।" उसके सामने बैठ मैं बार-बार माफी माँगने लगी।

"इसमें सॉरी की क्या बात है? तुमने ठीक ही सवाल किया।" कुर्सी पर अपना पूरा बोझ डालते हुए वह बोली।

"अपूर्व चौधुरी बहुत अच्छा आदमी है, मुझे उसका मज़ाक नहीं उड़ाना चाहिए। बस उम्र में मुझसे बहुत छोटा है, क्या करूँ?"

यह बताते वक़्त उसकी आवाज़ रुआँसी हो गई थी, ठीक उस बच्चे के समान, जिसे अपना पसन्दीदा खिलौना किसी दुकान के शोकेस में दिख जाता है, लेकिन वह उसे ख़रीद नहीं पाता है। मुझे उसका पूरा व्यवहार बहुत अजीबोग़रीब लगा। लेकिन उसने मुझे ज़्यादा सोचने नहीं दिया। खट् से सिचुएशन पलट दी और हौज़ ख़ास विलेज ले जाकर मेरी ढेर सारी शॉपिंग करा डाली।

जिस दिन स्टीव ने अपूर्व से कहा, "अरे, कभी-कभी स्टेला को भी अपने साथ घुमाने ले जाया करो। हो सकता है, तुम्हारे साथ घूमने पर इसे भी ओल्ड कॉलोनियल मॉन्यूमेंट्स में इंटिरेस्ट पैदा हो जाए," उसी दिन मैंने सोचा था—स्टीव ग़लती कर रहा है। अरे, साझेदारी और एकात्मकता कोई उम्र देखकर थोड़ी पैदा होती है? लेकिन स्टीव तो स्टीव था, अपनी बात को कहता ही नहीं था, चाहता था, सभी उससे सहमति भी प्रकट करें, इसीलिए ज़ोर-ज़ोर से अपूर्व की पीठ ठोक ऐलान कर रहा था, "यू आर ए ब्राइट यंग किड...अच्छे बच्चे हो तुम...। है न...है न?" जब तक हमने सिर हिलाकर अपनी रज़ामन्दी नहीं दिखला दी, वह हमारी ओर देखता रहा था।

बच्चे और बड़े की बारीक़ अन्त:रेखा को कभी पकड़ ही नहीं पाया स्टीव, लिहाज़ा जो बच्चे थे वे बड़े हो गए और बड़े बच्चे।

स्टेला ने भी स्वीकार किया था, ज़िन्दगी बहुत तेज़ रफ़्तार से बदलने लगी थी उन दिनों दुख और सुख के सारे सन्दर्भों में वे दिन अविस्मरणीय हो गए थे। सारी बातें जायज़ और सही लगने लगी थीं।

इसी बीच न जाने कैसे उसने मुझसे एक दिन पूछा था—

"नाटक पर काम हो रहा है या नहीं?"

"नहींऽऽ" मेरा फ्रस्ट्रेशन बढ़ता जा रहा था। मुझे नई बातें सूझ ही नहीं रही थीं। सब कुछ पेचीदा होता जा रहा था।

"कोई बात नहीं, ज़्यादा टेंशन मत करो, देखना अपने आप सब कुछ साफ़ होता चला जाएगा, और एक बात याद रखना, कीप इट सिम्पल।"

इसके बाद चर्च के कई कार्यक्रमों में अपूर्व भी हमारे साथ शामिल हुआ। फिर पार्टीज़ की प्लानिंग में भी वह स्टेला की मदद करने लगा। एक दो मॉन्यूमेंट्स भी स्टेला ने उसके साथ देखे, कई बार रात को ड्रिंक्स पर भी अपूर्व हमारे साथ बैठा। स्टीव और स्टेला दोनों का ही वह अज़ीज़ हो चुका था, इसीलिए हर वक़्त मौजूद रहता था, लेकिन मेरे मन में पता नहीं क्यों, उसे लेकर बहुत आश्वस्ति बन नहीं पा रही थी।

और अब उस दिन का क्या कहूँ, जिस दिन मेरी शंका अपने समूल-डरावने रूप में मेरे सामने उपस्थित हो गई। उस दिन तो लगा था, अब इस छोटी-सी सृष्टि पर कोई नहीं बचेगा, यदि सबको नहीं तो ज़्यादा लोगों को मरना ही होगा। लेकिन आश्चर्य, सभी बच गए और तभी कहानी आगे बढ़ी।

क्रिसमस पार्टी के पहले दौर की कोई पार्टी थी, स्टेला और स्टीव के ग्रेटर कैलाश वाले घर पर। बातों-बातों में अपूर्व ने कहा, "दिल्ली है ही ऐसी, मुझ बंगाली को भी जकड़ लिया है।" लोग मुस्करा दिए। तवज्जो सुरूर को था, बात को नहीं, लेकिन स्टेला बेतहाशा हँसती रही थी, मानो वही दिल्ली हो।

"क्या इमारतें हैं, यहाँ सर," स्टीव को सम्बोधित करता हुआ वह स्टेला को देखता रहा था। स्टेला फिर हँस पड़ी थी।

"सरऽऽ सर, वो अपने परदादा वाली कहानी फिर सुनाइए न...वो शिकार का उनका जुनून...।" अपूर्व मोहब्बत से बार-बार इसरार कर रहा था।

माहौल में नशा बढ़ता जा रहा था। स्टीव अब अपूर्व की बातों को ठीक से सुन भी नहीं पा रहा था। उसकी आँखें मुँदने लगी थीं। इसी बीच मैंने देखा स्टेला धीरे-धीरे डगमगाती हुई आई और अपूर्व की कुर्सी के हत्थे पर बैठ गई। इतनी आकर्षक और छरहरी फ़िगर वाली दीख रही थी वह अपनी गुलाबी ड्रेस में, जिस पर दिल की जगह एक छोटी एंजेल बनी हुई थी। अपूर्व स्टेला को यूँ देख, एक पल को हैरान हुआ था फिर सहज हो मुस्करा दिया था। उसी दम एक ज़हरीली फुफकार गूँजी थी सभा में। गुलाबी ड्रेस की एंजेल कह रही थी, "कितनी बार सुनोगे वही कहानियाँ? स्टीव के परदादा दारोग़ा जेलर थे, उनको शिकार का जुनून था, सुना तो है तुमने। सचमुच जुनून था उन्हें...ही किल्ड पीपल यह सुना है? नहीं न? तो सुनो। नेटिव्स पसन्द नहीं थे उन्हें। इसीलिए 'धायँ', उन्हीं का शिकार कर लेते थे वो, समझेऽऽऽ?"

यह सुन अपूर्व का चेहरा तेज़ हवा के उत्पात से कँपकँपाती चिमनी की लौ जैसा हुआ और फिर उत्पात के गुज़र जाने के बाद का सा, ख़ूब रोशन और साफ़। चारों ओर शोर—नशे और मुग़लई खानों की तीखी गन्धों के बीच 'एंजेल' की आवाज़ का सबब ठीक उन लोगों तक ही पहुँचा ,जहाँ उसे पहुँचना चाहिए था और मैंने डर और राहत से सोचा—कोई बात नहीं, चलो सृष्टि बच गई।

स्टीव मेरा फेवरेट है। उसके ख़ानदानी गौरव की धज्जियाँ उड़ा दी थीं स्टेला ने। कैसा क़हर बरपाया था? लेकिन नहीं, नहीं...नहीं, मैं इस सच को स्वीकारने से इनकार करती हूँ। स्वीकार करना तो दूर की बात है, मैंने तो कुछ सुना ही नहीं और चूँकि मैं यह मानती हूँ कि सच कितना भी ज़रूरी हो लेकिन अगर वह किसी की स्थापित प्रतिष्ठा पर प्रहार करता है, उसके स्तर को मटियामेट करता है, तो मुझे सच के बजाय झूठ ही पसन्द। स्टेला कुछ भी कह ले, झूठ के ख़िलाफ़ कैसे भी खड़ी हो जाए, मैं झूठ के पक्ष में ही रहूँगी—स्टीव के झूठ के पक्ष में। अच्छा हुआ, वह कुछ नहीं सुन पाया। मैं पुरानी वाली शान के साथ ही उसके साथ बनी रहूँगी।

इस उद्‌घाटन के बाद अपूर्व ने स्टेला का हाथ पकड़ा और दोनों मेरे ठीक सामने लगे बार पे खड़े हो बातें करने लगे। उस बहके और बेहोश पल में भी दोनों की आँखों में उठनेवाली चिनगारी पूरी तरह बाहोश थी। अपूर्व चौधुरी और स्टेला नौरिस सच के पाश में एक हो चुके थे।

उस दिन के बाद से स्टेला मुझसे मिलने से बचने लगी। जब मिलती भी तो शॉपिंग और शॉपिंग की बातें करती थी। अपूर्व की बात करने का मौक़ा ही नहीं आता था। क्रिसमस को बमुश्किल सात दिन बचे थे। कैरोल गाने वाली टोलियाँ घर-घर जा रही थीं। और गाने गाकर, गिफ़्ट देकर फिर और जोश से सड़कों पर भी निकल रही थीं। 'पास्टर' को जब मौक़ा मिलता, तब वे ग़रीब घरों में जाकर लोगों को आशीर्वाद दे रहे थे। इन मौक़ों पर मेरी याददाश्त में पहली बार स्टेला मौजूद हुई थी। सीमापुरी, गीता कॉलोनी, आज़ाद कॉलोनी जैसे स्लम उसने पहली बार कैरोल गायकों की टोलियों के साथ देखे। उसके साथ बिला नागा अपूर्व बना रहा था। पता नहीं अपनी इस तरह की आवाजाही की बातें स्टेला ने स्टीव को बताईं कि नहीं, लेकिन मेरे सुनने में स्टीव की ओर से कोई आपत्ति नहीं आई।

एक दिन दोपहर को स्टेला बिना सूचना दिए मेरे घर पहुँच गई। उसका चेहरा उत्तेजित लेकिन कुम्हलाया हुआ था। मेरे पलंग पर वह चारों खाने चित्त-सी लेट गई और बैग से टिश्यू निकाल अपनी आँखें पोंछने लगी। आँखों के चारों ओर काजल गीला हो छितरा गया था। हालाँकि आजकल हम दोनों के बीच एक रूखी-सी चुप्पी खिंचने लगी थी जिसकी वजह से मैं उसे लेकर कभी सहज नहीं हो पाती थी, फिर भी मैंने अधिकार से चिन्ता प्रकट की—

"क्या हुआ?"

"कहता है—बहुत हौसलामन्द है वह। मैंने कहा बच्चे हो—मेरे बेटे की उम्र से थोड़े ही बड़े...तो बेहद नाराज़ हो गया, कहने लगा—बेटे की उम्र के पास का होना और बेटा होने में फ़र्क़ समझती हैं? दो पीढ़ियों के मूल्यों के बीच फँसी औरत हैं आप। जो चाहती थीं कभी कर पाईं? न इधर की रहीं, न उधर की।"

"तुम उससे दूर रहो। भगाओ उसको। है क्या वह...हँह एक अदना-सा फ़ोटोग्राफ़र? तुम उसकी बातों की ज़द में बेवजह आती जा रही हो। अब एक अजनबी, एक बच्चा तुम्हें डॉमिनेट करेगा?" आज उसके यों खुलकर भाव प्रदर्शित करने से मैं भी, इतने दिनों से भीतर बैठी नागवारी को बहने दे रही थी। स्टीव का ख़याल रह-रहकर जो आता था, मेरा ग़ुस्सा बढ़ता जाता था। मेरे बात करते-करते ही मैंने देखा, वह चुप हो गई थी और चुप्पी के बाद संगृहीत ताक़त का तेज़ उसके माथे पर चमकने लगा था। तनकर बैठती हुई बोली थी—

"नहीं-नहीं, तुम ग़लत समझ रही हो। मैं तो जीवन भर बहुत कारणों और लोगों से डॉमिनेटेड रही हूँ। वह तो इन चीज़ों से मुझे फ़्री कर रहा है। आज की लाइव दुनिया से मेरा इंट्रोडक्शन करवा रहा है। जाने दो...तुम नहीं समझोगी।" बोलकर वह मेरे घर से बिजली की तरह लापता हो गई थी।

यह तो हद थी! इस भोंदूपने पर, सिर पकड़कर परास्त हो जाने के अलावा मेरे पास कोई चारा न था।

22 दिसम्बर की रात उसने मुझे फ़ोन कर निमंत्रण दिया था।

"आओगी? जनपथ पर कॉफ़ी, ढेर सारी जिप्सी, स्कर्ट्स की ख़रीदारी और कनाट प्लेस की भीड़ से अलग, सेंट्रल पार्क में घास पर लेटे चाँद उगने का इन्तज़ार करेंगे। जानती हो ऐसी ठंड में घास पर लेटना क़ितना मजे़दार होता है, अपूर्व के साथ कई बार इस तरह इन्तज़ार किया है मैंने।"

"क्या कह रही हो स्टेला? इस तरह कनाट प्लेस के आसपास घूमती रहती हो अपूर्व के साथ? स्टीव के शो रूम के स्टाफ ने देख लिया तो क्या होगा?"

"क्या होगा?" उसका चिर-परिचित भोंदूपन पुख़्ता होने लगा।

"लोग तरह-तरह की बातें करेंगे, इतना भी समझ में नहीं आता तुम्हें?"

"हँह! परवाह किसे है? और ये स्टेटस वग़ैरह की बातों का कोई मतलब होता नहीं है। अच्छा..." उसने गहरे नि:श्वास से कहा, "आना ज़रूर। आज तुम्हें कुछ बातें बतानी हैं। तुम्हारे आने से पहले अपूर्व को रवाना कर दूँगी।"

मुझे लगा, यह अच्छा ही रहेगा। आज उसे इस तरह के सम्बन्धों की परिणति के बारे में और सामाजिक प्रतिष्ठा (फिर वही मेरा मध्यमवर्गीय आग्रह) के बारे में भी चार बातें समझा ही दूँगी।

ठंडी घास, कड़ाके की सर्दी के बीच, स्टेला और मैं उग आए चाँद को निहार

रहे थे, जब मैंने उससे सवाल किया था, "तुम दोनों के बीच आख़िर है कैसा रिश्ता?"

वह ख़ुशी से भर, तत्परता से बोली थी—

"अपूर्व कहता है, इट्स नॉट ए चीप-ब्रीफ अफेयर फॉर हिम।"

"ग़लत कहता है वह, बरग़ला रहा है तुम्हें, उसके लिए यह अफेयर ही है और तुम्हारे लिए एक एडवेंचर...समझीं।" मेरा ग़ुस्सा उसे तेज़ी से जला गया।

"हाँ?" वह उत्तेजित हो एकदम से खड़ी हो गई थी।

"एडवेंचर बहुत हो चुका मेरे जीवन में। जानती क्या हो तुम हाँ? लेखक हो तो बड़ी-बड़ी बातें बनाती रहती हो।" फिर वह तेज़-तेज़ चलने लगी और बड़बड़ाने लगी। बिलकुल विक्षिप्तों की तरह। मुझे दौड़कर उससे क़दम मिलाना पड़ा।

"उस दिन, उस दिन फ़ोन पर मैंने तुमसे ठीक कहा था, लेकिन तुम्हारे अन्दर न जाने कैसी ज़िदें और कुंठाएँ हैं कि तुम लोगों के सचों को स्वीकार करने से कतराती हो। मैं शादी से पहले एक स्टेज डांसर ही थी। बचपन के मेरे शहर बेतिया से एक डांसर निकली थी, जो हिन्दी फ़िल्मों में बहुत मशहूर हुई। जानती हो उसका नाम... ? हेलन! ऐसा लोग कहते थे। जाने अफ़वाह थी या सच। लेकिन मैंने उसे अपने भविष्य का सच बनाया। स्टीव ने मुझे... ।" इसके बाद वह चुप होकर, पार्क के कोने में बैठ गई थी, मानो उसका काम ख़त्म हो गया है और वह अपनी ज़िम्मेदारी से मुक्त हो गई है। मैं भी उसके इस खुलासे से सन्न हो उसके पास बैठ गई थी। मुझे याद आने लगी थी चर्च और स्टीव के परिचित लोगों की खुसफुस जो आज से बीस-बाईस साल पहले हुआ करती थीं।

"पता नहीं, कहाँ फँस गया स्टीव!"

"कोई चीप-सी डांसर है, जिसे उठा लाया है।"

"न-न शादी की है, हमने अटेंड की है, प्राइवेट सेरेमोनी में, घर पर।"

"न-न..., बहुत अच्छी है। वेरी अट्रेक्टिव एंड सोफिस्टिकेटेड, फादर-मदर भी नहीं हैं लड़की के।"

यह सब याद करते हुए, मुझे फिर लगा कि आज दुबारा स्टेला ने मेरे सामने चुनौती रखी थी कि मैं अपने भ्रमों से मुक्त हो, सच को सच की तरह स्वीकार करूँ और सहज बनी रहूँ। लेकिन मैं ऐसा नहीं कर सकती स्टेला। मैं ऐसा बिलकुल नहीं कर सकती, इसीलिए मैं आज भी इनकार करती हूँ कि स्टेला मैंने तुम्हारे बारे में कुछ नया जाना है। ऐसा कुछ नया जो इतने दिनों से बनी तुम्हारी इमेज को खंडित करता है। इसीलिए—ऐसा ही हो कि स्मृति ने आज किसी नई बात को दर्ज नहीं किया है। सनद रहे—स्टेला और स्टीव की उलझी हुई कोई भी बैक स्टोरी नहीं है।

"कीप इट सिम्पल, जस्ट कीप इट सिम्पल।"

क्रिसमस की पूर्व सन्ध्या वाली पार्टी में मानेसर वाले फार्म हाउस पर भव्य

इन्तज़ाम था। चारों ओर क्रिसमसी गाने बज रहे थे। ख़ूब सारी झक-झक करती हुई बत्तियों के बीच आत्मविश्वास से भरा अपूर्व चौधुरी मंच पर चढ़ा और अपने बोल्ड समय का ऐलान करते हुए बोला, ''यह इक्कीसवीं सदी का क्रिसमस है स्टीव सर, आप मुझे इजाज़त दें तो मैं आपसे एक सीक्रेट शेयर करना चाहता हूँ। बचपन से हिन्दी फ़िल्मों की डांसर हेलन, मेरी फेवरिट रही है। क्यों न आज की पार्टी उसी के नाम हो जाए! क्यों न आज हम उसी के गानों पर डांस करें!''

चारों ओर तालियाँ और सीटियाँ बजने लगीं। स्टीव चिल्लाया—

''व्हाई नॉट?''

और जब स्टीव के बग़ल में बैठी स्टेला का हाथ माँगते हुए, अपूर्व ने इजाज़त माँगी—

''क्या मैं मैम के साथ डांस कर सकता हूँ?'' तो स्टीव ने बड़ा-सा ठहाका लगाया। अलबत्ता स्टेला की आँखों में एक नन्हा ज़िद्दी आँसू देर तक अटका रह गया।

कई बातें जो स्टेला ने मुझे बाद में बताईं, उनमें से एक अहम बात यह भी थी कि मेरे अलावा सिर्फ़ अपूर्व चौधुरी ही वह शख़्स था, जिससे उसने 'बड़ी होकर हेलन जैसी बनना चाहती हूँ' वाली ख़्वाहिश बाँटी थी। अपूर्व ने उसकी ख़्वाहिश का सम्मान किया था। ''वह बहुत बड़ी सोचवाला, छोटी उम्र का आदमी है,'' उसने दाँत पीसते हुए कहा था और मेरी ओर उलाहना भरी नज़रों से देखा था।

उन्हीं दिनों मुझे असम जाना पड़ा, एक लम्बे दौरे पर। लौट के आने के बाद पता चला स्टीव और स्टेला अपने बेटे से मिलने और यूरोप घूमने जा रहे हैं। जब स्टेला मुझसे मिली तो शहर के नामी-गिरामी लोगों के बारे में ढेर सारी बातें सुनाने लगी। अपूर्व चौधुरी की एक बात न की। मेरे अन्दर शंका के बादल घुमड़ने लगे। हिम्मत कर मैंने पूछ ही डाला, ''और अपूर्व का क्या हाल है?''

''बिलकुल ठीक।'' वह थोड़ी लापरवाही से बोली और हँसने लगी, एक गीली-गीली-सी हँसी।

''गया था, कोलकाता, अपनी किताब के पब्लिशर से मिलने। आएगा परसों वाली पार्टी में। वहीं मानेसर।''

''फिर पार्टी है?''

''हाँऽऽ'' धीरे-धीरे निस्तेज़-सी होती जा रही वह बोली, ''लोग थकते कहाँ हैं पार्टियों से, स्टीव के ऊपर दबाव बनाया 'पोस्ट क्रिसमस पार्टी' करो तुम लोग, अब महीने भर की रौनक़ समेटे तो यूरोप चले जाओगे। भरपाई करो उसकी।''

''हूँऽऽ'' मैंने उसे उकसाने की ग़रज़ से कहा, ''तुम भी तो नहीं थकतीं, इतनी सारी चीज़ें एक साथ सँभालती रहती हो।''

''न, तुम फिर ग़लत हो, तुम देख ही नहीं पा रही हो, मैं कितना थक रही हूँ।''

जी किया कह दूँ 'कीप इट सिम्पल बेबी', दे मारूँ उसी का मंत्र उसके मुँह पर, लेकिन फिर जाने दिया, उसकी अन्दरूनी सेहत बहुत माफ़िक़ नहीं लगी मुझे।

मानेसर की पोस्ट-क्रिसमस पार्टी ख़ास रेट्रो थीम पर रखी गई थी। सब साठ-सत्तर के दशक की हिन्दी फ़िल्मों से इंस्पायर्ड कपड़े पहनकर आए थे। फ़िज़ा में ट्विस्ट, रॉक ऐंड रोल, साम्बा का डांस म्यूज़िक गूँज रहा था। कुछ नहीं तो दो सौ गेस्ट थे, जिनके बीच से मैंने अपूर्व चौधुरी को मुश्किल से तलाशा। वह एक कोने में ठीक डी.जे. के मंच के साथ बैठा था और सिगरेट फूँकता हुआ, धुएँ के छल्ले बना रहा था। वह किसी सोच में डूबा हुआ भी लग रहा था। किसी से बातचीत भी नहीं कर रहा था। स्टेला बहुत देर तक उसके पास नहीं फटकी, और एक बार जो गई भी तो दोनों के बीच, नज़रों के अलावा कोई आदान-प्रदान नहीं हुआ। इसके बाद, अपूर्व अपनी टेबल पर शराब के गिलासों का अम्बार लगाने लगा। पहली बार मुझे उसकी मन:स्थिति पर चिन्ता होने लगी। सोचा, स्टेला को बुलाकर आगाह कर दूँ, कहीं कोई अप्रिय सीन न हो जाए, लेकिन इसका मौक़ा ही नहीं मिला, क्योंकि उस दिन स्टीव नौरिस पर भी कोई रेट्रो भूत सवार हो गया था। वह बहुत पीने के बाद मंच पर गिरता-पड़ता चढ़ गया था, और म्यूज़िक बन्द करवाकर, माइक में चीख़ने लगा था, "साइलेंस...साइलेंस।"

लोग इस अचानक की घोषणा से चकित हो, अपनी-अपनी जगहों पर जम गए। जब स्टीव को पूरी चुप्पी का एहसास हो गया तो वह फिर माइक से चिल्लाया, "स्टेला नौरिस, क्या तुम अब भी स्टीव नौरिस को प्यार करती हो?"

इस अप्रत्याशित सवाल से चारों ओर की हवा भारी हो गई। दबाव की भाषा तनाव भरी थी। लगा शिराएँ फट जाएगीं, धमनियों का ख़ून चारों ओर फैल जाएगा और जो कुछ लोग डूब गए तोऽऽ सवाल सुन स्टेला सन्न रह गई। उसने मंच से अपना चेहरा हटाकर, मंच के कोने में रखी इकलौती कुर्सी और टेबल पर रखे तमाम गिलासों के बीच से अपूर्व चौधुरी की आँखों को खोजा। उसने वहाँ पर भी वही सवाल पाया जो स्टीव ने अभी-अभी उसकी ओर उछाला था। जवाब जानकर, उसका दिल बहुत ज़ोर का दुखने लगा था। उसने बिना समय गँवाए, दौड़कर, स्टेज पर चढ़कर, स्टीव से माइक छीना और चिल्लाकर कहा, "हाँऽऽ-हाँऽऽ-हाँऽऽ।"

लोगों ने इस लाउड शो ऑफ इमोशन पर ज़ोरदार तालियाँ बजाईं। कुछ लोगों ने आँखों की कोरों से पानी भी पोंछा और स्टेला और स्टीव ने लोगों के जाने के बाद भी नाचना नहीं बन्द किया।

इसके कुछ ही दिनों बाद स्टीव और स्टेला यूरोप चले गए। फेस बुक अपडेट्स से पता चलता रहा, परिवार बहुत मज़े कर रहा है।

स्टेला जब लौटकर आई, तब दिल्ली अपने सबसे ख़ूबसूरत पड़ाव पर थी। चारों ओर फूल ही फूल, हल्की-फुल्की सहलाती ठंडक और गुनगुनाती धूप। मेरे

मन में भी अनोखी उमंग थी। ज़िन्दगी की सच्चाई पर फिर फिर विश्वास करने का मन करने लगा था। जी चाह रहा था, स्टेला से जल्द से जल्द मिलूँ और अपनी बातें शेयर करूँ। इसीलिए उसके आने के अगले ही दिन मैं उसके घर पहुँच गई। देखा, वह लॉन में बैठी हुई थी और घर के अन्दर से किसी अंग्रेज़ी गाने की आवाज़ आ रही थी। ग़ौर किया तो समझ में आया, हमारे कॉलेज के ज़माने के एक गाने का नया संस्करण था।

Last charistmas, I gave you my heart,
but the very next day,
you gave it away...

फिर उसे पास से देखा तो धक्का लगा। वह एकदम बेजान और मुरझाई हुई लग रही थी। उसके कपड़े बेतरतीब थे, बाल फैले हुए। आज तक जो अपनी उम्र से दस साल कम लगती रही, आज अपनी उम्र का ऐलान कर रही थी।

"क्या हुआ?"

"कुछ नहीं।"

"कैसी हो?"

"मस्त।"

इसके बाद हमारे बीच एक बेरहम-सी चुप्पी पसर गई। कॉफ़ी के दूसरे दौर के बाद उसी ने चुप्पी को भंग किया।

"अपूर्व चौधुरी और मेरे बीच कुछ नहीं रहा।"

"समझती हूँ।"

इस पर उसने मुझे ज़िबह हो रहे जानवर की आँखों से देखा। मैं उसके इस दुख से भीतर तक थर्रा गई। क्या हुआ था ऐसा...कुछ बताती भी नहीं थी।

फिर उसका मूड अचानक पलट गया।

नाटकीय हँसी हँसते हुए बोली, "तुम्हारे नाटक में इंटरल्यूड की जगह है? वैसे इंटरल्यूड का वज़न होता कितना है? फिल अप द ब्लैंक्स जैसा क्या? हाऽ हाऽऽ बताओ न?"

मैंने उसकी विक्षिप्तता से हुज्जत करने की ज़रूरत नहीं समझी। चुपचाप उसका हाथ पकड़, उसे बेडरूम में ले गई। वह एक उदास छोटे बच्चे की तरह मेरी बात मान गई। वहाँ पलंग पर हम दोनों सिरहाने से पीठ लगा बैठ गए। मानो अब यही अगला क़दम होना था, फिर अगला घटित होगा और उसके बाद फिर अगला। सचमुच उसके बाद वह हलक़ में फँसी जान को धीरे-धीरे आज़ाद करने के वास्ते सिसकने लगी। उसके बाद ही, मैंने उसे, मरने के पहले ज़िन्दगी का राज़ बताना शुरू किया था। इस उम्मीद के साथ कि अब तक जो वह मरने की तैयारी कर रही है, उसे एक सिरे से यदि खारिज नहीं भी कर पाए तो किसी अघोषित अनजान

समय के लिए स्थगित तो ज़रूर ही कर देगी।

"स्टेला, मुझे अन्दाज़ा नहीं था तुम्हारे साथ क्या हुआ लेकिन इस बीच मेरे अन्दर भी बहुत-कुछ बदला है। तुमने कहा था न, कई बार बहुत सोचना नहीं पड़ता, चीज़ें अपने आप सुलट जाती हैं। ऐसा ही होता है स्टेला, मैं मानने लगी हूँ, समय बड़ा ज़ालिम हो गया है, झूठ और सच का भ्रम बहुत ज़्यादा है। लेकिन जानती हो, फिर भी मैं अब मानने लगी हूँ कि दुनिया अभी भी धोखों की बदौलत नहीं विश्वास के बल पर चल रही है। जानती हूँ, तुम्हारा मन नहीं, लेकिन फिर भी तुम्हारे लिए एक गिफ़्ट लाई हूँ। खोलोगी? प्लीज़...।"

वह एकटक मेरी ओर देख रही थी, और इस बार खुली आखों से अपने भोंदूपने का इज़हार कर रही थी। मैं समझ रही थी, स्टीव इस पर क्यों मरता है, और अपूर्व चौधुरी ने इसमें क्या पाया होगा।

धीरे से मैंने गिफ़्ट उसके हाथों में धकेल दिया। उसने यंत्रचालित-सी हो, उसका रैपर खोला। अन्दर से एक किताब निकली। मैंने अपनी नज़रें नीचे कर रखी हैं। उसी किताब पर, जो मैं उसके लिए लाई हूँ। मैं इस वक़्त उसका चेहरा देख उसके आश्चर्य की पवित्रता को नष्ट नहीं करना चाहती हूँ, मैं सुनती हूँ, उसके गले से एक घुटी हुई चीख़ निकलती है। वह अब ज़रूर देख रही है। किताब का कवर सीपिया रंग में रँगा है। शीर्षक बोल्ड अक्षरों में है।

'Colonal Monuments of old Delhi'

लेखक—अपूर्व चौधुरी

वह निस्सन्देह अब एक के बाद एक बड़े एहतियात से पन्ने पलट रही है।

किताब में एक पन्ना समर्पण के लिए सुरक्षित है। समर्पण किताबों का स्थायी भाव है।

पन्ने के बीचोबीच लिखा है—

"कुछ चीज़ें चिरकालिक होती हैं।"

"यह किताब—हेलन के लिए।"

स्टेला की उँगलियाँ वहाँ ठहरकर, फिर उठ जाती हैं। वह किताब के अन्य पन्नों को नहीं पलटती। धीरे से किताब बन्द कर देती है और किताब को एक बार अपनी छाती से चिपका लेती है, फिर दुबारा किताब अपनी गोद में रख, धीरे-धीरे बड़ी मुलायमियत से 'अपूर्व चौधुरी' के नाम पर उँगलियाँ फिराने लगती है, बार-बार, मानो किसी कोमल निष्पाप मेमने की देह सहला रही हो।

कठकरेज

उन्हें हम सब बब्बा कहा करते थे।

गाँव से बाहर, मेन रोड से लगा हुआ, उनका घर था। दूसरे गाँव या शहर जानेवाली बस या टैक्सी में खिड़की वाली सीट पर जो जगह मिल जाती, तो साफ़-साफ़ दीख जाता था बब्बा का घर। आधी पक्की, आधी कच्ची दीवारों का बना। सुना करते थे, जब बब्बा पट्टीदारों से झगड़ा कर गाँव के बाहर घर बनाने चले गए थे तो बहुत उफान में थे। तब ज़ोर से चारों दिशाओं में लाठी भाँज ऐलान करते थे, ''पन्द्रह ही दिन में बड़का मकान बनी। एकदम पक्का। रंग-रोगन चकाचक। रोशनी चकाचक।''

बब्बा की रोशनी वाली गर्वोक्ति, दरअसल एक और सुनी हुई बात से जुड़ी हुई थी जिसका आरम्भिक प्रमाण गाँव में दीख रहा था और वैसे तो हमारा गाँव निहायत पिछड़ी श्रेणी में आता था जहाँ ग़रीबी पसेमंज़र थी, लेकिन कुछ घर तो फिर भी आलीशान थे ही। जगदम्बा प्रसाद साहू दुकानदार, हरीनारायण मिश्र, अखिलेश सिंह जैसे लोगों के घर पूरे पक्के थे। अवध नारायण शुक्ल का घर तो दो-मंज़िला और पक्का था। वे गाँव के बड़े किसान थे। मैं उसी मकान में रहता था, क्योंकि वे मेरे दादाजी थे। इन पक्के मकानों के अलावा कुछ लोग और थे, जिनके सपनों में पक्के मकान थे और वे अपनी अगली पीढ़ी के बड़ा होने का इन्तज़ार कर रहे थे। इक्कीसवीं सदी के लगने के बावजूद हमारा गाँव कई तकनीकों की बाट जोह रहा था। उसी में एक रोशनी चकाचक वाली बात भी थी। हमारा गाँव अँधेरे में ही रहता था और हम उसके आदी थे। ऐसा नहीं था कि सरकार ने हमारे गाँव में रोशनी लाने का प्रयास नहीं किया था। गाँव से दो किलोमीटर दूर पर स्कूल खुल गया था, हफ़्ते में दो दिन डॉक्टर भी आने लगा था, लेकिन रोशनी वह भी चकाचक वाली फिर भी नदारद थी। एक बार सरकार के नुमाइन्दों ने बड़ी मेहनत से सड़क के चारों ओर बिजली के ऊँचे खम्भे गाड़े थे। ख़ूब ऊँचे-ऊँचे जिन्हें देखने के लिए हम बच्चों के साथ-साथ सभी के चाचा, मामा, फूफा, बाबूजी और माँ लोगों की भी भारी भीड़ हुई थी। गाँव में बिजली आने की ऐसी चर्चा फैली कि पूरा गाँव अपने गाय-बैलों समेत दिन के किसी-न-किसी पहर में गड़ते खम्भों को

देखकर भविष्य में आनेवाली रोशनी भरी ख़ुशी का प्रारम्भिक रसास्वादन कर ले रहा था। लोगों की आँखों में भी एक रोशनी भरी चमक आ गई थी। बच्चे स्कूल जाते वक़्त बिजली को लेकर नए गीत रचने लगे थे।

भइल एक्कीसवीं सदी तो
आइल रोशनी हमनी के गाँव।

कुछ बड़े बच्चे जो उर्दू शायरी की तब थोड़ी-बहुत जानकारी रखने लगे थे, जब से पांडे मास्साहब ने एक शेर हमें प्रेरणास्रोत सुनाया था—

हज़ारों साल नर्गिस अपनी बेनूरी पे रोती है,
बड़ी मुश्किल से होता है चमन में दीदावर पैदा

की तर्ज़ पर चिलचस्प ढंग के शेर बनाने लगे थे—

लो आ गई इक्कीसवीं सदी
अब किस बात का इन्तज़ार
खम्भे गड़ गए जगह-जगह
अब रोशनी से होगा चमन गुलज़ार

ऐसे ही एक दिन 'बिजली आनेवाली है' के गीत-संगीत भरे जत्थे को बब्बा ने आँख दिखाई थी। तब मंगलू ने बब्बा के असल पोते से (जो जत्थे में हमारे साथ ही स्कूल पढ़ने जाता था) पूछा था—

"काहे को? अब ई कौन बात भइल? बब्बा काहे आँख दिखा रहे हैं?"

बब्बा के असल पोते का नाम आशीष था (जिसे प्यार से आसू कहा जाता था, जैसे मंगलेश को मंगलू)।

आसू मंगलू के तेवर देख थोड़ा सकपकाते हुए बोला, "बाबा को गाना-बजाना नहीं पसन्द ना?"

"हेट्ट!" लड़कों ने उसकी कमीज़ पकड़ खींचना शुरू कर दिया।

"तोहार बब्बा को कुछु पसन्द बा?"

फिर लड़कों में और तड़ी का भाव आ गया, वे कहने लगे—

"अब तुम्हारे बब्बा कहेंगे तो ही हम हगेंगे-मूतेंगे क्या? हरामी!" आसू क्रोध से उफनने लगा था। उसकी नाक से बुलबुले फूटने लगे। माथे से पसीना चूने लगा। उसका दबा हुआ सीना आवेग में आगे-पीछे होने लगा। इसी बीच किसी ने धीरे-से चुटकी भरी आवाज़ में चुट से बोला, "अरे बब्बा हरामी...!" इस पे आसू के मुँह से नई-नई अंग्रेज़ी गाली निकली।

"यू-यू ब्लडी।"

उसके इस रूप पे लड़कों को हँसी आ गई और आसू भी हल्के-हल्के सहज होने लगा, जैसे लड़कों की गाली उसके बब्बा के लिए प्रयुक्त हो तो ठीक और जो उसके लिए होती तो उसकी अपनी इज़्ज़त है, जिसके लिए लड़ना उसका धर्म होता।

इसी के साथ हम सबमें, सबसे बड़े, जनार्दन भाईजी ने सबको फटकारते हुए, ठीक बैल हाँकने के अन्दाज़ में कहा—

"हो...हो, बढ़ो, आगे बढ़ो।"

बब्बा की हम बच्चों पर और बहुत सारे बड़ों पर आँखें तरेरने, हल्ला मचाने, गाली-गलौज करने की अदा कोई आसमान का तारा टूटा जैसी अप्रत्याशित घटना नहीं थी। यह बब्बा की जीवन जीने की अदा थी, जिसकी वजह से वह हम सभी के बीच काफ़ी अलोकप्रिय थे। कई लोगों के लिए थूकने की हद तक घृणित। उनको लेकर गाँव में तरह-तरह की कहानियाँ प्रचलित थीं जिन्हें लोग थपकी देकर सुलाते नहीं जिलाते रहते थे। आपस में बड़े बच्चे भी कहा करते थे, "बब्बा के कारनामे नऽऽ...एक किताब बन जाए उस पर।"

वैसे मुझे बब्बा की लाल खूनी आँखें, मुँह से निकलती फेन जैसी गालियाँ और तेल पिलाई लाठी से ख़ासा डर लगता था। वे हमेशा सफ़ेद धोती पहनते थे और उसके ऊपर कुछ नहीं। उनका शरीर चौड़ा, कसा और मज़बूत था और चूँकि वे बहुत गोरे-चिट्टे थे तो पत्थर की मूर्ति जैसे, दूर से नज़र आते थे। हम बच्चों को उनका डरावना सपना भी कई बार दिखलाई पड़ता था। उनके सिर पर खड़े-खड़े घास जैसे बाल और मुँह से निकलती आग। विचित्र ही थे बब्बा, लेकिन जाने क्या बात थी कि मुझे उनकी विचित्रता बहुत आकर्षित करती थी।

एक दिन ब्रह्म बाबा के स्थान पर खेलते-खेलते मैंने एक क़िस्सा सुना और घर लौटकर अपनी माँ को उत्साह से कूदते-कूदते सुनाया और उसके ठीक एक घंटे बाद बाबूजी के खेत से लौटने पर एक ज़ोरदार थप्पड़ खाया था। वह मेरी ज़िन्दगी का होश में खाया पहला थप्पड़ था, जिसकी अनुगूँज आज तक मेरे कानों में है। बाद में जब दालान में जाकर एक कोने में चुक्की-मुक्की बैठ मैं हिचक-हिचक रोया था तो बाबूजी ने पश्चात्ताप भरी आवाज़ में कहा था—

"इसकी क्या ग़लती है? यह तो बच्चा है। उन लोगों को बच्चों के सामने ऐसी बात नहीं करनी चाहिए।" इसके बाद माँ मुझे चुप कराकर ले गई थी और दुलारते हुए एक कसार का लड्डू उस दउरे में से निकालकर दिया था, जो थोड़ी ही देर पहले मेरे चचेरे भाई की ससुराल से आया था और जिसका बाँट-बखरा क़ायदे से होना अभी बाक़ी था।

हालाँकि पत्थर जैसे कसार के लड्डू को खाते वक़्त मेरे सामने का हिलता हुआ दाँत टूटकर ज़मीन पर गिर गया था, लेकिन फिर भी कसार के मीठे स्वाद और बायने में से सबसे पहला लड्डू प्राप्त कर, मैं कुछ ख़ास हूँ, ऐसा माँ के महसूस कराने पर मेरे मन से थप्पड़ का दुख कम होने लगा था और एक नए प्रकार का उत्साह मन में कोंपल उगाने लगा था, जिसमें जिज्ञासा के बहुत सारे फूल खिल गए थे।

उसी दिन देर शाम को मुझे जनार्दन भाईजी, साहूजी की दुकान पर नमक ख़रीदते दिख गए थे। उनके सौदा लेने के बाद मैं वहीं से उनके साथ लग गया।

"भाईजी," मैंने मासूमियत के भारी लबादे को ओढ़ते हुए कहा था, "बब्बा इतने टेढ़े क्यों हैं?"

जनार्दन भाईजी ने अपने काले चौकोर चश्मे को अपनी नाक पर नीचे खिसकाया और नंगी आँखों की काली पुतलियों से ग़ौर से मुझे तोलते हुए बोले, "लगता है, तुम अच्छी तरह पढ़-लिख रहे हो जी, ख़ूब साफ़ और अच्छी हिन्दी बोलने लगे हो।" इसके बाद उन्होंने मेरी पीठ ठोंकी, चश्मा ऊपर किया और अपने घर की ओर जाने लगे।

मुझे चिढ़ लगने लगी, लेकिन मैंने ठाना था कि ब्रह्म बाबा के स्थान पर सुनी गई बब्बा की उस कहानी का सच जानकर रहूँगा।

"भाईजी—बताइए नऽऽ अच्छा ये बताइए, बब्बा का घर गाँव से अलग क्यों है?"

इसपे भाईजी, बगलें नहीं झाँक पाए। बब्बा की चर्चा तो हर कोई करता था और मैंने बहुत सामान्य-सा सवाल कर दिया था, जो कई बार, कई लोग, कइयों से कर चुके थे। इसीलिए भाईजी ने बहुत सामान्य सी आवाज़ और मुद्रा में इसका जवाब भी दे दिया।

"अरे जानते तो हो, वही ज़मीन-जायदाद का झगड़ा। कितने घर तो टूट गए इस तरह—।"

उन्होंने गहरी श्वास छोड़ी। उनके घर का बँटवारा हो चुका था और वे काफ़ी छोटे टुकड़े पर गुज़ारा कर रहे थे।

"लेकिन बाबू, तुम बब्बा के बारे में इतना क्यों जानना चाह रहे हो?"

अब इतना सुनने पर तो मेरे पेट में छिपी बातों का भँवर ज़ोर-ज़ोर से घुमेर लगाने लगा और मैंने जल्द ही अपच के डर से उसे उगल दिया, "भाईजी, मैंने सुना है बब्बा को लोगों के साथ सोने की आदत थी, इसी से बहुत जल्द उनकी मर्दानगी चुक गई। भाईजी, ये मर्दानगी चुकना क्या होता है?"

अभी मेरी बातें पूरी भी नहीं हो पाई थीं कि मैंने देखा भाईजी का चेहरा चूल्हे की आग की तरह भभकने लगा था। उनका इस तरह का चेहरा देख मैं डर गया और अपने घर की ओर मुड़ दौड़ने का मन बनाने लगा, जब मेरे सुन्न पड़े शरीर के कानों में भाईजी की महीन आवाज़ सुनाई पड़ी—

"सुनो, इधर सुनो।"

मैंने डरते-डरते अपना मुँह भाईजी की ओर किया तो देखा भाईजी बहुत संजीदगी से मुझसे कह रहे हैं इशारों में कि, चलो नदी पर। मैं चुपचाप उनके

आदेश का पालन करने लगा। नदी के किनारे चारों ओर धसक जानेवाले बालू के ढेर बने हुए थे। बहुत सारे छठी मइया के प्रतीक पिछले साल हुई छठ पूजा के बाद उड़ गए रंग-रोग़न के साथ खड़े थे। वहीं एक सूखी सपाट सतह पर हम दोनों बैठ गए। हमारे गाँव की नदी का पाट सँकरा था। लेकिन नहाने को जी भर पानी मिल जाता था। सारे बच्चे नदी पर नहाते तैरते बड़े हुए थे। अभी भी कुछ लोगों की चहल-पहल वहाँ बनी हुई थी और साथ-साथ चारों ओर की धरती पर शाम धीरे-धीरे अपने पाँव रखने लगी थी। उसकी छाया में सन्नाटा गुपचुप सब आवाज़ों को गुल करने पर तुला हुआ था। ऐसे में भाईजी की आवाज़ नदी के भीतर ठीक कंकड़ उछालने जैसी ठप-सी सुनाई पड़ी। एक अबूझ हलचल, फिर सब शान्त।

"तुम अभी बच्चे हो बाबू! उलटी-सीधी बातें मत सुना करो। पढ़ाई में दिल लगाओ। जीवन भर इसी गाँव में नहीं टँगना है तुम्हें। मैंने चाचा से बात की थी, वे कुछ दिनों बाद तुम्हें पटना वग़ैरह पढ़ने भेजने की बात कर रहे थे। ये बब्बा-वब्बा से तुम्हें क्या लेना-देना? जहाँ पटना गए, वहाँ भूल जाओगे सब कुछ। जब लौटोगे तो बाबू साहब बनकर लौटोगे, इस तरह की बातें सोचो—अच्छी बातें सोचो। चलो, अब या तो कोर्स की कविता सुनाओ या कोई भजन।"

इसके बाद मैंने उन्हें कविता सुनाई थी,

"माँ कदम्ब का पेड़ यदि जमुना तीरे होता—"

जनार्दन भाईजी की आवाज़ का जादू मुझपे गहरा हुआ। लेकिन मेरे अन्दर की इच्छा और हठ ने उस जादू से बाहर जाकर मुझे अजीब-सी बेचैनी से भर दिया। सारी अच्छी बातों को जानने और अपनाने के उपदेश के बावजूद मेरा मन उस गन्दी बात को जानने के लिए तड़पने लगा, जिसके नज़दीक जाने से सब मुझे रोक रहे थे। जब जनार्दन भाईजी ने मुझे घर तक पहुँचाया तो बात न जान पाने का आवेग रुलाई की शक्ल में उभरने लगा। माँ मुझे देखकर ममता की सारी परिभाषाओं से भर उठी थी। उसे लगा, बाबूजी की मार की पीड़ा मेरे हृदय में छप न गई हो। उसने झट कड़ुवा तेल गरम किया और हरिया को कटोरा पकड़ाते हुए बोली—

"तनी बबुआ के मालिस कर दे।"

हरिया हमारा हरफ़नमौला कामगार था। वह कुट्टी काटता था, गाय को खाना खिलाना और नहलाना भी कर लेता था, कभी खेत पर भी हाथ बँटा देता था और कभी-कभी घर के छोटे बच्चों के खेलकर थकने पर उनकी देह भी दबा दिया करता था। वह हमेशा भावहीन हो सारे काम करता था, लेकिन कभी जब धोखे से घर के लोग उसे सही समय पर खाना देना भूल जाते थे तो वह कुट्टी मशीन वाले कमरे में छिपकर बैठ जाता था और जब लोग उसे ढूँढ़ते हुए वहाँ पहुँचते थे तो वह रूठे हुए अन्दाज़ में कहता था—

"अब हम पटना चल जायब। रिक्सा चलायब।"

लेकिन खाना खाने के बाद वह फिर भावहीन हो अपने काम में जुट जाता था। मानो कुछ देर पहले वह थोड़ी देर सोया था, एक बुरा सपना आया और अब वह उठ गया है।

हम बच्चों की हरिया से ख़ूब पटती थी, क्योंकि वह हमारी बात कभी नहीं काटता था। उस दिन जब हरिया ने मुझे आँगन में बिछी चारपाई पर लिटाया और मेरे पैरों पर तेल मलने लगा तो मैंने देखा आसमान में आँगन में गड़ी हनुमानी पताका फहरा रही है और उसके ठीक ऊपर सितारे धीरे-धीरे चल रहे हैं। मुझे सितारों का अपने से बहुत-बहुत दूर होने का एहसास हुआ। फिर माँ क्यों कहती थी—बड़े हो जाओ। चमको सितारों की तरह। सितारा हो जाओ। लेकिन सितारे तो इतनी दूर होते हैं, मैंने बिना समझे, छटपटाते हुए, हरिया से कहा, ''हरिया, पटना आने-जाने में तो बहुत समय लग जाता है न? चाचा-चाची कितना कम गाँव आते हैं! और अतुल-विपुल को तो यहाँ अच्छा भी नहीं लगता।'' मैं अपने चाचा-चाची और चचेरे भाइयों के बारे में सोचने लगा।

हरिया मेरे पैर दबाता हुआ बोला—

''हूँ।''

पटना चमकदार शहर है, वहाँ सब कुछ इतना बड़ा, इतनी आवाज़ों वाला है। जब मैं कुछ दिनों के लिए वहाँ जाता था तब चाचा-चाची हमें ख़ूब घुमाते थे। बढ़िया जूस पिलवाते थे, आइसक्रीम खिलाते थे। मैं वहाँ जाता था, तो दिन खट से छू-मन्तर हो जाते थे। मुझे उन दिनों गाँव की याद नहीं आती थी।

''हरिया,'' मैंने अपनी छटपटाहट को रोकने की नाकाम कोशिश में हरिया से ही जानना चाहा, ''कहीं चले जाओ, बब्बा को नहीं भूला जा सकता, क्यों?'' इसके बाद मैं फीकी हँसी हँसने लगा।

क्या मेरी छटपटाहट सिर्फ़ बब्बा की वजह से थी? या मैं किन्हीं और आशंकाओं से ग्रस्त भीतर-ही-भीतर रो रहा था, यह हरिया की समझ के बाहर की बात थी। वह मेरे सवाल पर अचानक ठिठक गया और पहली बार उसकी आँखों में मैंने एक ऐसा भाव देखा, जो मेरे मन में सड़ी चीज़ें, गन्दगी वग़ैरह देखकर आया करता था।

उसने मुझे घूरते हुए पूछा—

''का भइल बाबू, मिज़ाज ठीक बा न?''

पता नहीं बब्बा वाली बात मेरा पीछा क्यों नहीं छोड़ रही थी।

''हरिया!'' मेरी आवाज़ में ऐसी कातरता उतर आई थी कि हरिया दुबारा बहुत ममतामयी भाव से मेरा माथा सहलाने लगा—

''ये बब्बा सबके साथ कैसे सोते हैं? वे अब मर्द कैसे नहीं हैं? इस बात में ख़राबी क्या है?'' इतने सारे सवाल सुन हरिया के माथे पर बल पड़ गए। उसने

अपने हाथों से मेरे दोनों कान ढक लिये और बुदबुदाते टूटे-फूटे शब्दों में कुछ बोला। मुझे बस इतना ही सुनाई पड़ा।

"बब्बा हरामी है।"

इन टूटे-फूटे जवाबों ने मुझे किसी प्रकार की समझदारी से समृद्ध नहीं किया और उस वक़्त न मेरी इतनी कुव्वत थी कि मैं सब बातों को जोड़-जाड़कर कोई सिलसिला ही तैयार कर पाऊँ। मैं ऊँघते-ऊँघते सो गया। उस रात हरिया ने ही अन्दर कोठरी में जाकर मुझे पलंग पर लिटाया।

अगले दिन जब मैं उठा तो मन बड़ा भारी था, लेकिन मुझे ठीक-ठीक याद नहीं पड़ रहा था कि मेरा मन इतना असन्तुष्ट और भारी क्यों है।

वो तो जब साइकिल पर चढ़ हम स्कूल जाने लगे और बब्बा का घर दिखा तो मुझे आसू की याद आई।

मैंने स्कूल जानेवाले जत्थे में आसू को ढूँढ़ा। मैंने देखा वह हमारे साथ नहीं था। मैंने मंगलू से पूछा—

"आसू कहाँ?"

उसने बब्बा के घर के सामने इशारा कर दिया। देखा, बीजू आम के बड़े पेड़ की मोटी देह से आसू बँधा हुआ था। उसके शरीर पर सिर्फ़ बनियान और चड्ढी थी। उसकी कमीज़ नीचे पड़ी हुई थी और पाजामा ग़ायब था, जिसके इज़ारबन्द को उसे बाँधने के काम में इस्तेमाल किया गया था। उसे यूँ देख मैं सकते में आ गया। साइकिल धीमी कर हम सब सड़क के उस ओर हो लिये, जहाँ से आसू हमें और अच्छी तरह दिखलाई पड़े। आपस में सब खुसुर-फुसुर करने लगे थे। तभी हमें घर के सामने काठ की बड़ी चौड़ी कुर्सी पर बब्बा बैठे दिखे। वे ज़ोर-ज़ोर से चिल्ला रहे थे। वैसे ही आक्रामक और डरावनी मुद्रा में जैसे वे अक्सर हो जाया करते थे। तभी हमने देखा, ईया घर के बाहर निकली। उन्होंने खा जानेवाली नज़रों से बब्बा को देखा और जाकर आसू को बन्धन से आज़ाद कर दिया। आसू जल्दी-जल्दी अपने कपड़े समेटने लगा और ईया धम-धम करती हुई घर के अन्दर जाने लगी। उसी एक क्षण मैंने वह दृश्य देख लिया जो मुझे और गहरे तक उलझाने को उत्तरदायी हुआ और जिससे उबरना मेरे लिए आज भी मुश्किल होता है। मैंने देखा ईया के सामने पड़ने पर बब्बा रोने लगे। मोटे-मोटे आँसू गिराकर तेज़ आवाज़ नहीं लेकिन बेहद चुके और टूटे।

"यह क्या हुआ भाईजी," मैंने उसी सकते के घेरे से पूछा जहाँ मैं पूरा नहीं लेकिन ज़्यादा जम ही गया था। जनार्दन भाईजी ने मेरे कन्धे पर, सँभल जाओ बाबू, वाली थपकी दी और कहा—

"आज फिर ईया ने बब्बा को खाना नहीं दिया। इसीलिए धमकाने के लिए, बब्बा ने आसू को पेड़ से बाँध दिया है?"

''लेकिन ईया बब्बा को खाना क्यों नहीं देती है?''

''जाने दो बाबू...जब जो ताक़तवर होता है, वही दूसरे पर रोब जमाता है। सभी आदमियों की असली प्रकृति यही होती है। कल बब्बा का दिन था, आज ईया का दिन है।''

''मतलब?''

मेरी आँखों में बात न समझ पाने का लोभ और सारे सताए गए किरदारों की सहानुभूति में छोटी-छोटी बूँदें छलक आईं। आसू को कितना कष्ट हुआ होगा, पेड़ से बँधे रहने पर, बब्बा भूख से कैसे बिलख रहे थे? ईया ने मेरे पैदा होने से पहले क्या भोगा? लेकिन जो भी हो, बब्बा और ईया का आज का व्यवहार कितना शर्मनाक था।

आसू मेरा सबसे अच्छा तो नहीं, लेकिन अच्छा वाला ही साथी था। उसके बाबूजी बहुत दिनों तक गाँव नहीं आते थे। वे हमारे गाँव से कई मील दूर वाले गाँव रामनगर में मास्टर थे। आसू की माँ की तबीयत ख़राब रहती थी और वो अक्सर अपने पीहर छपरा जाकर अपना इलाज कराती रहती थी। आसू की कोई बुआ नहीं थी, न ही चाचा थे। उस दिन ब्रह्म बाबा के स्थान पर बब्बा वाले हिस्से में यह भी जुड़ा था कि आसू का पिता जाने कैसे पैदा हो गया और पिता तो पिता आसू का भी कैसा भाग जो बब्बा के संरक्षण में रहना पड़ता है! आज आसू के लिए मेरे मन में और दिनों से अधिक प्यार उमड़ आया। मैंने मन ही मन तय किया, आज से आसू ही मेरा सबसे अच्छा दोस्त होगा।

बाद में एक दिन अमराई में बैठे हुए, मैंने भाईजी से कहा था—

''भाईजी, मन में आता है बब्बा का इस ईंट से सिर फोड़ दूँ।''

जनार्दन भाईजी ने धीरे से मेरे हाथ से ईंट ले ली और पूछा था—

''क्यों?''

मेरे रोष की कोई पढ़ी-लिखी समझदार परिभाषा तो थी नहीं इसलिए मैंने सुनी-सुनाई बातों का सहारा लिया और कहा—

''क्योंकि बब्बा बहुत हरामी है। वे सबके साथ सोते रहे और अपने घरवालों को बहुत दुख दिया।''

''चटाक! चटाक!''

इस बार जनार्दन भाईजी ने मेरे गाल पर चाँटा रसीद किया था और और बेहद कड़वी आवाज़ में कहा था—

''किसी ने देखा नहीं है यह सब। ईया ने फैलाई हैं सारी बातें। अरे, बब्बा तो गाने-बजाने के शौकीन थे। गाँव-गाँव जाकर कीर्तन करते थे। समझे? और तुम जो बार-बार इन बातों को दुहराओगे तो तुम्हारे बाबूजी से अभी शिकायत कर दूँगा।''

जैसे कुत्ते की खड़ी पूँछ भयभीत होने पर उसकी टाँगों के बीच दब जाती है, ठीक वैसे ही मेरी बात मेरे भीतर दब गई। मैं न सिर्फ़ जनार्दन भाईजी के चाँटे और शिकायत की धमकी से डर गया था, बल्कि जनार्दन भाईजी की बातों ने भी मुझ पर गहरी फटकार लगाई थी। मेरे लिए अब ब्रह्म बाबा के स्थान पर सुनी गई बातें, पेचों से भरती जा रही थीं और लगता नहीं था, उसका खुलासा कोई कर सकता था।

मिथिलेश बो हमारे यहाँ से गाय का दूध लेने आती थी। एक दिन वह मुझसे बोली—

''चलबअ, जा तनी तोहार दोस्त आसू के घर।''

रास्ते में एक गड्ढे में पानी भरा मिला, कीच और काई थी जिसमें एक मेढक उछल रहा था। अचानक मैं उसे देखने के लिए रुका तो मिथिलेश बो बोली—

''अरे, बेंग देख तारअ? घरे-घरे एगो बेंग बा।''

यह कहकर वह ज़ोर से हँसी, लेकिन मुझे लगा सचमुच वह मेढक मेरे अन्दर आकर उछलने लगा है। मैं बुरा मान गया हूँ ऐसा मुँह बनाया तो वह और हँसने लगी और गाँव के बड़े लोगों के घरों की ओर इशारा करने लगी। मैं उसका आशय नहीं समझ पाया। फिर माँ की बात याद आई, वह कहती थी—मिथिलेश बो बड़ी समझदार है। यह याद कर मैं भी हँसने लगा, जैसे मिथिलेश बो की बातें ख़ूब समझ रहा हूँ।

आसू के घर जाने के मौक़े बड़े गिने-चुने होते थे। तीज-त्योहार बस। आज मिथिलेश बो की वजह से आ ज़रूर गया था, पर धुकधुकी मची हुई थी। जाने कब इनके घर हो-हल्ला मचना शुरू हो जाए और बब्बा की तेल पिलाई लाठी हरकत लेने लगे। मिथिलेश बो के पीछे-पीछे जो घर के अन्दर दबा-दबा सा घुसा तो सामने ईया ही पड़ गई। मैंने प्रणाम किया, तो ख़ूब ख़ुश होकर बोली, ''जुग-जुग जियो।''

ईया हमेशा की तरह बड़ी सुन्दर दीख रही थी। छोटे-से माथे पर लाल-लाल टीका, नारंगी भखरा सिन्दूर से भरी माँग, जिसमें उनके चमकते साँवले गाल और सुन्दर छोटे दाँत अलग ही नज़र आते थे। ईया ने पीले रंग की साड़ी पहनी थी, जो पियरी जैसी थी। वही दुल्हनों वाली पियरी। यह सोचकर और ईया को देखकर मेरा मन शंकाओं से ख़ाली होने लगा और जब ईया ने आसू को बुलाते-बुलाते मेरे हाथ में एक खाजा पकड़ा दिया तो मैं निष्कंटक और निर्भीक भावों से भर ख़ूब ख़ुश हो गया।

आसू और मैं घर के पीछे वाले हिस्से के बग़ीचे में चले आए जहाँ तरह-तरह की सब्ज़ियों के अलावा पपीते, केले और अमरूद के कई पेड़ थे। वहीं पर एक पेड़ के नीचे खड़े-खड़े मैंने उस कमरे के भीतर की ओर खुलनेवाली खिड़की से

आवाज़ों को सुना था जो मिथिलेश बो और ईया के बीच हो रही थी। आसू इस बीच एक छोटे-से पेड़ पर चढ़ा मेरे लिए अमरूद तोड़ रहा था।

"ऐ हो ईया, बुढ़ऊ मर जइहैं। जाए दअ हो, पुरनका बात सब के बेलगा दअ!"

"ना," ईया की आवाज़ में बाँस के चिराने जैसी तुर्शी थी।

"हम तरस-तरस के, अपन हिरदय जाँत कर जीवन बिता देनी।"

इतना बोल ईया की आवाज़ में एक सिसकी उभरी। मैंने खिड़की से ख़ूब अच्छे से झाँककर देखा, न-न—ईया रो नहीं रही थी। वह सिसकी जैसी आवाज़ तो ऐसे ही निकली थी। घर के उस भुला दिए गए वीरान कोने में जब कुछ गिर जाता है, वैसी आवाज़ थी वह। एक क्षण को उभरी फिर ग़ायब।

"जाए दअ ईया।"

मिथिलेश बो बहुत प्यार से ईया को समझा रही थी।

"ना-ना-ना।" ईया बिना चीख़े उसी पैनेपन से बोली। ऐसा लगा मेरी कल्पनाओं का भूत इनार से निकल नाच-नाच कर बोल रहा है।

"सरीर परान ख़त्म हो हो गइल। अब बुढ़ऊ के ख़त्म होखे के इन्तज़ार में बैठल बानी।"

यह सब सुन आसू का दिया अमरूद मैंने अपनी पैंट की जेब में रखा और बिना मिथिलेश बो का इन्तज़ार किए घर लौटने लगा। रास्ते में मुझे बब्बा के घर से लाठी पटकने की आवाज़ सुनाई पड़ी और सुनाई पड़ी वही चिरपरिचित वाली बब्बा की गाली भरी आवाज़।

"ई कौन सुअर का बच्चा घर में घुसा है?"

'छी: कितने गन्दे हैं बब्बा। और ईया क्या-क्या बोल रही थी?' मैं पूरी तरह भ्रमित और उलझा हुआ घर वापस लौट आया।

यही वह घटना थी जिसके कुछ ही दिनों बाद, बाबूजी मुझे पटना के नामी मिशनरी स्कूल में दाख़िला दिला, चाचा के घर व्यवस्थित कर, लेकिन ख़ूब रोता-बिलखता छोड़ गाँव वापस लौट गए थे।

तय यही हुआ था अब अगली गरमी की छुट्टियों में ही मैं चाचा-चाची और भाइयों के साथ गाँव लौटूँगा।

हालाँकि मैं पढ़ने में अच्छा था, लेकिन गाँव के वातावरण की वजह से मेरी अंग्रेज़ी कमज़ोर थी। इसीलिए मेरे लिए ट्यूशन लगा दी गई। भाइयों के बस्ते, स्कूल ड्रेस वग़ैरह देख मैं पटना में रहने और स्कूल जाने को लेकर लगभग उत्साहित हो चला था और धीरे-धीरे समय के अभाव वग़ैरह ने मिल-जुलकर गाँव के प्रति मेरे लगाव को धूमिल करना शुरू कर दिया। कुछ दिनों बाद ही मुझे जनार्दन भाईजी की नदी किनारे बताई गई अच्छी बातें पूरी तरह समझ में आने लगीं और

मैं ख़ूब आराम से हो गया।

साल ख़त्म होते-होते गरमी की छुट्टियाँ आ गईं। मैं इस बीच न सिर्फ़ एक और साल बड़ा हो गया था बल्कि अगर घरवालों की मानी जाए तो बहुत बदल भी गया था। जब हम टैक्सी में बैठकर गाँव की ओर चलने लगे तो मैं अपने चचेरे भाइयों की दुनिया से अचानक दूर चला गया। मेरे अन्दर एक अजीब-सी ख़ुशी मछली की तरह तैरने लगी।

गाँव पहुँचने पर माँ की गीली आँखों को पोंछते वक़्त, मैं जाने क्यों सितारों वाली बात याद करने लगा। लगा, माँ ही तो कहती थी, सितारा बनना है, अब रोती क्यों है? उसके बाद मैं बाहर दालान पर आ गया। दालान की चौकी पर ख़ूब साफ़ चादर बिछा दी गई थी। चारों ओर कुछ कुर्सियाँ भी लगी हुई थीं। मैं बहुत गर्व से उस पर बैठा। चारों ओर एक माहौल गढ़ा जा रहा था जो सबके लिए नया था, मगर मैं उस उम्र में भी समझ रहा था कि वह मेरे बड़प्पन को बढ़ाने के लिए था। गाँव में चाचा आते थे तो गाँव भर के लोग सुन-सुनकर चाचा को देखने, उनसे मिलने आते थे। आज की ख़बर के केन्द्र में मैं था और लोग मुझे देखने आ रहे थे। मैं देख रहा था, जब गाँववाले मुझे देखते तो घरवालों के चेहरे पर एक प्रशंसा का भाव आ जाता था जिससे लोग मुझसे दूर-दूर से ही बात कर रहे थे। मैंने देखा मंगलू भी दूर-ही-दूर खड़ा मुझे देख रहा था, मेरे साथ चौकी पर बराबरी से बैठ जाए, ऐसी हिम्मत वह कर नहीं पा रहा था। यदि कुछ लोग हिम्मत कर बैठ भी जाते थे तो हरिया उनके उठने पर ज़ोर-ज़ोर से चादर झाड़ देता था। इस तरह घरवालों ने और मैंने मिलकर धूल-भरे गाँव को अपने अन्दर से झाड़कर साफ़ कर लिया। मैं एक अजनबी की तरह उस रात अपने बिस्तर पर सोया। सब कुछ बड़ा सटकार और अच्छा लग रहा था, जब तक सपने में आसू और जनार्दन भाईजी नहीं आ गए। उनके इस तरह नींद में आने पर मैं चौंककर उठ बैठा और पास में सोई माँ को झकझोरकर पूछा—

"माँ जनार्दन भाईजी नहीं आए मिलने?"

"इतनी अबेर क्यों जगाता है?" माँ नींद में बोली।

"बताओ न माँ?"

जाने कैसे जनार्दन भाईजी के नाम पर मेरा बड़ा होना, मेरा शहरी होना, मेरा अंग्रेज़ी मीडियम में पढ़ना सब टूट-टूटकर काँच की तरह बिखरने लगा। मेरी इस बेकली का माँ क्या करती? झल्लाते हुए बोली—

"उनकी ज़मीन बिक गई, कुछ लोग पटना से आए थे ख़रीदने। वैसे भी कितनी भर बची थी? जनार्दन भाईजी, अपने फूफा के पास चले गए छपरा।"

"क्या करने?"

"क्या जाने?"

मुझे लगा मैं कुट्टी हो गया हूँ और माँ हरिया, जो ज़ोर-ज़ोर से मुझे मशीन से काट रही है। तो क्या जनार्दन भाईजी जैसे विद्वान की पढ़ाई पर अब ख़तरा आ गया है? और पटना वाले उनके उस खेत की टुकड़ी पर क्या बनाएँगे? पटना की तर्ज़ का कुछ क्या?

"माँ, माँ।" माँ जो दोबारा सोने लगी थी उसे फिर मैंने हिला-हिलाकर जगाया,

"आसू, माँ आसू कहाँ है?"

"है, यहीं है वह, कल जाके मिल आना। अब सोने दे।"

अगले दिन भोर होते ही मैं घर से निकल पड़ा। हरिया मेरे साथ था। वह जोश से बताने लगा, "बाबू दालमोठ खइबअ? हल्दीराम के?" मैं चकित था, मेरे गाँव में क्या अब चिप्स और हल्दीराम की भुजिया का भी पदार्पण हो चुका है। मुझे अन्दर से बिलकुल अच्छा नहीं लगा, लेकिन हरिया के उत्साह ने मेरे मुँह पर ताला लगा दिया। गाँव के अन्दर से बाहर की ओर जानेवाली सड़क पर आते-आते मेरे अन्दर नई चीज़ें बहुत-कुछ छिन्न-भिन्न करने लगीं। कई गुमटियाँ खुल चुकी थीं जो शहरी तर्ज़ की चीज़ें बेच रही थीं। हरिया ने बताया कि कुछ अमीर लोगों के घर मोबाइल भी आ चुका था, जिससे छत पर चढ़कर ही बात होती थी।

उद्‌घाटन के आश्चर्यों से भरा मैं आसू के घर पहुँचा। पता नहीं क्यों मुझे लगा, आसू का घर भी नए तरह का हो चुका है। गेंदे के अलावा, पटना में दिखनेवाले नए क़िस्म के फूल उनके दरवाज़े पर खिल उठे हैं। मैंने देखा सूरज की तेज़ किरण से पहले वाली किरण आसू के घर के काठ के दरवाज़े पर एक लम्बी रेखा बन इठला रही थी। मैं उस किरण को देख कुछ जादुई-सा महसूस करने लगा। तभी चरमराहट की आवाज़ से घर का दरवाज़ा खुला और उसमें से ईया निकली। मैंने देखा सूरज की लम्बी रेखा ठीक ईया के ललाट पर पड़ती है और ईया का साँवला चेहरा आलोकित हो जाता है। जादुई एहसास से मुझे कुछ समझ में नहीं आता है।

हरिया कहता है—

"बाबू ईया...!"

"प्रणाम ईया।" मैं कहता हूँ।

मैं देखता हूँ ईया बहुत ख़ुश हो जाती है। वह अपने हाथ में पकड़े फूल के लोटे को खिड़की की मुँडेर पर रख देती है और मुझे छाती में दबा लेती है। मैं अपनी आँखें धीरे से ऊपर करता हूँ। ईया का लाल टीका ग़ायब है। ईया का भखरा सिन्दूर भी ग़ायब है। मैं इन चीज़ों का मतलब समझता हूँ। तब तक ईया आवाज़ देती है और घर के अन्दर से जादुई ढंग से आसू के बाबूजी और माँ निकलते हैं। वे ख़ुश और स्वस्थ लग रहे हैं। आँख मलते हुए आसू को हरिया पकड़कर लाता है। मैं देखता हूँ इतना बड़ा जादू सामने साकार हो रहा है। सब कितने स्वस्थ और ख़ुश

लग रहे हैं। आसू के गाल लाल-लाल से। उसकी माँ का वज़न बढ़ा हुआ। ईया की आँखें चमकती हुईं। मैं इन लोगों से नज़र हटाकर सड़क पर देखता हूँ। सूरज भगवान अब तेज़ी से रथ दौड़ाने लगे हैं। चारों ओर ख़ूब उजाला फैल रहा है। मैं फिर ठीक से देख पाता हूँ, अरे ऊँचे-ऊँचे बिजली के खम्बे अभी भी वैसे ही खड़े हैं। उनसे रोशनी नहीं आई अभी तक गाँव के किसी भी घर में।

आसू के यहाँ मुझे चॉकलेट और चिप्स परोसा जाता है। आसू मुझे इतराकर देखता है, तू शहरी हुआ तो तेरे स्वागत में हम भी शहरी चीज़ खिलाएँगे। उसके घर के कोने में एक सूनी लाठी खड़ी है। शायद वही इकलौती निशानी अब बची है उस पुराने समय की।

शहर और गाँव की गच्च-पच्च और खींचतान मेरे दिमाग़ से बाहर आकर अब उसी जादू से चारों ओर फैल गई है। मैं भी एक छोटी-सी गेंद बन इधर-उधर फुदक रहा हूँ। थोड़ी देर में मुझे पूरे गाँव के लोग छोटी-छोटी गेंद जैसे दिखने लगते हैं। मुझे लगता है, मुझे चक्कर आ रहा है।

"हरिया!" मैं हरिया की बाँह पर झूल जाता हूँ।

हरिया मुझे सहारा देकर एक पेड़ के नीचे बिठाता है,

"का भइल?" वह दुलार से पूछता है। वह मेरे हाथ का बचा चिप्स खा रहा है। उसके अन्दर से उसका भाव बाहर आ रहा है। वह ख़ुश लग रहा है।

'हरिया भी बदल गया?' मैं मन-ही-मन सोचता हूँ और थोड़ी व्यग्रता से उससे पूछता हूँ—

"बब्बा कैसे मरे?"

वह ख़ुशी-ख़ुशी कहता है—

"सुखले-भुखले।"

"मतलब?"

"ईया खाए के न देत रहली, ओही से।"

"तहरा ई बतवा से कौन मतलब, जीवन भर ईया के छोड़-छोड़ कीर्तन करत रहे, ओकरा कौनो सुख ना मिलल?"

"ईया के तो जवानी ख़ाक हो गइल।"

"क्या जवानी इतनी बड़ी चीज़ होती है?" मैंने झिझकते हुए पूछा।

"हूँ।" हरिया हँसते हुए बोला?

फिर आँखें टेढ़ी कर गम्भीरता से कहने लगा, "जीवन के रीत ऐसनए होला बाबू। ई सब जादा सोचे के ना बाबू, ऐसनए होला बाबू...जाए दअ...!"

उस वक़्त हरिया की बातें वजनी लगीं, इसीलिए सब कुछ जाने दिया। गाँव के दोस्तों से सम्पर्क नहीं रहा, जाने दिया। गाँव बदल गया और मुझे अच्छा नहीं लगा, वह भी जाने दिया। गाँववाले बब्बा के चरित्र पर ही उँगलियाँ उठाते रहे सिर्फ़

जनार्दन भाईजी ईया के पक्षधर नहीं रहे, लेकिन मैं फ़ैसला करनेवाला कौन होता हूँ, यह विचार कर इसको भी जाने दिया। गाँव में सब राज़ी-ख़ुशी हैं। इस दुनिया में मनुष्य सबसे ज़्यादा अपने को ही प्यार करता है। मैं भी ऐसा ही हूँ।

सारी स्थापनाएँ सत्यापित हैं—लेकिन, जाने दिया जाए।

देवा...देवा

बुरा वक़्त टोनों की शक्ल में हमारे घर आया।

आई को सोने में जड़ी मूँगे की अँगूठी पहनाना ज़रूरी माना गया। दिवाकर पंडित के चार साल तक पीछे पड़ने पर, आई ने अपनी शादी में मिले कान के फूलों को बेचकर अँगूठी बनवाई। उस दिन, मैं भी आई के साथ नागपुर गया था, उसके कनफूल बेचने और फिर एक हफ़्ते बाद अँगूठी लेने। आई ने सुनार के हाथ में कनफूल देने से पहले, दुकान में टँगे शीशे में अपने को देखते हुए कनफूल अपने कानों से सटाए थे और तुरन्त नकार में सिर हिलाते हुए उन कनफूलों को सुनार की हथेली में उलीच दिया था। आई को सुन्दर लगने से ज़्यादा बाबा की परवाह सता रही थी, क्योंकि उस दोपहर बस से गाँव वापस लौटते वक़्त, आई ने मेरे अधखाए केले में से एक टुकड़ा माँगकर खाया था और गहरी साँस भरकर बोली थी—

''अब इसी का भरोसा है बाबू, दिवाकर पंडित की मानें तो, मेरे अँगूठी पहनने से तेरे बाबा का कष्ट कम हो जाएगा।''

''क्या अँगूठी पहनने से कापुस (कपास) बढ़िया उगने लगेगा आई?''

मैंने आई से पूछा था क्योंकि गाँव के सब जन आपस में बात करते थे कि बाबा के सारे कष्ट कापुस ठीक से न उगने से पैदा हुए हैं, मतलब—सारी परेशानियों की जड़ में वही कापुस था, बाद में बाक़ी बातें बढ़ उससे जुड़ती चली गईं। बाक़ी बढ़नेवाली बातों में, बाबा को खाँसी का न जानेवाले रोग का लगना था, मेरी प्यारी गाय 'काली' का दूसरे किसी गाँव में बेचा जाना था, और दीदी (जो मुझसे छह साल बड़ी थी) का ग्यारहवीं की पढ़ाई को छोड़ घर पर लौट आना भी था। हमारे गाँव में हाईस्कूल नहीं था इसीलिए दीदी चिंचोली में बुआ के घर रहकर पढ़ती थी, मगर उसकी पढ़ाई का ख़र्चा बाबा देते थे। दो साल से, जब से बाबा ज़्यादा परेशान रहने लगे थे वो दीदी को पैसा नहीं भेज पा रहे थे। पता नहीं, दीदी को इसके बाद क्या सूझा कि वह एक दिन बुआ को यह बता 'बाबा याद कर रहे हैं,' चिंचोली से गाँव तक आनेवाली बस पकड़ घर लौट आई। हम सब आश्चर्य से भरे घर के बाहर चले आए जब हमें दीदी की पुकार सुनाई पड़ी—

''बाबा...बाबा, आई...आई...प्रकाश...प्रकाश!''

आई ने दीदी का हाथ बहुत धीरे से पकड़ उसका बैग अपने हाथ में लेकर पूछा था—

"कैसे, क्यों आ गई, अचानक?"

दीदी ने बाबा को देखते हुए कहा था, बहुत लाड़ से—

(वह बाबा को और बाबा उसे बहुत लाड़ करते थे, इतना कि कई बार मैं जल उठता था)

"बाबा, पढ़ाई ख़त्म है, छुट्टियाँ लग गईं।"

कितना अजीब था! बाबा ने उससे पलटकर नहीं पूछा साल के बीच में छुट्टियाँ कैसे लग गईं तेरी? बल्कि उसका जवाब सुन न वे ख़ुश हुए, न दुखी, घर के बाहर वाले अहाते में बैठ सिर झुकाए ज़मीन ताकते रहे।

दीदी का यूँ लौट आना बाबा या आई को अनहोनी नहीं लगी बल्कि दीदी का रोज़ वहाँ होना हम सबकी ज़िन्दगी में ऐसे समा गया, जैसे दीदी कभी हमें छोड़ यहाँ से चिंचोली गई ही नहीं थी।

"प्रकाश, मैं तो उसी दिन आनेवाली थी रे, जिस दिन मेरे कमरे की खिड़की पर रखा मुँह देखनेवाला आईना नीचे गिरकर टूट गया था। आईने के टूटते ही, मुझे सबसे पहले बाबा की याद आई थी, और मैं समझ गई थी, अब मुझे लौटना ही होगा। वो तो मेरे कपड़े भीगे थे। उसी दिन मैंने उन्हें धोकर सूखने को डाला था, इसीलिए दो दिन की देरी हो गई।"

आई की अँगूठी दीदी के घर लौट आने के बाद ही बनवाई गई थी और आई को ऐसा करने के लिए दीदी ने ही मजबूर किया था। दीदी ने ठीक ही किया था, क्योंकि नागपुर से लौटने के बाद अँगूठी पहनी आई, कुछ निश्चिन्त दिखती थी। बाबा की खाँसी में आ रही लगातार कमी भी उसकी निश्चिन्तता बढ़ा रही थी, और बाबा का अब घर के बाहर वाले जामुन के पेड़ के नीचे बैठ, अपने बचपन के मित्रों से बात करना बड़ी अच्छी बात थी। मैं उनके आसपास ही मँडराता रहता था। वहीं मैंने उनके बचपन के मित्र दत्ता पाटिल, हीरामन शिंडे, ढोंढू सावन्त को बारिश न होने की बातें, सरकारी मुआवज़ा और क़र्ज़ की बातें और कापुस बेहतर उगाने की तकनीकों के बारे में भी बातें करते सुना था। अपने बचपन के मित्रों से इस तरह बात करने पर बाबा की हिम्मत कुछ बढ़ी हुई दिखलाई पड़ती थी, दीदी ने आई से इस बारे में एक दिन कहा भी था—

"आई, दिवाकर पंडित का बताया उपाय तो कुछ रंग ला रहा है। बाबा का चेहरा तो देख, अब उतना काला भी नहीं लग रहा है। है न?"

"हाँ," आई ने उसी दबी हुई ख़ुशी के साथ कहा था, जिसे देखने की हमें आदत पड़ती जा रही थी।

जिस दिन बाबा के बचपन के मित्र सुबह-सुबह हमारे घर आए थे, बाबा को

बुआ के घर वाले शहर चिंचोली ले जाने, उसी दिन दूधवाले से ख़रीदा गया आधा लीटर दूध, चूल्हे पर रखा रह गया था और उफन-उफन कर पूरा बिखर गया था। मैं गाढ़ी नींद से उठकर बैठ गया था, क्योंकि आई की पीड़ा भरी तड़प वाली आवाज़ मेरे कान में पड़ी थी—

''देवा...देवा, अब क्या होने वाला है?''

इतने में दीदी आई के पास दौड़ी हुई आई थी और आई को डाँटते हुए बोली थी—

''आई, सुबह-सुबह कैसे बोल रही हो, अभी बाबा को ज़रूरी काम से बाहर जाना है और तुम? अरे, दूध ही तो गिरा है, एक दिन प्रकाश को नहीं मिलेगा पीने को...और क्या होगा? काली के जाने के बाद उसको तो दूध की वैसी आदत भी नहीं।''

दीदी ने जानबूझकर, यह बात रोज़ वाली अपनी आवाज़ से ज़्यादा ज़ोर की आवाज़ में कहीं थी; क्योंकि यह उसका मुझे इशारा करने का एक तरीक़ा था, जिससे मैं उठते ही रोज़ की तरह दूध की माँग न कर बैठूँ और आई को कम से कम 'नहीं होने' या 'नहीं दे पाने' के अनेक दुखों में से एक से बचा लूँ। मैं दीदी की इस तरह की इशारे की भाषा को ख़ूब समझने लगा था, क्योंकि दीदी घर के कामों से फ़ुर्सत पा अब मुझे पढ़ाने का काम भी करने लगी थी। पढ़ाने के दौरान मुझे वह कई तरह की बातें सिखाती जाती थी और उस वक़्त उसका चेहरा अजीब-सी चमक से भर उठता था। जब वह मेरी आँखों में आँखें डाल कहती थी—

''प्रकाश, तुझे समझदार बनना है।''

तो, मैं उससे आँख नहीं मिला पाता था और कह उठता था—

''जो तू बोलेगी, वही करूँगा।''

उस वक़्त मेरा जी करता था, मैं उसके पैरों में अपना सिर रखकर वैसे ही रोने लगूँ, जैसे आई मन्दिर के देवा के चरणों में अपना सिर रखकर रोती थी और कहती जाती थी—

''सब ठीक कर दे देवा, अब और कितनी परीक्षा लेगा?''

बाबा जब अपने बचपन के मित्रों के साथ चिंचोली जाकर लौटे थे, तो उत्साह से भरे हुए थे। घर आने से पहले उन्होंने चिंचोली के बाज़ार से हमारे लिए नमकीन और मिठाई ख़रीदी थी। उसे हमारे बीच बाँटते हुए वे अपनी खाँसी के बावजूद चहककर बोले थे—

''धनंजय पाटिल—वही, तुम्हारी बुआ के रिश्ते वाले ने पचास हज़ार का वादा किया है। अभी दस हज़ार की मदद भी की है। अब बोलो तो खेत बचा भी कितना है अपना? उतने के लिए इतनी मदद भी बड़ी है। कम-से-कम बीज ख़रीदने की हिम्मत तो आई है, बाद में खाद का इन्तज़ाम करेंगे। अब अगले साल की तैयारी में लग जाना है। पिछला नुक़सान सोच-सोच कर हड्डी नहीं गलानी है।''

जब वह यह सब कह रहे थे तो आई ने उन्हें कुछ याद दिलाने के लिए टोकना चाहा था, "सरकारी... ?" तो उन्होंने आई की बात बीच में ही काट कर कहा था, "धनंजय पाटिल भरोसे का आदमी है, सभी मित्रों की यही राय है। एक राय है यह। सब यही कर रहे हैं, हम सब कापुस उगाएँगे...।"

दीदी को न जाने क्यों उस क्षण बाबा पे बहुत सारा लाड़ उमड़ आया। वह बाबा की सिमट गई छाती में पुरानी चौड़ाई तलाश कर उनके गले लग गई और लगभग रुआँसी आवाज़ में बोली—

"बाबा, इन पैसों में से कुछ बचाकर एक बार खाँसी की दवा करा लो।"

बाबा मुस्कुरा दिए थे और दीदी आई के कान के पास जाकर बोली थी—

"देखा अँगूठी का कमाल, बाबा इतना बड़ा काम कर आए और तुम बिखर गए दूध की शंका लिये रोती थी।"

उस दिन हमारे घर में धैर्य और निश्चिन्तता के विशाल पक्षी ने अपने पंख पसार दिए थे और दीदी और मैं उस पक्षी के पंखों पर चढ़ उड़ने लगे थे।

मगर वही अँगूठी, जिसे आई और दीदी हमारे कठिन दिनों का रक्षा कवच मान रही थीं, एक दोपहर आई को अपने दाएँ हाथ की चौथी उँगली में नज़र नहीं आई। न जाने कब, किसी काम को करते हुए वह आई की उँगली से फिसल गई थी। हमें तो तब पता चला, जब हैरान-सी दिखती आई, बाबा को खिला-पिला बाज़ार भेज, हमें भी भाखरी और चटनी परोस ख़ुद खाने बैठी। दीदी और मैं उस वक़्त नागपुर शहर की बातों में लगे हुए थे, कैसे हमें बड़े शहर पसन्द नहीं, कैसे हमें इतनी खुली जगहों की आदत है, और कैसे हम बड़े शहर में जाने पर खो जाने जितने गँवार अभी भी बने हुए हैं। 'ही...ही...ही, दीदी तू भी, अभी भी खो जाएगी, चिंचोली में रहने के बाद भी,' 'हाँ रे,' दीदी हँसी थी, 'चिंचोली कोई नागपुर थोड़ी है?' तभी आई की धीमी सिसकियाँ हमें सुनाई पड़ीं और खाते-खाते रोने से भाखरी उसके गले में अटक गई। वह अब ज़ोर-ज़ोर से खाँसने लगी थी—

"अब क्या होगा? आहा...अहाहा, अब मैं क्या करूँ?"

"क्या हुआ आई?" हम चौंक गए थे और उसे पानी पिलाने लगे थे।

"मैं कैसे इतनी लापरवाह हो गई?"

पता नहीं ज़्यादा तोड़ देनेवाली ख़बर क्या थी? आई की लापरवाही की सूचना या रक्षा कवच के खो जाने की दहशत? हम तुरन्त चक्करघिन्नी की तरह नाच-नाच, आई की अँगूठी ढूँढ़ने में लग गए थे, मगर हमें अँगूठी नहीं मिली थी। हम थककर, अपनी हार से परास्त सो गए थे और उस रात जब बाबा घर लौटकर आए थे तो उन्हें पता भी नहीं चल पाया था कि उनकी सुरक्षा के लिए किया गया सबसे महँगा उपाय अब आई के हाथ में नहीं था।

जल्द ही कापुस की बुआई के दिन आ गए और दीदी ने आई को सारी शंका

दबाकर बाबा की हिम्मत बढ़ाने को कहा। गरमियों के उन दिनों में दीदी और मैंने भी बाबा की खेत में ख़ूब मदद की और बाद में भी वहाँ जा-जाकर घंटों डेरा डाले कापुस के पौधों के बढ़ने का इन्तज़ार करने लगे, जैसे हमारे वहाँ बैठने से कापुस के पौधे अपने समय से पहले ही बढ़ जाएँगे।

जब बारिश आने के दिन आए तो बाबा फिर उत्साहित हो खाद ख़रीदने का मन बनाते हुए चिंचोली गए। उस दिन जब दीदी और मैं, अपने बढ़ते पौधों को देखने खेत गए तो देखा, खेत की बाँध पर किसी ने नींबू-मिर्च लाल कुंकुम लगाकर फेंक दिया था। दीदी ने मुझे उस फेंकी हुई चीज़ पर पैर रखने से मना कर दिया था और हम बिना खेत घूमे लौट आए थे। उसके बाद दीदी मन्दिर गई थी और खेत की बाँध पर पड़ी बुरी चीज़ की बुरी शक्ति को ख़त्म करने की प्रार्थना करने लगी थी।

उसी दिन जब बाबा घर लौटे थे, तो उनकी हालत देख हम घबरा गए थे। उनकी आँखें लाल थीं, खाँसी बढ़ी हुई थी और वे धीरे-धीरे चलते हुए अपनी चारपाई पर पड़ गए थे। हमारे बहुत पूछने पर उन्होंने बताया था—

''चिन्ता की कोई बात नहीं, थकान ज़्यादा हो गई है।''

इसपे दीदी ने उन पर लाड़ से ग़ुस्सा कर कहा था—

''कहा था न, डॉक्टर को दिखा दो।''

''दिखाया था।'' वो बड़ी मुश्किल से हाँफते हुए बोले थे, ''कह रहा है अब नागपुर दिखाओ।''

इतना सुन दीदी और मेरे अन्दर वही भाव आया था, जैसा तीन साल पहले, एक शाम बड़े लम्बे पीले रंग के धामण साँप को अपनी चारपाई पर गुड़ीमुड़ी सोते देख आया था। बहुत से गाँव वाले हमारे यहाँ जमा हो गए थे और कहने लगे थे—

''अरे ये तो देवा का आशीर्वाद हो गया, अब देखना कितने चटपट दिन सुधरते हैं तुम्हारे।''

मगर उसी के बाद बाबा काली को दूसरे गाँव बेच आए थे और काली के रहनेवाली जगह एकदम ख़ाली हो गई थी।

उस दिन साँप को इतने पास से देखने के बाद दीदी और मेरा ख़ून हमारे भीतर ही जम गया था और दीदी बोली थी—

''प्रकाश, जब बहुत डर लगता है, तो ऐसे ही ख़ून जम जाता है। एकदम मर गए हों जैसा।''

बाबा जिस दिन अपने बचपन के मित्र दत्ता पाटिल के साथ नागपुर जानेवाली बस में बैठे थे, ठीक उसी दिन दोपहर में दीदी, आई को बिना बताए, गाँववाली अपनी सहेली से मिलने चल दी थी। और जब वह वापस आई तो उसका चेहरा चिन्ता से लाल हो रहा था। आई उसे देखते ही चिल्लाने लगी थी—

"क्या? क्या हुआ?"

"आई," दीदी आई को ज़मीन पर अपने पास बिठाते हुए बोली, "आई, वो जो नीले रंग की मेरी पंजाबी ड्रेस है न, उसका दुपट्टा सुबह से नहीं मिल रहा था। मुझे लगा, कहीं ग़लती से मेरी सहेली तो नहीं ले गई। मैं वही ढूँढ़ने उसके घर निकल गई थी। आई, मगर दुपट्टा उसके पास नहीं था। वो तो...वो तो, उसके घर जानेवाले रास्ते पे जो सूखा कुआँ पड़ता है न, जहाँ बरगद का पेड़ है, वहीं, वहीं आई वो पेड़ पर झूल रहा था। उसमें किसी ने बाज़ार में बिकनेवाली पानी की बोतल को टाँग फन्दा कस दिया है। ये कैसी बात हुई आई? मेरा दुपट्टा वहाँ कौन ले गया? इसका मतलब क्या हुआ आई?"

"हैं!" आई सिर पर हाथ रखे गिरती सी दिखी, "हे...देवा..., अब ये किसने क्या कर दिया, अरे मेरी बेटी क्या देखकर आ रही है? अब क्या होगा?"

दीदी और आई को एक-दूसरे को समझाते हुए वहीं बैठा छोड़ मैं दीदी की बताई वाली जगह पर गया था, और मुझे वहीं बरगद के पेड़ की एक डाल पर दीदी के दुपट्टे से झूलती वह बोतल नज़र आई थी। बोतल को बहुत बार देखने पर मुझे बोतल के अन्दर किसी आदमी का चेहरा दिखाई देने लगा था। मैं बहुत काँपते हुए तेज़ी से घर भाग आया था।

उस दिन देर रात, दत्ता पाटिल नागपुर से अकेले लौटे थे और हमें ख़बर दी थी—

"तुम्हारे बाबा, कल आएँगे, डॉक्टर ने उन्हें अस्पताल में भर्ती कर लिया है, जाँच वग़ैरह करना है।"

जब अगले दिन भी बाबा नहीं लौटे तो दीदी मुझे ले दत्ता पाटिल के घर गई और उनसे बोली—

"काका, अस्पताल का पता दो, हम बाबा को देखने जाएँगे।"

"ओहो," दत्ता पाटिल ने प्यार से मेरे सिर पर हाथ फेरते हुए कहा, "कल तक रुक, कल तक वो नहीं आएगा, तो मैं तुम लोगों को लेकर जाऊँगा।"

हमने और दो दिन इन्तज़ार किया और जब बाबा फिर भी नहीं आए तो हम दत्ता पाटिल के साथ उनका हाल लेने नागपुर चल दिए। अस्पताल के मरीज़ों की सूची में बाबा का नाम दर्ज था। हम तीनों उनके वार्ड के पलंग तक पहुँचे, मगर वहाँ हमें बाबा दिखलाई नहीं पड़े। हमने आसपास के लोगों से पूछा, मगर हमें कोई नहीं बता पाया कि बाबा कहाँ थे। कोई यह भी नहीं बता पा रहा था कि बाबा पलंग पर पिछले चार दिनों से थे भी या नहीं। हमने उनका पहले पहल दाख़िला कर इलाज करनेवाले डॉक्टर से भी पूछा, मगर वह उतना ही बता पाया जितना हमें पता था।

दिन भर अस्पताल में इन्तज़ार करने के बाद, गाँव जानेवाली, शाम की आख़िरी

बस में जब हम बैठे तो मुझसे रहा नहीं गया। मैं दीदी के कन्धे पर झुक फफक पड़ा था—

"बाबा कहाँ गए दीदी?"

दीदी कुछ नहीं बोली थी, बस की खिड़की के बाहर न जाने क्या देखती रही थी। आँख गड़ाए हुए। बाबा को बहुत अच्छी तरह जाननेवाले, बाबा के बचपन के मित्र दत्ता पाटिल ने उदास होकर कहा था—

"दुख मत कर बेटा, मैं उसे ख़ूब समझता हूँ, लौट आएगा, कहीं चला गया होगा। जो फिर भी नहीं लौटेगा तो हम आके दुबारा ढूँढ़ेंगे।"

फिर दो दिन, फिर दो दिन बाद, और फिर दो दिन बाद भी जब बाबा नहीं लौटे थे तो आई ने ही हमें धीरज रखने को कहा था और हमने नागपुर जाना छोड़ दिया था। गाँववालों ने थाने में रिपोर्ट लिखवाने को कहा तो बाबा के बचपन के तीनों मित्रों ने थाने में रिपोर्ट लिखाई थी—

हीरामन पाटिल, वल्द रामनाथ पाटिल, उम्र 45 वर्ष, गाँव इच्छापुर, दिनांक 10 अगस्त, 2005 से नागपुर जनरल अस्पताल से लापता। बाबा की एक फ़ोटो भी बाबा के मित्र हमसे माँगकर ले गए थे, जो उन्होंने थाने में जमा करवा दी।

बाबा के लापता हो जाने के कुछ ही दिनों बाद दिवाकर पंडित के कहने पर आई को पहनाई गई मूँगा जड़ी सोने की खोई हुई अँगूठी मिल गई। आई के कपड़े के बक्से के पीछे से मैंने ही उसे ढूँढ़ा था। ढूँढ़ने तो मैं अपनी गोटियाँ गया था, मगर जब वहाँ पहुँचा तो देखा, बक्से के पीछे वही अँगूठी पड़ी चमक रही है।

"आई...आई...देखो अँगूठी मिल गई, अब सब ठीक हो जाएगा, आई।"

बाबा के जाने के इतने ही दिनों में आई के माथे पर कितने नए निशान बन गए थे। वह बहुत दुबली भी हो गई थी। वह जब चलती, उठती, बैठती थी तो उसकी हड्डियाँ चटाक की आवाज़ करती थीं। लगता था, सब एक साथ टूट रही हों। मेरी आवाज़ सुन आई उन्हीं टूटनेवाली आवाज़ों के साथ मेरे पास आई और चिल्लाई जैसे मैं कहीं बहुत दूर हूँ उससे—

"कहाँ...कहाँ?"

मैंने जब जीत से भर आई की हथेली में अँगूठी रखी तो पानी से भरी उसकी आँखों में पत्थर उछाले जाने जैसी ख़ुशी कौंधी, मगर दीदी उसके पास आ, उसका कन्धा थामे चुप बनी रही।

"दीदी, अँगूठी...।" मैं ख़ुशी में चिल्ला रहा था, नाच रहा था, मगर दीदी तब भी चुपचाप रही।

बहुत दिनों बाद दीदी ने अँगूठी मिलने के बावजूद ख़ुश नहीं होने का राज़ खोला था, "प्रकाश, मैं क्या ख़ुश होती रे, दिवाकर पंडित ने तो बहुत पहले ही मुझे बता दिया था, सोना खोना और पाना दोनों अच्छा नहीं होता है।"

दीदी ने ठीक कहा था शायद क्योंकि आई ने सब कुछ ठीक हो जाने के लालच में बिना दिवाकर पंडित से उपाय पूछे, हड़बड़ाकर अँगूठी मिलने के तुरन्त बाद ही पहन ली थी और कहती गई थी—

"देवा, अब सब ठीक कर दो।"

मगर कुछ भी ठीक नहीं हुआ। अँगूठी मिलने के तुरन्त बाद हमारे घर का पिछला हिस्सा जहाँ काली रहती थी, एक दिन अचानक ही धसक गया। कोई आँधी-तूफान भी नहीं आया था उस दिन। खेत में कपास खड़ा-खड़ा सूख गया और उसकी डंठल सूखी टहनी जैसी कड़ी हो गई। 'बारिश कम आना इसकी वजह है' दत्ता पाटिल ने बताया था। इधर बुआ भी दो-तीन बार धनंजय पाटिल का सन्देशा पहुँचाने आई थी और रो-रो कर वापस लौटी थी—

"देखो, इधर दादा (भाई) नहीं मिल रहा, उधर धनंजय पाटिल की दादागिरी।"

इन सारी उलझानेवाली घटनाओं के बीच इन दिनों मैं एक सपना देखने लगा हूँ। रोज़ तो नहीं, मगर कभी-कभी ही। मैं अपने सपने में देखता हूँ कि बाबा मर गए हैं। उन्हें तरह-तरह से आँख बन्द किए लेटा हुआ मैं देखता हूँ। चार-पाँच बार उसी सपने को देखने की बात जब मैंने दीदी को बताई तो बड़े दिनों बाद वो थोड़ा ख़ुश होकर बोली थी—

"प्रकाश, ये तो बड़ा अच्छा है रे, बहुत-बहुत अच्छा, मैंने एक बार नागपुर के बड़े अख़बार के एक पन्ने पर पढ़ा था—जब हम सपने में किसी को मरा हुआ देखते हैं, तो उलटा होता है। जानता है, जिसे हम मरा हुआ देखते हैं, असल में इससे उसकी उम्र बढ़ जाती है।"

बाबा आज तक लापता हैं।

मोनिका फिर याद आई

बच्चों के मुँह से बड़ी बात सुन बड़ों को शर्मसार होना पड़ता है और बड़ों के मुँह से **बच्चों-सी बात सुन**? क्या कहता है शास्त्र और आपका विज्ञान? बच्चों के रंगीन बयानों से कुछ डिग्री रंग हटाकर स्थिति का जायज़ा लेना चाहिए? लेकिन फ़र्ज़ कीजिए, जब वही बयान एक बड़ा हो गया बच्चा सुनाने लगता है तो? क्या आप उसकी तथाकथित 'समझदारी' का अंश घटाकर उसके बयानों को दर्ज करेंगे? ठीक है, यह आपको ही तय करना होगा कि यहाँ आप 'कितना सच' और 'कितना किस्सा' मान बयानों को स्वीकृत करना चाहते हैं।

'अस्सी का दशक, संक्रमण काल का वास्तविक स्वयम्भू दशक था।'

तो सच यह है कि इसी काल के दौरान एक शहर था जो फन्तासी में नहीं था बिलकुल वास्तविक था, यहीं कहीं था, आपके पास अपने ही देश में। वहाँ रहते थे इस क़िस्से के राजा (नायक) प्रतीक, इस क़िस्से की रानी (नायिका) मोनिका और दोनों की क़िस्साबयानी करती एक लड़की (क़िस्सागो) अनामिका। यहाँ पर ज़रा गौर फ़रमा लें और विशेष टिप बतौर याद रख लें कि यह काल अनामिका के जीवन का भी अन्दरूनी संक्रमण काल था और दो प्रकार के घातक संक्रमणों से मुठभेड़ करती यह लड़की, क़िस्से के दरम्यान उपस्थित हो न सिर्फ़ अपने द्वारा अवलोकित स्थितियों को जज़्ब करती जा रही थी बल्कि उन सभी घटनाक्रमों पर अपने फ़ैसले भी दर्ज करती जा रही थी। न जाने इसमें तथ्य कितने हैं, कितनी कल्पनाशीलता है और कितनी पश्य-दृष्टि!

आज वह छत पर फिर खड़ी दिखी। बड़ी ख़ूबसूरत लग रही थी। उसने सफ़ेद सलवार के ऊपर कसा हुआ नीला कुर्ता डाल रखा था। उसकी कमर तक झूलती घनी गुँथी हुई दो चोटियाँ हमेशा की तरह पीठ पर लहरा रही थीं। उसका रंग वही 'फेयर एंड लवली' नामक क्रीम लगाने के बाद सा, दूध में घुली गुलाब की गुलाबी रंगत-सा खिल रहा था। निश्चित था, उसने गोरा होने की किसी क्रीम का कभी प्रयोग नहीं किया था, मगर इसके बावजूद वह ऐसी क्रीमों का विज्ञापन करने वाली नायिका लगती थी। चौंकाने की हद तक आखेट करती, ख़ूबसूरती से नवाज़ी हुई नायिका।

छत पर आते ही उसने अपना सफ़ेद दुपट्टा, वहीं लावारिस पड़ी एक टूटी-फूटी टेबल पर, मोटी किताबों के साथ सजाकर रख दिया था। दुपट्टा हटाने पर उसके शरीर के उठान और कटाव एक साथ ऊपर-नीचे, ऊपर-नीचे का रेखाचित्र गढ़ते थे। दूसरों पर इस उद्घाटन के खुलनेवाले प्रभावों से वह शर्तिया ही अवगत थी, इसीलिए प्रत्येक दिन छत पर पहुँचते ही वह अपना दुपट्टा, उतारकर रख देती थी। मैं उसकी इस बात को समझ सकती थी, क्योंकि मेरे अन्दर भी भविष्य को लेकर कुछ इस तरह की योजना तैयार होती जा रही थी, वह तब जब मैं भी दुपट्टे से अपना कुछ ढकने लायक हो जाऊँगी। तब उस न ढकने में "कितना मज़ा आएगा।" अवज्ञा वाली बेतकल्लुफ़ी का मज़ा। मैं उन मज़े के पलों को दूरगामी भविष्य से निकट की ओर खिसकाने के लिए ढेरों प्रार्थनाएँ भी किया करती थी।

वह जिस घर में रहती थी, वह शहर के ऊँचे तबके से सेवानिवृत्त पुलिस अफ़सर का मकान था। बहुत शानो-शौकत से भरा उसका बाहरी हिस्सा था। अगले हिस्से के इंटीरीयर्स भी काँच, स्टील और लकड़ी की संरचनाओं से जगमगाते रहते थे। मगर जिस हिस्से में वह रहती थी, वह हिस्सा किराए पर उठाया गया हिस्सा था। कई जगह कंस्ट्रक्शन अभी पूरा नहीं हुआ था, मसलन—छत की बाउंड्री वाल अभी चारों ओर खड़ी नहीं हो पाई थी, इसीलिए मैं अपने कमरे में से बैठे-बैठे ही अपनी खिड़की से उसके छत पर चल रही सारी गतिविधियों को देख पाती थी। मेरी स्टडी टेबल उसी खिड़की के सामने थी और वहाँ बैठकर अपने स्कूल का होमवर्क निपटाते हुए मुझे उस पर नज़र रखने में बड़ा मज़ा आता था। मैं जानती थी, छत की दूसरी तरफ़ से कॉलोनी की सड़क दिखती थी और वहीं से हर आने-जानेवाला उसे मेरी ही तरह देखा करता था। वह भी जान-बूझकर उजाला रहने तक वहाँ टहलती रहती थी। कभी-कभी टेबल पर रखी किताबें उठाकर हाथ में ले उन्हें उलट-पुलट किया करती थी।

जिस वक़्त मेरे टेबल लैम्प जलाने की बारी आती थी, उस वक़्त वह टेबल पर रखे अपने दुपट्टे को बड़े जतन से उठाकर अपनी छातियों पर जमाकर सीढ़ियों से नीचे उतर जाती थी।

एक दिन उसने मुझे देखते हुए पकड़ लिया था और उसके बाद वह वहीं से चिल्लाई थी—

"आओ...ऊपर चले जाओ।"

मैं अचानक यूँ पकड़े जाने पर शरमा गई थी और चूँकि वह मुझे बेपनाह ख़ूबसूरत लगती थी इसलिए मैं अपने को उसके सामने ले जाने से सकुचा भी गई थी। कहाँ वो, कहाँ मैं?

"आज तो बहुत होमवर्क है," मैंने सिर झुकाते हुए बहाना बनाया, "कल आऊँगी।"

उस रात मैं बिलकुल भी सो नहीं पाई। अपने नीम के दातुन सरीखे शरीर को उठ-उठकर देखती रही थी और एक नए तरह के बोध से भरकर मैंने यह भी देखा था कि मेरा शरीर ही नहीं, मेरे तो बाल भी बड़े रूखे और छोटे हैं। और मेरी आँखें? वे तो ठीक से दिखलाई भी नहीं पड़ती थीं। अंडाकार काले फ्रेम के चश्मे के भीतर पूरी तरह क़ैद रहती थीं। मानो उनका कोई स्वतंत्र अस्तित्व अथवा उससे जुड़ा कार्य दायित्व कभी हो ही नहीं सकता था। मैं जितनी बार अपनी तुलना उससे कर रही थी उतनी ही बार एक नए प्रकार की हीन भावना से ग्रसित होती जा रही थी।

मुझे पहले ऐसा कभी नहीं लगा था। इस नए शहर में आने के बाद भी नहीं। नए स्कूल में जाने के बाद भी नहीं। नए दोस्तों के न बनने के बाद भी नहीं।

वैसे नए शहर में आए हुए दिन ही कितने हुए थे? कुल जमा छह महीने चार दिन बस!

वह रात बेहद दुरूह रही, इतनी कि अगले दिन स्कूल की बस पकड़ना मुश्किल हो गया। नींद पूरी न होने से हर काम शिथिल और ढीला बना रहा। मुश्किल तो इतनी और हो गई कि टीचर ने उड़ी शक्ल और सूरत को क्लास में मन न लगाने वाली बात से जोड़कर देखा और सज़ा बतौर डबल होमवर्क दे डाला।

अजीब-सी तिलमिलाहट मेरे चारों ओर घिरने लगी और लगने लगा कि रुलाई जल्द ही आने को है, लेकिन मैंने घर पहुँच तुरन्त अपने पर क़ाबू पा लिया और मुस्तैदी से होमवर्क निपटाने में जुट गई। दरअसल रात भर उससे न मिलने के हर तर्क के प्रस्तुत होने के बावजूद मेरे अन्दर उससे मिलने और दोस्ती करने की एक तीव्र चाहत धड़क रही थी जिसे मुझे बिना किसी रुकावट के आज अंजाम देकर रहना था।

पाँच बजते-बजते वह छत पर चढ़ आई। शाम के आगाज़ को झुठलाती, उजली धूप-सी, चारों ओर तीखी रोशनी फैलाती। आते ही रोज़ की तरह उसने अपना दुपट्टा नियत जगह पर रख दिया और मेरी खिड़की के सामने आकर खड़ी हो गई।

"आ जाओ, गप्पें मारेंगे।" मैंने सिर हिलाकर मंजूरी दे दी और ममा से इजाज़त लेने चल दी। "ममा वो बग़ल बाली लड़की है न, बुला रही है।"

"कौन? सुरिन्दर सिंह की बेटी? बेटा, वो तो तुमसे बहुत बड़ी दिखती है, तुम्हें उसे दीदी बुलाना चाहिए।"

"ममा ऽऽ," मैं तुनक गई, "अरे वो इतनी बड़ी भी नहीं। ज़्यादा से ज़्यादा मुझसे चार-पाँच साल बड़ी होगी, बस, अब इस तरह की बातें कर आप मुझे जाने से रोकिए मत।"

"धत्, कैसी बात करती हो बेटा, मैं तुम्हें क्यों रोकना चाहूँगी, बल्कि मैं तो चाहती हूँ कि इस शहर में भी तुम्हारे कुछ दोस्त बनें, जाओ...लेकिन उसे भी कभी घर बुलाओ।"

जब ममा से मैंने बिना किसी नाराज़गी के यह कुबुलवा लिया कि उन्हें उस लड़की से मेरी दोस्ती पर कोई एतराज़ नहीं, उसके बाद ही मैं उसकी छत पर जाने का निर्णय कर पाई। जाने क्यों, लगा था उस वक़्त, कि उस जैसी ख़तरनाक क़िस्म की ख़ूबसूरत लड़की से दोस्ती करने के लिए, ममा की मंज़ूरी का हौसला ज़रूरी था।

"हैलो...मेरा नाम मोनिका है।" उसने मक्खन की लोई-सी नरम मख़मली हथेली मेरी ओर बढ़ा दी। मैं उत्साह से भर गई और अपनी आवाज़ को अतिरिक्त रूप से मीठा बनाकर बोलने लगी, जो उसकी ख़ूबसूरती के मारक प्रभावों को झेलने की ताक़त रखेगा।

"मालूम है, मालूम है, तुम्हारी मम्मी जब तुम्हें बुलाती हैं तो हमारे घर पर सुनाई पड़ता है।" मैं उछलती हुई पहले वाक्य से ही 'तुम' पर आ गई थी, उसे जतला देने के उद्‌देश्य से कि हमारी उम्रों में बड़ा फ़ासला नहीं और हम बाइज़्ज़त दोस्त हो सकते हैं। पता नहीं पहचान की अन्तरंग नींव रखने की इस हड़बड़ी को वह पहचान पाई कि नहीं क्योंकि मेरी बात सुनते ही वह बहुत सोचते हुए, मेरे अनुमान से बिलकुल अलग क़िस्म की बात बोल गई थी।

"सच? और मेरे घर का क्या-क्या सुनाई देता है?"

मुझे उसका यह सोचकर बोलनेवाला अन्दाज़ बिलकुल अच्छा नहीं लगा इसीलिए मैंने खट से झूठों को सच बनाकर पेश कर दिया, "अरे और कुछ नहीं सुनाई देता है सिवाय टायलेट के फ्लश खिंचने की आवाज़ के।"

इतना सुन वह ख़ूब ज़ोर से हँस दी थी। एकदम नक़ली वाली ज़ोर की हँसी। मुझे अजीब लगा। एक, क्योंकि ज़ोर से हँसना उसका स्टाइल नहीं था (कम से कम अभी तक तो मैंने नहीं देखा था) और दो, क्योंकि मुझे उसकी हँसी में राहत की झलक दिखलाई पड़ी थी, इसीलिए उसकी हसीन शख़्सियत के बावजूद उसकी हँसी बिखरने लगी थी।

उससे मिलने के बाद चूँकि मैं अपने आपको काफ़ी महत्त्वपूर्ण मान रही थी इसलिए मैंने उसकी हँसी वाली बात को देर तक मन में टिकने नहीं दिया। जल्दी से पोंछकर साफ़ कर दिया।

"किस स्कूल में पढ़ती हो तुम?"

"न्यू इंग्लिश एकेडमी।" मैं उससे सारी बातें जल्दी से बाँट लेना चाहती थी, धड़...धड़। धड़...।

"किस क्लास में हो?"

"आठवीं में और तुम?"

"मैं बारहवीं में हूँ," वह फिर सोचते हुए बोलने लगी थी, "बोर्ड का इम्तिहान देना है इस साल। वो वी. के. गर्ल्स कॉलेज है न, उसी में पढ़ती हूँ। असल में वहाँ

पर पढ़ने का एक फ़ायदा है। कम नम्बर आने पर भी ग्रेजुएशन में वहीं दाख़िला मिल जाता है।''

मेरे दिल में छन से कुछ कटा। हुँऽऽ ? इसके इतने कम नम्बर आते हैं क्या, कि आगे पढ़ने की समस्या से भी ये जूझती रहती है ? मेरे लिए यह एक अनहोनी थी। ऐसा महसूस करने के बावजूद मैंने अपने अन्दरूनी भाव के विपरीत अपने ऊपर लापरवाही का रंग चढ़ाते हुए अपने चश्मे को अपनी उँगली से नाक के और ऊपर खिसकाते हुए कहा, ''क्या बात करती हो ? तुम्हारे और कम नम्बर ?'' मेरे हृदय से निकली हुई कारुणिक मिठास भरी आवाज़ मुझे ख़ुद भी विडम्बनाओं से भरी लगी और मैंने अपने ऊपर 'पूरा बड़ा होना' ओढ़ उसे आश्वस्त किया—

''हा...हा...हा...''

''नहीं...नहीं, यही सच है।'' और वह धीमी-धीमी हँसी हँसने लगी थी। वह उदास नहीं हुई थी। वह लज्जित भी नहीं हुई थी। मैं और दुविधा के चक्रों में फँसने लगी थी। अरे, यह क्या है ? तभी मुझे सड़क पर एक बाइक के जाने की आवाज़ सुनाई पड़ी। इस आवाज़ पर मेरे खिंचावों की प्रतीक मोनिका सिंह जिसे मैं न जाने ख़ुश करने के कितने यत्न कर रही थी वहीं मुझे छत के उस छोर पर अकेला छोड़ के दूसरे हिस्से पर भागकर चली गई। उसके इस बेसब्र बेसुधपने से मैं अचकचा गई और नहीं जानती क्यों, मेरी नज़र पहले उसके दुपट्टे पर गई और उसे वहीं रखा देखकर मेरी नज़र तल्लीनता से उसका पीछा करने लगी थी। वह कुछ देर वहीं खड़े-खड़े नीचे देख हथेलियों से इशारे करती रही, फिर उसने पीछे मुड़कर मुझे भी इशारा कर अपने पास बुला लिया। मैं आसक्त, चुम्बक से खिंची, उसकी ओर चल दी। उसने मुझे नीचे का दृश्य दिखाया। मैंने देखा वह सड़क पर धीमी गति से चल रही एक मोटरबाइक मुझे दिखा रही थी। मोटरबाइक से भिन-भिन करती ढेर सारी मधुमक्खियों की आवाज़ आ रही थी। बाद में उसने रहस्य से मेरे कान में ख़ूब स्पष्ट शब्दों में बोला था, ''वह जो बाइक पर पीछे बैठा है न, वह प्रतीक है...हमारे बीच कुछ... कुछ चल रहा है।''

उसका यह बताने का अन्दाज़ इतना फ़िल्मी था कि मैं रोमांचित हो गई। मेरे शरीर के मुलायम रोएँ तनाव में तन गए। उसके बाद ही मैंने दृश्य की महत्ता को समझा। मैंने पहले आवाज़ सुनी, फिर बाइक की पिछली सीट पर बैठे सवार को देखा। सबका सब 'स्लो मोशन' में।

प्रतीक जो बाइक के पीछे बैठा था मुझे देख ताक़त लगाकर मुस्कुरा दिया था। मैं भभूके-सी लाल पड़ गई थी। पता नहीं, मैं अपने ऊपर हँसे जाने पर गरम हो गई थी (जिसे मैंने अपने ऊपर हँसा जाना समझा) और अचानक अपने हीनताबोध के चरम पर पहुँच मेरे शरीर का ताप अपने आप ही चढ़ने लगा था या प्रतीक और

मोनिका का आपस में कुछ चल रहा है, इस उत्तेजक ख़बर के रहस्य की साझीदार होने से मेरे अन्दर एक क़िस्म की आग प्रज्वलित हो गई थी।

"सुनो, इस बात को कहीं बताना मत।" —वह फुसफुसाकर कह रही थी।

"नही...नहीं," मैंने अन्दर उठते बलबले को बाहर आने से रोकने का भरपूर प्रयास किया और ऊपर से सामान्य बनते हुए बोली, "अब मैं जा रही हूँ, थोड़ा होमवर्क बचा है।"

"अरे, नहीं...थोड़ा और रुको न...! और कल से न, अपनी किताबें यहीं ले आना, दोनों पढ़ेंगे, मज़ा आएगा।" वह नई फ़िल्म की तरंग में बोलने लगी थी। इससे एक अबूझ सा ग़ुस्सा मुझपे छाने लगा। मन किया पूछ लूँ—

'ऐसा होता है तुम्हारा पढ़ना? कहीं इसीलिए तो...?'

जाने कैसा आकर्षण था लेकिन, जिसके तहत बँधकर मैं उससे कभी कोई ऐसा सवाल नहीं कर पाई और जैसा-जैसा वह कहती चली गई, मैं धीरे-धीरे उसी को करने लगी थी।

एक रात रेडियो पर छायागीत का कार्यक्रम बज रहा था और अचानक मन की रात को डगमग करता एक गीत बज उठा, 'मेरा पढ़ने में नहीं लागे दिल-क्यों?' रात मन में जमते हुए फ़ैसलाकुन स्वरों में सोचने लगी थी, लोगों का पढ़ने में दिल कब नहीं लगता था और लोग बिना अपराध-बोध के इतनी मस्ती में कब गाने लगते थे? 'क्या जब प्रतीक जैसा कोई मिल जाता था, और उसके साथ कुछ चलने लगता था तब?'

वैसे प्रतीक भैया बड़े स्मार्ट थे। मोनिका ने इतरा के बताया था—कॉलोनी की दसियों लड़कियाँ उनकी दीवानी थीं, मगर वे तो सिर्फ़ मोनिका के दीवाने थे। रोज़ अरदास के पूरे नियम से वे बाइक पर पीछे बैठे हुए, उस सड़क के कई चक्कर लगाते थे, जिस सड़क से मोनिका के छत की दूरी सिर्फ़ बित्ता भर रह जाती थी, और मोनिका और वे एक-दूसरे को अपलक देखते रहते थे, घंटों, सिर्फ़ देखते रहते थे। एक-दूसरे को देखते हुए वे कभी मुस्कुराते थे, कभी दिल पर हाथ रख इशारा करते थे। एक दिन मोनिका ने वहीं से मुझे ज़ोर से गाने को उकसाया था और मैं निर्देशानुसार ज़ोर-ज़ोर से आवेश में भर गा उठी थी—

'जीजा जी...जीजाजी, होने वाले जीजाजी, शादी के फेरे हैं सात और हमारी शर्तें सात...।' मेरी अनगढ़, बेसुरी मगर साफ़ लफ़्ज़ों वाली आवाज़ में गाना सुन प्रतीक भैया सड़क पर बाइक पर बैठे-बैठे ही ख़ूब ठठा के हँसने लगे थे।

छत पर किए गए खुलासों में से मोनिका का प्रतीक भैया के फ्यूचर के बारे में किया गया खुलासा बहुत आशा से भर देनेवाला था। (उसके लिए) "पता है, प्रतीक पढ़ने में बहुत अच्छा है और कॉलेज यूनियन में भी है।"

मेरे सामने एक हीरो का वितान खिंचने लगा था।

"वैसे उसका फ़ैमिली बिज़नेस है, अंकल (उसके पापा) वकील हैं, मगर प्रतीक के बड़े भैया फ़ैमिली बिज़नेस सँभालते हैं।"

इस कथन के पीछे उसका यह आशय तो ज़रूर ही था—'प्रतीक को पढ़ने के बाद मगज़ खपाने की ज़रूरत नहीं होगी, फ़ैमिली बिज़नेस उसका इन्तज़ार कर रहा है।' इतना बताकर वह छत पर गोल घुमेर लगाने लगी थी, जैसे कोई फूल सुरक्षा भाव से भरा हुआ तेज़ हवा में भी मदमस्त हो कँपकँपाता रहता है।

जिस रोज़ ममा ने एक नए तरीक़े से मुझसे पूछा था, 'बेटा, मोनिका कुछ अपने बारे में बताती है? ख़ुश रहती है वह?' उस दिन मैं उनके नए तरीक़े को समझ न पाने की असफलता से खीजकर बोली थी, 'ममा...कैसी बातें पूछती हैं आप?' ममा ने ठीक तरह से मेरे मामलों में अपने हस्तक्षेप को समझकर बड़े प्यार से कहा था—'चिढ़ो मत बेटा, मैं तो इसलिए पूछ रही हूँ, क्योंकि कॉलोनी के लोग बता रहे थे कि मोनिका के पापा थोड़े अजीब हैं। उनकी नौकरी भी परमानेंट नहीं और वे उस पर बड़ी सख़्ती भी करते हैं, कहीं बाहर आने-जाने भी नहीं देते। सुना है...।'

अपनी खीज से उबरकर जब सोचा तो ममा की बातें सही लगने लगीं। वाक़ई मैंने मोनिका को कॉलेज जाने के अलावा, सिर्फ़ छत पर अकेले देखा था, कहीं और अकेले तो बिलकुल नहीं देखा था, न बाज़ार में, न किसी दोस्त के घर। इसीलिए तो प्रतीक भैया और मोनिका छत के सहारे ही प्यार करते थे। बेचारे दोनों! मेरे मन में दोनों के प्यार को अंजाम देने की अवसरहीनता को ले दया उमड़ने लगी।

अगले दिन जब उसने वहीं छत से खड़े हो मुझे छत पर आ जाने का इशारा किया तो मैंने चिल्लाकर कह दिया—

"न, आज मैं नहीं आ पाऊँगी, आज तुम आओ।"

मैं जानती थी, यह समय प्रतीक भैया और उसके छत पर देखने का समय होता था और इसे छोड़कर मेरे घर चले आना वह आसानी से गवारा नहीं करेगी, मगर फिर भी मैंने कोशिश की थी।

थोड़ी ही देर बाद मैंने देखा कि वह छत पर अपनी मम्मी को ले आई थी और मेरा कमरा और पढ़ने का टेबल दिखाकर कुछ कहने लगी थी। इसके पाँच ही मिनट बाद मेरे घर के दरवाज़े की घंटी बज चुकी थी। यह तो बड़ी नई बात हो गई...मेरी साँसें तेज़ी से दौड़ने लगीं।

उसका यूँ मेरे घर आना हम दोनों के लिए नई, आज़ाद हवाओं को साथ लाना भी था। वह अपने ऊपर थोपी गई सख़्तियों की वजह से और मैं अपने संकोच की वजह से अभी तक कॉलोनी की सड़कों पर अन्य लड़कियों की तरह चहल-क़दमी करने से महरूम रहे थे। अब हम बेलौस हवाओं की तरह रोज़ मुहल्ले में बहने लगे

थे। इसी के साथ प्रतीक भैया से चुपचाप, गुपचुप मिलने का सिलसिला भी शुरू हो गया था और मैं ईमानदारी से दोनों की मदद करने में जुट गई।

दोनों के मिलने के नियत स्थानों में एक अधबना मकान भी शामिल था जिसकी दीवारें खड़ी हो गई थीं, घर को कमरों में बाँटा जा चुका था मगर जिसकी छत अभी डली नहीं थी। वहाँ बैठकर हम तीनों अक्सर चाँदनी और तारों से बने चँदोवे को देर तक आँख उठाकर देख सराहते रहते थे। वक़्त उस दौरान कैसे इतना सरपट भाग जाता था, समझ में ही नहीं आता था।

इधर कॉलोनी में मोनिका जैसी ख़ूबसूरत लड़की के साथ घूमने से मेरी भी पूछ-परख बढ़ गई थी। अब उसकी ओर खिंचनेवाली लड़कियाँ मुझे भी भाव देने लगी थीं। मोनिका का व्यक्तित्व तो ज़बर्दस्त ढंग से बदलता जा रहा था। छुप-छुपकर करनेवाले काम अब वह निडर हो करने लगी थी। जैसे कभी वह सड़क पर चलते हुए ज़ोर से कुछ गाने लगती थी, कभी शरारत से अपना दुपट्टा गिरा देती थी और देर तक उसे नहीं उठाती थी। इस बीच बीसियों लोग उसे देख लेते थे। इस पर ख़ूब ज़ोर से हँसने लगती थी। कभी-कभी तो वह प्रतीक भैया का हाथ पकड़ लेती थी और कभी मेरी अकबकाहट को नज़रअन्दाज़ करते हुए वह, उनके कन्धे पर ढलक जाती थी, यूँ ही चलते-चलते। जहाँ तक प्रतीक भैया की बात थी, तो वह वैसे ही धैर्यवान बने रहे जैसा छत पर मोनिका को देखने के समय में हुआ करते थे। वे मोनिका के पागलपन पर धीरे से हँस देते थे। प्यार से ख़ुश होकर उसके सिर पर हाथ फेर देते थे। और मुझे ढेर सारे गिफ़्ट देते थे। जैसे एक बार एक ख़ूबसूरत-सा पेन, मेरी प्रिय किताब और अनेक बार मेरी पसन्द के ढेरों चॉकलेट्स भी।

जब पहली बार मोनिका ने मुझे अलगाकर प्रतीक से मिलने की इच्छा ज़ाहिर की थी, तो मैं उसकी आकांक्षा के तनाव से भी अधिक तनावग्रस्त हो गई थी। मुझे अजीब लगा था, बहुत अजीब। वह हड़बड़ाते हुए कह रही थी—

"आज तुम संजना के साथ थोड़ा घूम लो, इस बीच मैं प्रतीक से अकेले में मिलना चाहती हूँ।"

"हाँ...हाँ, ठीक है, मगर पन्द्रह मिनट में आ जाना वरना आंटी डाँटेंगी।" मैं चेहरे पर अजीब लगनेवाला भाव लाए बिना बोली और उससे आँख न मिला पाने की अवश सी भावना से भर, महत्त्वपूर्ण भाव से अपनी घड़ी देखने लगी थी। उसने मेरे जवाब का इन्तज़ार भी नहीं किया था। वह घोड़ों की तरह तेज़ भागती हुई कहीं गुम हो गई थी। मुझे लगा, वह मेरे अन्दर से भी कुछ चुराकर भाग गई थी। मैं लस्त भाव से चलकर संजना के ग्रुप में बैठ गई। लेकिन मुझे उनकी बातों में ज़रा भी मज़ा नहीं आया। जब मोनिका को गए हुए आधा घंटा हो गया, और वह फिर भी नहीं आई तो मैं नाराज़ क़दमों से घर की ओर चल दी। तभी मुझे अपने

पीछे दो जोड़ी क़दमों के दौड़ने की आवाज़ सुनाई पड़ी। वे ही दोनों थे। वे मेरे नज़दीक आए।

"सॉरी," मोनिका हँसते हुए बोली।

"थैंक्स," प्रतीक भैया भी उतना ही हाँफते हुए बोले थे और दुलार से मेरे बालों में हाथ फेर लौट गए थे। मैं और सुनना चाहती थी। साझे राज़ की ताज़ा राज़दाराना बातों से रू-ब-रू होना चाहती थी, मगर मेरे सामने कुछ भी प्रस्तुत नहीं किया गया। नि:शब्दों की दुनिया में वास करते हुए हम मोनिका के घर पहुँच गए थे।

आज दरवाज़ा उसके पापाजी ने खोला। उन्हें देखते ही मोनिका के गले से एक घुटी हुई सिसकी बाहर आने लगी।

"पापाजी, थोड़ी देर हो गई।"

"देर हो गई? देर...थोड़ी देर हो गई?"

पापाजी ने दाँत पीसकर चिल्लाते हुए कहा और मोनिका का हाथ निहायत खुरदरेपन से खींचकर उसे घर के भीतर कर लिया। बहुत डर के शोर के बाद का सन्नाटा मेरे कानों में सीटी की शक्ल में बजने लगा। साँय-साँय। मैं थरथराते हुए अपने घर पहुँची।

अगले दिन मोनिका छत पर नहीं दिखी, न ही मेरे घर आई। फ़ोन उसके घर था नहीं, अत: उसके साथ क्या कुछ हो रहा होगा—इन्हीं आशंकाओं में डूबे हुए मैंने तीन-चार दिन बिता दिए। ममा के कॉलोनी में घूमने न जाने के बारे में पूछने पर मैंने कह दिया था—'बहुत सारी कॉपियाँ कम्प्लीट करनी हैं, ममा, जब हो जाएँगी तो जाऊँगी।' ममा ने मेरे कहे पर सहजता से विश्वास कर लिया और ज़्यादा सवाल नहीं किए।

फिर वह कई दिनों बाद शनिवार की एक दोपहर को दिखी थी। मैं उस दिन स्कूल से जल्दी आ गई थी, इसीलिए मैं उसे उस दोपहर को देख पाई। उसने सफ़ेद शलवार पर गहरे लाल रंग का कुर्ता पहन रखा था। वह अपने माता-पिता के साथ थी। वे तीनों चिपककर स्कूटर पर बैठे थे। दोनों के बीच फँसी हुई वह मुझे लाल नाज़ुक फल-सी लगी, जो थोड़े दबाव में कुचलकर पूरा मलीदा बन जाता है। मुझे उसपे तरस आने लगा, मगर दूसरे ही क्षण जब उसे ज़ोर से हँसते देखा तो छले जाने का एहसास मन में ठाठें मारने लगा। वह तो लगभग ख़ुश-सी दिख रही थी। उस वक़्त मेरे मन में एक बार भी यह ख़याल नहीं आया कि वह अपने मम्मी-पापा को ख़ुश करने के लिए शायद ऐसा कर रही होगी। किसी समझौते के तहत। भविष्य में घटनेवाली कल्पनातीत घटनाओं को सुरक्षित करने के वास्ते?

उस शायद का सच, उसी शाम मुझ पर खुल गया। वह उस शाम मेरे घर आ पहुँची। उसके चेहरे पर उसके कुर्ते का रंग खिल रहा था और वह परेशान दिख रही थी।

"आज हम वो वाली नई पिक्चर देखने गए थे, जिसमें 'पूनम ढिल्लन' है। पता नहीं क्यों गए हम? मम्मीजी को लगा होगा इतने दिन मैं घर के अन्दर बन्द रही इसीलिए कुछ बाहर की हवा खिला लाएँ...मगर सब उलटा हो गया।"

वह बिना रुके, मेरी प्रतिक्रियाओं का इन्तज़ार किए बिना किसी और दुनिया में पहुँची हुई-सी बोले जा रही थी।

"हाफ़ टाइम में मैं टॉयलेट गई तो कॉरीडोर में खड़े लड़कों का ग्रुप चिल्ला-चिल्लाकर कहने लगा—

'ओए पूनम ढिल्लन...स्क्रीन से उतर यहाँ आ गई है...ओए देख, ओए पूनम ढिल्लन...हाय-हायऽऽ देख तो क्या बात है!'

"इतना सुनते ही पापाजी को ज़ोर का ग़ुस्सा आ गया, वो हमें फ़िल्म पूरी दिखाए बिना ही वापस ले आए।"

"अरे टॉयलेट गई तो पापाजी को क्यों साथ ले गई, मम्मीजी को ले जाना था न?"

"जानती नहीं क्या," वो शिकायती स्वर में बोली, मानो मेरा यह सवाल उसके लिए कितना बेमानी था, "पापाजी क्या मुझे मम्मीजी के साथ अकेले जाने देते हैं? ख़ैर, अब ये सब छोड़ो, बड़ी मुश्किल से पाँच मिनट की परमीशन ले तुमसे मिलने आई हूँ, क्या इस बीच प्रतीक मिला?"

"नहीं, मैं भी इस बीच बाहर नहीं गई।"

"ओहऽऽ" वह अजीब ढंग से उदास हो गई मानो प्रतीक की ख़बर भर से उसका प्रतीक से मिलना हो गया होता और मुझसे मिलने का प्रयोजन इस ख़बर के आदान-प्रदान के अलावा कुछ और हो ही क्या सकता था? उसके इस तरह के व्यवहार से मैं कट-सी गई।

"सुनो," उसने उसी दूसरी दुनिया की खोह से निकलती आवाज़ में कहा, "कल आना, मुझे लेने, कल पापाजी शहर से बाहर जा रहे हैं, कल...।"

उसका कल देर तक हमारे बीच अटका रहा और मैंने जब धीरे से कटी हुई उसे अखर जानेवाली आवाज़ में कहा 'अच्छा' तो भी वह अपनी खो जानेवाली दुनिया से वापस लौटकर नहीं आई थी और उसी बदहवास दुनिया से होती हुई अपने घर लौट गई थी।

अगले दिन भी वह वैसी ही बनी रही। एकदम कातर और धुन में रँगी हुई।

प्रतीक भैया ने हमें देखते ही ख़ामोशी से इशारा किया और हम उस अधबने मकान की ओर चल दिए जो अब उन दोनों के एकान्त में मिलने का स्थायी सुरक्षित ठिकाना बन चुका था। जैसे ही हम मकान के फ़र्श की उगती घास पर बैठे थे, वह रोने लगी थी, पागलों-सी बुदबुदाते हुए। उन बुदबुदाहटों के अर्थ खोजना नामुमकिन था। ख़ासतौर से मेरे लिए, लेकिन प्रतीक भैया ज़रूर समझ गए थे, तभी

उन्होंने उसे खींचकर अपनी बाँहों में भर लिया था और मैं दृश्य देख ज़ोर से अकबका गई थी। मुझे इस तरह देख प्रतीक भैया ने कहा था—

"थोड़ी देर के लिए बाहर चली जाओ...प्लीज़!"

"हाँ-हाँ, हाँ-हाँ, हाँ-हाँ...।" मेरी 'हाँ' रुकने का नाम नहीं ले रही थी। वह मेरे दृश्य में उपस्थिति को नकारती हाँ थी और अच्छा हुआ अँधेरा गहराता जा रहा था क्योंकि उसी की आड़ में मैं अपनी आँखों से बहते गरम पानी को छिपा पाई। कह नहीं सकती यूँ दोनों के प्रति अपने समर्पण भाव को एक्शन में तब्दील होते देख मेरे अन्दर यह नया दुख जगा था अथवा शर्म के रेले के अपने ऊपर से गुज़र जाने की वजह से मैं ऐसा महसूस कर रही थी। अधबने मकान के बाहर सीढ़ियों पर बैठ, नज़रें ज़मीन में गड़ाए हुए मैं अनवरत प्रतीक्षा में जम गई थी। सामने से सूनी, अँधियारी सड़क पर जाते इक्का-दुक्का लोग मुझे सवालिया निगाह से देख रहे थे, और मैं अपनी जगह पर सिमटकर धँसती जा रही थी। जी, डर और पसोपेश के मारे हलाकान हुआ जा रहा था और मैं चौंककर बार-बार अपनी घड़ी देखती जा रही थी। मेरा चश्मा पसीने की वजह से नाक से नीचे लुढ़कता जा रहा था। मेरे अन्दर गीली, निकृष्ट दर्जे की चिपचिपाहट फैलती जा रही थी।

जब बीस मिनट का समय मुझे अझेल युगों समान लगने लगा तो मैं अपनी अस्थिर अवस्था को बड़ी मेहनत से उठाकर उस जगह की ओर ले गई जहाँ उन दोनों को छोड़ आई थी। मैंने चोर की तरह झाँककर देखा और पाया कि मैं एक अनधिकृत क्षेत्र में प्रवेश कर गई हूँ जहाँ पर दिखलाई पड़नेवाले तमाम रेखाचित्र पूरे अँधेरे के बाद भी अपनी विद्युत चमक लिये ताजीवन मेरे आगे कौंधते रह जाएँगे।

प्रतीक भैया को मोनिका ने कभी न छूटनेवाले आलिंगन में कसकर बाँधा हुआ था और वे उसकी ठुड्डी अपनी दो उँगलियों पर टिकाए उसके होंठों को अपने होंठों से कभी खोल, कभी बन्द करते हुए एक ऐसे क्षण की गिरफ़्त में फँसे हुए थे जिसका सम्मोहन सिर्फ़ और सिर्फ़ मेरे जाने से टूटता।

ऐसा ही हुआ। चूँकि मोनिका की पीठ मेरी ओर थी और उनका मुँह, लिहाज़ा वे ही मुझे पहले देख पाए। मुझे देखते ही उनकी पेशानी पर खीज के बल उभरे, मगर उन्होंने अपने प्रख्यात धैर्य का परिचय देते हुए, उन बलों के नामोनिशान तुरन्त ही मिटा दिए और मुस्कुराते हुए बोले—

"मोनिका जाओ, घर जाओ, ये घबरा रही है।" मुझे लगा, मुझे चक्कर आ जाएगा। और यहाँ की गहराई में एक अनावश्यक-सा उथला कोलाहल फैल जाएगा, इसीलिए मुझे जल्द अपने आपको सँभाल लेना चाहिए। मैंने व्याकुल नज़रों से प्रतीक भैया की ओर ताका। उन्होंने मोनिका को अपने से खींचकर अलग किया और मेरा हाथ पकड़कर मुझे सहारा देते हुए सड़क के मोड़ तक हमें छोड़ने चले आए।

उस दिन मोड़ से घर तक की यात्रा मीलों चली थी और उसकी थकन घटाने को हम दोनों में से किसी के पास भी शब्दों के खनक की स्फूर्ति नहीं बची थी।

उसी रात भयंकर बारिश हुई थी। मैं रात भर इस डर और दुख से करवटें बदलती रही थी कि बारिश कहीं उफनती नदी बन मुझे डुबा तो नहीं देगी। मुझे भीतर कहीं इतना दर्द होने लगा था कि मैं सोचने लगी थी—ज़िन्दगी के बहुत सारे मायने जाने बिना मुझे आज मर जाना होगा क्या? वह भी सिर्फ़ इसलिए क्योंकि मैं उस हैंगर के समान हूँ जिसमें सुन्दर तस्वीरें टँगती हैं। सब तस्वीरों को ही देखते हैं हैंगर को किसने देखा आज तक?' उस दिन अपने लिए बहुत रोई थी मैं।...

"तुम भी किसी को चाहती हो क्या?" मोनिका ने एक दिन यह दहला देनेवाला सवाल भी मुझसे किया था।

"मैं?" मैंने घबराकर कहा था, "अअहाँ...नहीं, मेरा कहाँ... ?"

"हाँ...हाँ...हाँ," उसने मुझे टुकड़ा-टुकड़ा करनेवाली हँसी के साथ देखकर कहा था, "प्यार करने के लिए सुन्दर होना ज़रूरी थोड़ी होता है।"

मैं उसकी इस क्रूर ख़ूबसूरती को ताकती रह गई थी, बार-बार अपना चश्मा ऊपर-नीचे खिसकाते हुए।

न दिन याद है, न महीना मगर दशक वही था और काल वही, ख़ालिस रूप से वही जो क़िस्से के पहले भाग से चलता आ रहा है।

रात के आठ बज रहे थे और हम दूरदर्शन पर फ़िल्मी गीतों का लोकप्रिय कार्यक्रम चित्रहार देख रहे थे जब मोनिका के घर से ख़ूब रोने-चिल्लाने और दौड़ने की आवाज़ें आने लगीं। हमारा ध्यान टी.वी. से हट, आवाज़ों पर चला गया और जब हमारे घर के दरवाज़े को पीटने की आवाज़ आई तो ममा और मैं दोनों ने दौड़कर दरवाज़ा खोल दिया।

सामने मोनिका खड़ी थी, लम्बे बाल खुले थे, माथे पर पसीने से कुछ लटें चिपकी हुईं, गालों पर तरह-तरह से प्रहार किए जाने के निशान थे और बाँहों पर हज़ारों खरोंचें थीं।

"आंटी...आंटी," वह विक्षिप्तों की तरह चीख़ रही थी, "देखो, आज पापा ने कितना मारा मुझे। कह रहे थे, मैं ही लड़कों को देख गन्दे इशारे करती हूँ।"

"अरे-रे-रे, न-न...अन्दर आओ बेटा।" ममा उसे जल्दी से अन्दर लाकर, मेरे पलंग पर बिठा रही थीं। वे दौड़कर उसके घावों पर डेटोल भी लगा रही थीं।

"आंटी देखिए यहाँ...यहाँ और यहाँ भी," वह चीख़-चीख़कर रो रही थी, "आंटी, आज तो पापा ने हद कर दी, कहने लगे—मैं कॉलोनी के प्रतीक के साथ आँख लड़ाने जाती हूँ, रोज़ घूमने जाने के बहाने, बताइए आंटी, मैं तो रोज़ अनामिका के साथ ही रहती हूँ, आप उसी से पूछ लीजिए मेरा प्रतीक से कोई चक्कर नहीं, वो तो चूँकि अनामिका उसे भैया मानती है तो रास्ते में मिलने पर हम बातें कर लेते हैं,

वरना तो... ? पता नहीं कॉलोनी के लोग भी सारी ऊल-जलूल बातें पापाजी को बताते रहते हैं और वो मुझ पर ही ग़ुस्सा करते रहते हैं। आँ...आँ-आँ!''

ममा उसे सहलाती रहीं, दुलारती रहीं, चुप कराती रहीं। मैं सामने एकटक उसे देखती रही। मुझे दिखाई दे रही थी दुपट्टा उतारकर इतराती मोनिका, ख़ाली मकान में विभिन्न मुद्राओं समेत प्रतीक भैया के साथ सायों में समा जानेवाली मोनिका, अपने पीछे मुझे दौड़ाती हुई मोनिका और मुझ पर ख़ूब हँसती हुई मोनिका।

मैंने ममा से ठंडी आवाज़ में उनके मोनिका को पुचकारने के दौरान पूछा था, ''ये दुनिया इतनी क्रूअल कैसे हो जाती है ममा?''

ममा ने दुलार से मेरे सिर पर हाथ फेर, मुझे भी मोनिका के साथ-साथ आश्वस्त करने की कोशिश की थी, और जीवन के पहले ख़तरनाक मोहभंग से उत्पन्न होनेवाले विकारों से मुझे बचा लिया था।

उस वर्ष होली के त्योहार के ठीक चार दिन बाद मैं तेरह वर्ष की होने वाली थी। मैं टीनएजर बनने को बेहद उत्सुक थी। दोस्तों की बातें सुन लगता था टीनएजर बनते ही, एक नई दुनिया 'खुल जा सिम-सिम' वाले अन्दाज़ में जादुई ढंग से मेरे सामने खुल जाएगी। वह कौन-कौन से जादुई करिश्मे अपने साथ लाएगी, मैं यही सोच-सोच विस्मित होती रहती थी।

कॉलोनी में होली का त्योहार जमकर मनाया जाता था। सब लड़कियाँ टोली बनाकर एक-दूसरे के घर जाती थीं और हम ख़ूब रंग खेलते थे। मोनिका को भी उस दिन रंग खेलने की इजाज़त मिल गई थी। यह हैरत की बात थी। मगर वह उस दिन सबसे पहले मेरे घर आई, मेरे मन के गिले पर मरहम-सी लगाती और फिर हम कॉलोनी में निकल गए। बारी-बारी सबके घर जाते हुए हम संजना के घर भी गए। उसके यहाँ बड़ा धमाल मचा हुआ था। हम भी उसमें शामिल हो गए। तभी तेज़ी से कुलाँचें भरती हुई एक बाइक आकर संजना के घर के सामने रुकी। उसमें से प्रतीक भैया और उनके दोस्त उतरे। सारी लड़कियाँ हँसते-हँसते, एक ओर हो गईं और जैसा कि ज़ाहिर था, प्रतीक भैया ने उनमें से मोनिका को बाहर खींच निकाला और उसके गालों पर रगड़कर गुलाल मलने के बजाय, गुलाल से उसके गालों को हल्के-हल्के थपथपा दिया, मानो वे अपनी मोनिका को तंग करना नहीं चाहते, छेड़ना नहीं चाहते, बस धीरे-धीरे सहेजते चले जाना चाहते हों।

बस इतना ही होली खेले वे मोनिका के साथ। बस इतना ही! मैं 'बस इतनी ही होली', की परिभाषा में बेवजह फँस-सी गई थी, जब प्रतीक भैया मेरे नज़दीक आ गए और मुझे देख, हँसते हुए बोले, ''कैसी गत बन गई है तेरी हाँऽऽ!''

मैं उनकी ठिठोली पर शरमा गई थी और दूसरी लड़कियों की तरह टूटकर उनको रंग लगाने से बचती रही। एक ओर कोने में जाकर चुपचाप खड़ी हो गई

थी। वे सबके साथ ख़ूब खेले, फिर हम सभी वहीं संजना के घर के बरामदे में थककर बैठ गए थे। कुछ लोग घर भी जाने लगे थे। जब मैं उठने को हुई तो प्रतीक भैया ने मुझे अपने पास बुलाया—

"एक काम है, ज़रा लॉन की ओर चलो।"

संजना के घर के लॉन में केले और कटहल के कई घने पेड़ थे, प्रतीक भैया मुझे लेकर वहीं पहुँच गए। मैं समझ गई, अब भैया मुझसे मोनिका को बुलवाने की कोशिश करेंगे और अगर कहीं और मिलने की बात होगी, तो भयानक देर हो जाएगी और उसके बाद डाँट...।

"क्या भैया, क्या?" मैं आशंकाओं से भर उन्हें देख पूछ रही थी।

"कुछ नहीं, बस आज तो ये...।" कहकर भैया ने मेरा चिबुक उठाया और मेरे होंठों पर धीरे से अपने होंठ रख दिए। महीनों की कल्पना के बाद वास्तविकता में जो क्षण जीवन में कभी न बीतनेवाले क्षण के रूप में दर्ज हो जाना चाहिए था, वह फुर्र से उड़ गया। मेरे सारे तन्तुओं को छुए बिना ही, परे होता हुआ वह एक क्षण, बेमेल, बेअदब, बेक़ायदा लोगों के बीच घटित हुआ। शायद इसीलिए इतना फ़ौरी, इतना उड़नछू बन पड़ा था। निस्सन्देह उस क्षण में निहित, पुरस्कार का सन्देश ही वह तत्त्व था जिसे व्यक्त कर प्रतीक भैया रूई के फाए समान हल्के हो उठे थे। मेरे द्वारा मोनिका और उनके प्रेम को बढ़ाने और सुरक्षित रखने के कृत्यों को उपहारों द्वारा नवाज़े जाने की परम्परा उन्होंने क़ायम रखी थी। उपकृत कर देने पर आ जानेवाला हल्कापन, रिश्तों की स्थिरता और गोपनीयता बनाए रखने का प्रयास उन पर हावी होने लगा था और वे उमंग से भरकर गा रहे थे—

'आज बिरज में होली ओ रसिया।'

उस रोज़ पहली बार नहाते वक़्त मैंने अपने होंठों पर साबुन मला था और उस उपहार को हमेश के लिए धो देना चाहा था जिससे मेरी शख़्सियत को रँगकर, रिश्तों में मेरी भूमिका को पुख़्ता ढंग से रेखांकित कर दिया गया था।

जो सच मैं हमेशा से जानती थी, उसे सील कर दिया गया था और मैं शुरुआती ईमानदारी से अधिक, ज़िम्मेदारीपूर्वक अपनी भूमिका को निभाने लगी थी। मिल्स एंड बून्स की अंग्रेज़ी रोमांटिक किताबों सरीखे, पहले चुम्बन, स्नेह झंकृत होते तन और मन की तैयारी अभी बाक़ी थी, और मि. राइट के साथ अनूठी अनुभूतियों के घटित होने की बारी अभी आई नहीं थी, यह भी मैं अच्छी तरह समझ गई थी। इस दूसरे क़िस्म के मोह-भंग ने मेरे अन्दर और दृढ़ता भर दी थी, लिहाज़ा मैं प्रतीक भैया और मोनिका को मिलवाने की अब और ज़्यादा कोशिशें करती थी और अपनी स्थिति और उम्र की वजह से सफल भी होती थी। बीतते समय की गति ने उसके पापाजी के भीतर हमारी दोस्ती के प्रति आस्था की हल्की परत जमा दी थी। अब वह ममा को भी गाहे-बगाहे देख नमस्ते कर दिया करते थे। मोनिका को मेरे

घर कभी भी चले आने की छूट मिल गई थी और वह इस अवसर का बेधड़क इस्तेमाल करने लगी थी।

मेरे घर आने के बाद वह बिना संकोच प्रतीक भैया को हमारे घर के फ़ोन से फ़ोन मिला दिया करती थी और वहीं से मिलने की जगह और समय निश्चित कर लेती थी। फिर वह धीरे से मुझे लेकर दिन के अनजाने, अनसोचे पहरों में मेन रोड की ओर चल देती थी। वहाँ किसी बड़े छायादार पीपल के पेड़ के नीचे प्रतीक भैया अपनी बाइक लिये इन्तज़ार करते रहते थे। वह उनकी बाइक की पिछली सीट पर सवार हो जाती थी और अपना दुपट्टा छाती से उतार अपने माथे और मुँह पर नक़ाब की शक्ल में बाँध लेती थी। बाइक स्टार्ट करने से पहले प्रतीक भैया दुलार से कभी मेरे बाल सहला देते थे और कभी शरारत से मेरा चश्मा मेरी आँखों पर और ऊपर की ओर चढ़ा देते थे। मेरी ओर देखती उनकी आँखें एक राज़ के मज़े से मुस्कुराती रहती थीं। मैं अपने दायित्वों के बोध से और झुककर, उन्हें बाय-बाय करती रहती थी और तब तक करती रहती थी, जब तक बाइक सड़क में धुआँ उड़ाता बिन्दु बन विलीन नहीं हो जाती थी। लौटने के पहले दूर तक दिखलाई पड़नेवाले दृश्यों में मोनिका की प्रतीक भैया की पीठ में धँसाए गए शरीर का दृश्य भी देर तक टिका रहता था और मैं उस सड़क के बेजुबान पत्थरों को ताक़त से ठोकर मारते हुए घर लौट आती थी।

इस तरह यह क़िस्सा अन्त की ओर दौड़ने लगा था और अपनी परिणति को प्राप्त होने के लिए तैयार हो रहा था। लेकिन यहाँ हमें थोड़ रुकना होगा और इससे पहले कि अन्त की ओर पहुँचा जाए, अन्त से पहले के एक दृश्य का वर्णन करना होगा। यह बेहद ज़रूरी है, इसलिए और क्योंकि यह मेरे सामने घटित हुआ था। उसके बाद के क़िस्से के ब्योरे मेरे सामने घटित नहीं हुए थे, सिर्फ़ मुझे सुनाई पड़े थे, इधर-उधर से।

सुबह के दस बज रहे थे और उस दिन निश्चित ही छुट्टी का दिन था क्योंकि मैं घर पर ही थी। उस दिन बहुत दिनों के अन्तराल के बाद हमें मोनिका के घर से एक बार फिर रोने, चीख़ने-चिल्लाने की आवाज़ें आने लगी थीं। आवाज़ों को सुनते ही ममा और मैं दौड़कर उसके घर की बाउंड्री वाल तक गए थे, जहाँ से एड़ियों पर उचकते हुए मोनिका के घर का आँगन दिखाई पड़ता था। उसी दिन मैं ऐसे ख़ौफ़नाक दृश्य से रू-ब-रू हुई थी जिसे याद कर आज भी मेरी रूह काँपती है। मोनिका आँगन के फ़र्श पर चित्त लेटी हुई थी। उसकी मम्मीजी ने उसे कन्धों के बल दबा रखा था और उसके पापाजी उसकी जाँघों पर लगभग उकड़ूँ बैठे उस पर तमाम प्रहार कर रहे थे। मोनिका की अपने हाथों द्वारा उन्हें रोकने की कोशिश निरर्थक साबित हो रही थी। उसका शरीर माँ-बाप के स्पर्शों से बिंधा हुआ, प्रतिरोध की क्षमता खोता जा रहा था। उसके गले से निकलती

आवाज़ भी निहायत बैठी हुई, फँसी सी और अस्फुट थी। जो हम समझ पा रहे थे, वह बस इतना ही था—

"पापाजी...पापाजी...बस नहीं...नहीं...मर जाऊँगी...नहीं...छोड़ दो...छोड़ दो आप जो कहोगे, वही करूँगी, सिर्फ़ आपकी बात मानूँगी...घर के बाहर क़दम भी नहीं रखूँगी...बस...अब छोड़ दो...छोड़ दो।"

काठ मार गया वाले अन्दाज़ में ममा और मैं काठ हो चुके थे। कोई हरकत हमसे आज़ाद नहीं हुई, न ही हमारे गले से ध्वनि की कोई सम्भावना प्रकट हुई। हमारी वस्तुस्थिति इतनी कातर थी और उसी अवस्था में हमें देखते हुए मोनिका के पापाजी ने देखा था, वे बिफरे, पागल कुत्ते समान भौंके थे—

"भागो, तुम लोगों की शह की वजह से हमारी लड़की बर्बाद हो गई...भागो।"

भों...भों...भों।

यह कितने ख़राब तरह का मोह-भंग था। मैं पहली बार समझी थी, माँ-बाप सिर्फ़ अच्छे नहीं, ऐसे भी होते हैं।

बाद के दिनों में अपमान से घनीभूत चुप्पी और दूरी की ऊँची दीवार दोनों घरों के बीच खींच दी गई थी। सुना था, मकान मालिक ने छत की बाउंड्रीवाल उठाने और नीचे की बाउंड्रीवाल ऊँची करने की मोनिका के पापाजी की इच्छा का सम्मान किया था और देखते ही देखते निर्माण कार्य शुरू हो गया।

दीवार बनने के पहले, एक-दो बार मुझे मोनिका नज़र आई थी। छत पर मम्मीजी के साथ टहलते हुए। उसका सर और उसकी छाती मोटे दुपट्टे से पूरी तरह ढँके रहते थे। उसकी नज़रें छत की ज़मीन कुरेदती रहती थीं। वह एक बार भी मेरी खिड़की की ओर नहीं देखती थी। एक बार भी नहीं!

मेरा भी कॉलोनी में आना-जाना घट गया था। दरअसल घूमने का अब मेरा मन ही नहीं करता था। मैं अब बहुत-बहुत पढ़ने लगी थी। पढ़ना मुझे हमेशा से ही अच्छा लगता रहा था, अब और अच्छा लगने लगा। कभी-कभी जी करता था, प्रतीक भैया को फ़ोन कर उनका हाल लूँ। कुछ पता तो चले, सब कुछ ठीक चलने के दरम्यान, अचानक ऐसा क्या हो गया कि सारी दुनिया उलट-पुलट हो गई। मगर फ़ोन करने के ख़याल सिर्फ़ ख़याल साबित हुए। फ़ोन का नम्बर घुमाते वक़्त मुझे, अपने होंठों को साबुन से मलकर धो लेने का मन करता था, और उसी में इतनी देर लग जाती थी कि फ़ोन करना रह ही जाता था।

कभी कॉलोनी की मार्केट में प्रतीक भैया दिखे भी तो बस इतना कहकर पास से गुज़र जाते थे—

'अच्छे से पढ़ रही हो न?'

'एक्ज़ाम कब हैं तुम्हारे?'

'आंटी कैसी हैं?'

मुझे घनघोर अविश्वास होता था उनके व्यवहार पर। वह मुझे अपने और मोनिका के बीच से कैसे ठंडे अन्दाज़ में अलग कर दे रहे थे? मैं क्या लगती थी उनकी? कुछ लगती थी क्या?

जल्द ही, इन घटनाओं के बीतने के बाद, वह शहर छूट गया मुझसे। कहने को तो शहर के भौगोलिक क्षेत्र से दूर चली गई मैं, मगर संवेदनाओं के स्तर पर भी वहाँ बहुत-कुछ दफ़न कर आई थी मैं।

मैं बड़ी हो गई थी। सारे मोहभंगों से उबर, समझदार। टफ। उन लोगों के बारे में जानने की कोई कोशिश नहीं की अपनी तरफ़ से, लेकिन बाद में उन दोनों से सम्बद्ध कुछ छिटपुट ब्योरे मिलते रहे। उन्हें नकारने के बावजूद अन्दर एक बेचैनी बनी रहती थी। अन्तिम सत्य तक पहुँचे बिना क्या जीवन का कोई हिस्सा पूरी तरह दफ़न किया जा सकता है अथवा जिया जा सकता है? त्रिशंकु होने से बेहतर तो चुनाव ही होगा न। फिर वह ग़लत हो या सही। इसीलिए उनकी ख़बर मिलती रहे ऐसी इच्छा हमेशा बरकरार रही। यह बात अलग है कि बाद में प्राप्त छितराए क़िस्म के ब्योरे, मुझे सच से ज़्यादा लोगों की अद्भुत कल्पनाशीलता की उपज लगे, जिनमें से सच को ढूँढ़ना बेहद कठिन था—

जैसे—किसी ने कहा था, "उन दोनों ने भागने का कार्यक्रम बना लिया था, मगर पकड़े गए थे।"

"जिस दिन भागना था, उसके पहले ही मोनिका के पापाजी को भनक लग गई थी। उन्होंने उसी रात कॉफ़ी में नशे की दवा मिला दी थी, क्योंकि सारी दुनिया जानती थी मोनिका किसी चीज़ को हाथ लगाए अथवा नहीं, मगर कॉफ़ी को मना नहीं कर सकती थी।"

"न...न...न, कॉफ़ी में नहीं, उस दिन उसकी माँ ने उसके प्रिय खाने राजमा-चावल और भिंडी में से किसी में वह दवा मिलाई थी।"

"जिस प्लेटफॉर्म पर प्रतीक भैया इन्तज़ार करते रह गए थे, उसी के ठीक बग़ल वाले प्लेटफॉर्म पर बेसुध-बेहोश मोनिका को दो लोगों की मदद से ट्रेन में लादकर जालन्धर पहुँचा दिया गया।"

"जालन्धर में उसके पापाजी के कुछ रिश्तेदार थे। वहाँ उसका क्या हुआ कुछ पता नहीं।"

"कोई मिला था मोनिका के पापाजी से दिल्ली में। यूँ ही, दिल्ली करोल बाग़ में टकरा गया था उनसे, वे उस व्यक्ति को देख सकपका गए थे, मगर फिर बड़ी शान से बिना पूछे कहने लगे थे, "मोनिका ससुराल में राज़ी-ख़ुशी है।"

अस्सी का दशक मेरे जीवन का नेपथ्य काल हो चुका है और मुझे आश्चर्य है, कालों को सीमाबद्ध करने का बैरोमीटर अभी तक क्यों नहीं बन पाया है। क्या कर रही टेक्नोलॉजी? और ये विकास...?

कैसा है? क्या है यह... ?

माने विकास और सिया नाम के दो प्रेमी हरियाणा, पंजाब या...या, के जो कहीं भाग गए थे, और फिर पकड़कर माँ-बापों और समाजों द्वारा मार दिए गए। आप सबने सुना होगा, पढ़ा होगा, अख़बारों में यह हाल ही की बात तो है। इसी इक्कीसवीं सदी की...! यानी नेपथ्य का कोई अर्थ नहीं? यानी भूत और वर्तमान सबका घालमेल ज़बर्दस्त है। यानी प्रतीक भैया और मोनिका ही विकास और सिया हैं, या थे? सब कुछ कितना कन्फ्यूज़िंग है!

यह सब कुछ दर्ज करने के पहले एक अन्तिम ख़बर और आई थी। सुना था, प्रतीक भैया को लोग रोज़ रात को प्लेटफ़ॉर्म पर भटकते देखते हैं। कुछ घंटे वहीं बिताकर वह लौट आते हैं। एक दिन किसी दोस्त ने उनकी बाँह पकड़, रोककर पूछा था—

'क्या करने आते हो यहाँ?'

उन्होंने उस दोस्त को अजीबोग़रीब नज़रों से देखते हुए कहा था—

'कुछ नहीं।'

वे पागल नहीं हुए हैं। उन्होंने हाल ही में शादी भी कर ली है मगर वे उस 'कुछ नहीं' को आज भी ढूँढ़ते हैं।

अब अगर कन्फेस करूँ तो कहूँगी अपनी सारी शंकाओं, शिकायतों, अवधारणाओं और मोहभंगों के बावजूद मोनिका मुझे कई बार कचोट-कचोट कर याद आती है। निरन्तर भीतर से कुछ छीलकर अपनी उपस्थिति बनाती हुई।

(लेखक का नोट—अनामिका के कन्फेक्शन के बाद हमें रुक जाना चाहिए, वरना क़िस्सा तो 'हरि कथा अनन्ता' की तर्ज़ पर चलता ही जा रहा है, चलता ही जाएगा और पाठक दर्शक बन उन प्रक्रियाओं में डूबकर सहभागी होते रहेंगे, साल-दर-साल, युग-दर-युग।)

अनामिका—"पता है, बचपन से मुझे कहानियों के वो वाले अन्त पसन्द नहीं...(सुन रही हो न), भले ही वे मज़ाक में कहे जाएँ।"

मोनिका—"कौन से पागल... ?"

अनामिका—"दोनों मर गए ख़त्म कहानी।"

आज सनीचर चढ़ा है रे!

जिस दिन गुड़िया के पिता को ग़ुस्सा आता, माँ कोई न कोई सफ़ाई दे देतीं! 'आज बिट्टू पिताजी थक गए हैं, आज भूखे होंगे, आज ऑफ़िस में मनीजर साहब से झड़प हो गई होगी...' सुनते-सुनते गुड़िया आदी हो गई। बहुत छोटी उम्र से समझने लग गई थी कि पिता से स्नेह और सहजता की आशा करना व्यर्थ है। दिन भर तो वो स्कूल में रहती, घर आकर स्कूल से मिला गृहकार्य करती फिर आसपास के घरों के लड़के-बच्चों के साथ खेलती रहती। तब तक, जब तक कि माँ आवाज़ दे बुला न लेती। फिर गुड़िया हाथ-मुँह धो, गरम-गरम रोटी-सब्ज़ी खा सो जाती।

गुड़िया वैसे भी अपने पिता को ख़ास पसन्द नहीं करती थी। चार साल की थी, तभी से पिता की गोदी में बैठने पर उसे उनके मुँह से बास आती थी। बाद में जाना पिता बीड़ी फूँकते थे, दारू पीते थे। वही सब कुछ जो टी.वी. पर दिखाते थे। राजू के घर देखा था उसने। राजू के घर रंगीन टी.वी. था। जिसमें सब कुछ ख़ूब सुन्दर चमकीला और रंगीन दिखता था। उसे वैसे भी राजू के घर बड़ा मज़ा आता था। राजू का घर उसके घर जैसा नहीं था और राजू के पिता उसके पिता जैसे नहीं थे। उनकी अपनी टेलरिंग की दुकान थी। उससे काफ़ी पैसा कमाते थे और उस पैसे से ढेर सारा सामान लाते थे। राजू की स्कूल ड्रेस हमेशा साफ़ और अच्छी दिखती थी। उसका बैग, उसका टिफिन सब टी.वी. में जैसा बच्चों का दिखाते थे, वैसा ही दिखता था। राजू पाँचवीं में पढ़ता था, उससे तीन साल उम्र में बड़ा था। पर, गुड़िया को बहुत मानता था। हमेशा अपने खिलौने से खेलने देता था और जब टी.वी. पर कुछ अच्छा प्रोग्राम आता था तो उसे आवाज़ दे ज़रूर बुला लेता था। गुड़िया आ जा, बच्चों का सीरियल आ गया, गुड़िया—फ़िल्मी गाने...। वहीं राजू के घर राजू के टी.वी. पर गुड़िया ने समझा था, दारू क्या होती है और उसको पीने से कैसे बेहोश हो जाते हैं, या फिर उलटी-सीधी हरकतें करते हैं। उसे ये बिलकुल अच्छा नहीं लगता था कि उसके पिता इसी तरह उलटी-सीधी हरकतें करें और गन्दे कहलाएँ। पर वह कर ही क्या सकती थी।

एक दिन उसने अपनी माँ से कहा था, "माँ, पिताजी कितने गन्दे दिखते हैं! एकदम डरावने! उनके मुँह से बास आती है। मुझे अच्छे नहीं लगते। कभी प्यार भी

नहीं करते। माँ, क्या हम दूसरा पिताजी नहीं ला सकते? राजू के पिताजी जैसा!" उसका इतना कहना था, कि माँ दाल छौंकना छोड़ उसकी ओर लपकीं और उसके इकलौते सुन्दर पीले फ्रॉक का कोना पकड़ उसे धकिया दिया। उसका सिर फ़र्श से ज़ोर से टकरा गया। ख़ूब दर्द हुआ। वह ज़ोर-ज़ोर से चिल्ला-चिल्लाकर रोने लगी। इससे माँ और बिगड़ गई और उसे डाँटने लगी, "भाग यहाँ से, अब ज़्यादा नाटक मत पसार, पतुरिया टाइप बात करती है, सौख तो देखो छोकरी के...बाप ही बदल डालें? ऐं, भाग यहाँ से, नाहीं तो जलता स्टोववा रख देंगे तोरे ऊपर। हमारे माता-पिता इतना दूर गाँव से भेजे हैं तोरे इसी बाप के साथ, सादी करके। अब मरें चाहें जीएँ, इसी के साथ। जो होगा सो होगा! ज़्यादा बकर-बकर इस तरह का करेगी तो जान से मार डालेंगे।" गुड़िया की जान तो दर्द से पहले ही आधी हो रही थी, तिस पर जलता स्टोव और जान खो देने का डर इतना सशक्त था कि गुड़िया को वहाँ से हवा की तरह भगा ले गया। गुड़िया सीधे अपने कमरे से भाग राजू के घर पहुँची। राजू के पिता दुकान से लौट चुके थे और राजू को उसके स्कूल का काम करा रहे थे। गुड़िया ने अपनी आँखों से देखा राजू के पिता राजू के सिर पर हाथ फेर रहे थे और मुस्कुरा रहे थे। यह देख गुड़िया की चोट और दुखने लगी। उसे और ज़ोर से रोना आ गया और वह वहीं राजू के कमरे के दरवाज़े के पास सुबकने लगी। राजू के पिता ने गुड़िया को रोते देखा तो उसका हाथ पकड़ अन्दर ले आए और उसके माथे पर निकला गूमड़ सहलाने लगे।

"उ...उ...उ...इत्ता ज़ोर से दुख रहा है। चाचा, अब हम नहीं जाएँगे अपने कमरे में। चाचा, अब नहीं जाएँगे अपने कमरे में। चाचा, हमारे पिताजी भी गन्दे और माँ भी गन्दी।"

"नहीं बेटा।" राजू के पिता ने प्यार से समझाया, "ऐसा नहीं बोलते। माँ-बाप तो प्यार करते ही हैं। कभी-कभी तो हर माँ-बाप को ग़ुस्सा आता है।"

"नईं-नईं चाचा, कभी-कभी नईं, हर दिन हमई पर ग़ुस्सा आता है। पिताजी तो कभी आपकी तरह प्यार नहीं करते। आप राजू को कित्ता प्यार करते हो। और माँ! पिताजी के बारे में कुछ सुनती ई नई। हमेसा पिताजी के आगे-पीछे घूमती रहती है। हमको कोई नईं पूछता। अब हम वहाँ नईं जाएँगे।" ये सुन राजू के पिताजी भी परेशान हो गए। 'राजमणी' को समझाना आसान काम नहीं था। वे यह बात प्रतापगढ़ से जानते थे। प्रतापगढ़, जहाँ वे राजमणी के पड़ोसी थे और उसी के साथ वहाँ से चले आए थे मुम्बई। यहाँ अपना भाग्य आजमाने। राजमणी उनके बचपन का साथी ज़रूर था, पर उसके स्वभाव में कुछ विचित्र सी कठोरता थी, जो राजू के पिता की समझदारी से बाहर की चीज़ थी। इसलिए राजू के पिता ने उसके उस पक्ष को यूँ ही, अनछुआ, अनदेखा कर उसका साथी बनना स्वीकार किया था। फिर राजमणी कुछ पढ़ा-लिखा भी था, जो उसके व्यक्तित्व से दूरी बनाए रखने का

एक और कारण बनता था। राजू के पिता ने ख़ुद तीसरी क्लास के बाद पढ़ाई छोड़ दी थी। मुम्बई आने के बाद राजमणी को एक चप्पल बनाने की फैक्टरी में फाइल इधर-उधर करने का काम मिल गया। इतने पैसे मिलने लगे कि गृहस्थी जमाकर महीना चलाया जा सके। राजू के पिता को टेलरिंग का शौक़ था सो उसने टेलरिंग की दुकान पर बैठ-बैठकर अपने शौक़ को हुनर में बदल डाला। पहले एक-दो कुरते-पाजामे सिले घर-घर से माँगकर। फिर पूछ-परख बढ़ी और पैसे आने लगे। उस पैसे से अपनी चाल के पास ही एक दुकान डाल दी। अपनी चाल के पास कई और चालें थीं सो दुकान चल निकली। बिल्डिंग से नीचे उतरते ही सब्ज़ी मार्केट था, सो काँदा-कोथमीर-बटाटा सुनते-सुनते धन्धा और गृहस्थी वहीं बस गई। दिल लगाकर काम करने से घर में ख़ुशहाली भी नज़र आने लगी थी।

पर उधर राजमणी न जाने किस सोहबत में पड़ गया था? पहले कभी-कभी से शुरुआत हुई फिर रोज़ धुत होने का सिलसिला शुरू हो गया। रोज़ गाली-गलौज और रोने-पीटने की आवाज़ आती, पर राजमणी की औरत कभी शिकायत करने नहीं आई। उसकी अपनी औरत भी वहीं गाँव की थी पर राजमणी की औरत की तरह चीख़ती-चिल्लाती नहीं थी। दो बात कहने पर गऊ समान सुन लेती थी। ज़्यादा चुप रहती थी। राजमणी की औरत तो चुप भी नहीं रहती थी, पर ग़ज़ब की बात थी कि शिकायत भी नहीं करती थी। राजू के पिता को इस पर बड़ा आश्चर्य होता था। उसे गुड़िया के माँ-बाप दोनों गड़बड़ लगते थे पर वह कुछ कर पाने में स्वयं को असमर्थ पाता था। फिर चिन्ता का विषय थी गुड़िया। 'ई मासूम लड़की ज़ात कहाँ से पैदा हो गई ई दोनों पागलों के बीच। बड़ी होगी तो का होगा?' बहुत बार ये बच्ची पिट के उसके घर आती और वह दुलार के, टॉफी-चॉकलेट खिलाकर उसे वापस भेज देता। पर हर बार चिन्तित हो जाता।

आज राजमणी की औरत का वहशीपना उसे ज़्यादा अखर गया। साली, कड़ाई से रखती राजमणी को, डाँट-फटकार कर, तो थोड़ा सुधरा रहता। सराबी-कबाबी कहीं का! राजू के पिता ने गुड़िया को अपने हाथ से अपने घर की रोटी-सब्ज़ी खिलाई और घर भेज दिया।

गुड़िया बिना किसी से बोले अपने बिछौने पर जाकर सो गई। गुड़िया के पिता घर लौट चुके थे और माँ उनको खाना परोस रही थी। किसी ने गुड़िया से बात नहीं की तो वो ही क्यों करती?

अगले दिन संडे था। गुड़िया की स्कूल की छुट्टी का दिन। गुड़िया उस दिन उठकर हाथ-मुँह धो अपनी मैली शमीज पर अपना पीला फ्रॉक पहन, लहराती हुई बाहर चल दी। 'बिट्टू' माँ की अलसाई आवाज़ उसे सुनाई दी, 'दरवाज़ा भिड़का देना रे।' उसने आज्ञाकारी बच्चे की तरह दरवाज़ा भिड़का दिया। इतने धीरे से कि दरवाज़ा बन्द होने की आवाज़ उसे भी नहीं आई। डाँट खाने का मौक़ा टल गया,

इससे गुड़िया बेहद ख़ुश हो गई और 'राजू...राजू' किलकती हुई, राजू के कमरे की ओर चल दी।

राजू के कमरे के आगे बड़ी भीड़ थी। यह देख गुड़िया ठिठक गई। ये राजू के घर कौन-कौन से लोग आ गए थे? अच्छे-अच्छे कपड़े पहने, सिगरेट फूँकते, सुन्दर-सुन्दर औरतें और आदमी। उनके हाथ में लम्बे बिजली के पोल जैसे डंडे और काली-काली काँच लगी कुछ मशीनें थीं। साथ में लम्बे बिजली के तार। वह वहीं दरवाज़े के बाहर खड़ी होकर तमाशा देखने लगी। अन्दर जाने का मन करने लगा पर कैसे जाए इसी उधेड़बुन में एक पैर के बल उचकने लगी। तभी उसने देखा एक सुन्दर-सी औरत नीला-नीला मलमल का कुरता और नीली जींस पहने, घूम-घूम के सबको कुछ कहती जा रही थी। कानों में लकड़ी के बड़े-बड़े लटकन थे जो उसके बोलने पर बहुत सुन्दर ढंग से आगे-पीछे होते थे। गुड़िया उसको एकटक देख रही थी, जब उस औरत की नज़र उस पर पड़ी तो वो औरत उसे देख मुस्करा दी और प्यार से पूछा, 'नाम क्या है बच्चे?' गुड़िया को अपनी ओर इस तरह का ध्यान बड़ा अच्छा लगता था। घर में तो मिलता नहीं था सो इतरा के बोली, 'गुड़िया!' 'ओह!' वो औरत बोली, 'गुड़िया बड़ी प्यारी हो, चलो, तुम्हारा भी एक शॉट लेते हैं। सुनो, जीतेन्द्र।' उसने अपने एक साथी को गुड़िया की ओर कैमरा करने को कहा। तब गुड़िया समझी। वो काली-काली मशीन कैमरा थी। 'गुड़िया, अब स्माइल करो—हाँ मुस्कुराओ बेटा...वेरी गुड, बहुत सुन्दर। चलो जीतेन्द्र, अब बाजू वाली सोसाइटी में जाते हैं। वहाँ अब कुछ शॉट्स लेते हैं। ओ.के. एवरीवडी लेट्स पैकअप।' गुड़िया ये सब सुन चौंकती जा रही थी। समझने की कोशिश कर रही थी और अपने अधकचरे ज्ञान से लबालब हर्षित होती जा रही थी। उसका फ़ोटो लिया गया है! शायद टी.वी. के लिए। आहा! झूम गई गुड़िया। 'राजू,' उसने ज़ोर से आवाज़ लगाई। चाचा बाहर निकले। "गुड़िया, तुम्हारी भी फ़ोटू ली गई न? अब टी.वी. पर आएगी।"

"वो कौन लोग थे चाचा?"

"फ़िल्म वाले बेटा।" चाचा उसे प्यार से अन्दर ले गए और समझाने लगे, "हम लोग की ख़ुशहाली पे फ़िल्म बना रहे हैं। मुम्बई की चाल की कठिन ज़िन्दगी, फिर भी हमारी हँसी-ख़ुसी।'

"चाचा...।" कुछ बोलते-बोलते गुड़िया चुप खा गई।

हमारी ख़ुशी पर फ़िल्म बन रही है! पर हम तो खुस नहीं हैं। राजू और चाचा की बात तो और है। उसे ख़ुशी के दायरे में राजू के परिवार के साथ घसीटा जाना बिलकुल अच्छा नहीं लगा। उसे तो बल्कि उलटा रोना आने लगा। सब समझते हैं वो ख़ुश है। सारे चाल वाले और वो अजनबी औरत (मैडम) भी। "पर चाचा, मैडम को कैसे पता चला हम ख़ुश हैं?"

"अरे! तू हँसती है तो कितनी प्यारी लगती है गुड़िया। ख़ुश भी उत्ती ही दिखती है। है न? और बेटा, हमेशा ख़ुश ही रहना चाहिए। अब जाओ, भागो। माँ-पिताजी को बताओ जाके, कुछ दिन बाद टी.वी. पर आएगी।" गुड़िया अनमने भाव से उठकर चल दी पर अपने कमरे में नहीं। सीढ़ी से नीचे उतर वो काँदावाले सेठ के यहाँ जाकर बैठ गई।

"क्यों ताई?" काँदावाला उसे हमेशा चिढ़ाता था, "आज मूड ख़राब है क्या?"

काँदावाला ख़ूब गोरा-गोरा और लम्बा था। माँ कहती थी काँदा बेचते-बेचते ख़ूब पैसा कमा लिये हैं। हाँ, रहता चुगद जैसा है जिससे कोई समझे न, उसके घर में इत्ता पैसा है। उसे काँदावाला अच्छा लगता था। उसे वह अपने दिल की सारी बातें बताती थी। काँदावाला उसे फ़िल्म स्टारों की रंगीन तस्वीरें भी दिखाता था और उनके बारे में कभी-कभी बताता भी रहता था। पर आज न जाने क्यों गुड़िया को उसका उसे 'ताई' बोलना अच्छा नहीं लगा। उसे उदास-उदास लग रहा था। उसने उसी उदासी से काँदेवाले की ओर भरपूर नज़र से ताका। इस पर काँदावाला टमाटरवाले की ओर देख मुस्कुराने लगा। "ताई का मूड आज बहोत ख़राब है भाई!" इस पर टमाटरवाला अपना सड़े दाँत निकाल हँसने लगा।

"साल्ली अबी से इत्ता नख़रा दिखाती है। बड़ी होके तो फिल्लमस्टार इच बनेगी। क्यों... ?" फिर काँदेवाले को ख़ुफ़िया ढंग से फुसफुसाकर बोला, "ऐ तेरे को ज़्यादा इन्तज़ार नहीं करना पड़ेंगा रे...। ही-ही-ही।"

गुड़िया की आँख में आँसू आ गए। कहाँ तो वह काँदावाले सेठ को दिल का हाल बताने आई थी, वो टी.वी. वाली बात...। और कहाँ ये सब बैठ उसे ही चिढ़ाने लग गए थे। उसे आज उनका इस तरह हँसना बिलकुल अच्छा नहीं लग रहा था। वह दौड़कर वहाँ से भागी पर टमाटरवाले की हँसी भूत की तरह उसकी देह से लगती हुई उसके साथ भागती चली आई।

कमरे में पहुँच उसने माँ से खाना माँगा। माँ बड़बड़ाने लग गई।

"हेट्ट"। उसके पिता चिल्लाए।

"तोड़ दो इसकी टाँग, दिन-रात ऊधम मचाए रहती है।"

"अरे तो का टूटी टाँग के साथ जीवन भर घर में बिठाए रखोगे?"

"साली एही कुली टेंशन तो हमको खाए जात है।"

"देखो, माथा केतना दुखने लगा। इधर आ पहिले हमरा माथा दबा।"

गुड़िया को बड़ी ज़ोर से भूख लगी थी, भूख के मारे पेट भी दुखने लगा था, मिनमिनाते बोली, "माँ, पहिले खाना दे दो।"

"बहुत डिसटरब करती है, जा निकाल ले, सात साल की होने वाली है। अभी भी दुलार माँगती है जैसे गोदी की बच्ची है।"

खाना बनकर स्टोव के पास रखा हुआ था। गुड़िया चाहती तो निकाल सकती

थी। पर स्टोव से उसे डर लगता था। उसमें आग भरी हुई थी। माँ जब ग़ुस्सा होती थी तो उसे बार-बार ये ही धमकी देती थी, "स्टोव पटक देंगे तेरे ऊपर। फिर चिन्दी-चिन्दी उड़ जाएगी। कुछ न बचेगा।" स्टोव गुड़िया के लिए बड़ी डरावनी चीज़ थी सो उसने उसे पास बना रखा खाना ख़ुद से नहीं लिया। माँ ने जब पिताजी का सिर दबा लिया तो ही उसे और पिताजी को खाना दिया। गुड़िया ने तीन रोटी खाई। फिर सोचा राजू के यहाँ चल दे, पर स्कूल का गृह कार्य पूरा करना था सो वही करने लगी। वैसे भी शाम को तो राजू के घर फ़िल्म देखने जाना ही था।

माँ हर संडे को बाज़ार जाती थीं, पिताजी के साथ। उसके देस वाले हाट लगाते थे। माँ कहती थी—मुम्बई के दूसरे बाज़ारों से ये देसवाला बाज़ार ज़्यादा सस्ता और खाँटी मिलता है। लोगों से भेंट मुलाक़ात भी हो जाती है। माँ-पिताजी कभी-कभी उसे भी ले जाते थे। आज भी जब माँ तैयार होने लगी तो उसका मन किया वह भी साथ चली जाए पर डाँट के डर से मन की मन ही में रख ली। माँ से कहा कुछ नहीं। पिताजी भी सोए हुए थे। शायद सिर दर्द हो रहा था। वह भी चुपचाप आँख बन्द किए लेट गई। थोड़ी देर बाद आँख धीरे से खोली माहौल का जायज़ा लेने के लिए। माँ जा चुकी थी। पिताजी भी उठकर बैठ गए थे। जैसे ही उनकी नज़र गुड़िया पर पड़ी उनका मूड ख़राब हो गया। नाक भिनका के बोले, "क्यों रे, फिल्लम कित्ते बजे है?"

"छह बजे से पिताजी।"

"अच्छा! अब यहाँ काहे बैठी है, कहीं जाना-वाना नहीं है तुझे?"

"कहाँ जाऊँ?" उसने स्नेह और स्वीकार की आशा से प्रश्न किया।

"अच्छा-अच्छा, बैठी रह अब, चुपचाप, दूर होके, दिमाग़ मत चाट।"

ये लो। दिमाग़ कब चाटा उसने पिताजी का? वो सोचने लगी। तभी पिताजी बोले, "चल उठ, थोड़ा पानी और गिलास दे एक।"

"अच्छा पिताजी।" उसने आज्ञापूर्वक उनका कहा कर दिया।

फिर पिताजी उठे, कमरे के कोने में रखी कपड़ों की गठरी उठाई और उसके नीचे से एक चौड़ी चपटी-सी शीशी निकाली। उसमें नारंगी रंग का कुछ भरा हुआ था। शायद पिताजी का सिर ज़ोर का दुख रहा था इसीलिए दवा खा रहे थे, सोचकर गुड़िया फिर अपने स्थान पर गुड़ीमुड़ी हो गई। पर पिताजी के क्रिया-कलापों की ओर उत्सुक दृष्टि बनी हुई थी। फिर पिताजी के अकेले रहने से उनके सान्निध्य की चाह भी उसे पिताजी को निहारने पर मजबूर कर रही थी।

उसने देखा, पिताजी ने पहले गिलास में थोड़ा पानी डाला और उसमें नारंगी दवा मिलाई और पी गए। फिर दूसरा गिलास बनाया, फिर पी गए। और उसके बाद उसने ठीक से देख गिनना शुरू किया। पिताजी पूरे पाँच गिलास पी गए। अब उसे कुछ अजीब लगने लगा। थोड़ा डर-सा भी लगने लगा। पिताजी की आँखें लाल हो

रही थीं। वे डरावने लगने लगे। अब गुड़िया को हल्का-सा लगने लगा कि पिताजी ने दवा नहीं शायद दारू पी है तभी वो ऐसे हो रहे हैं। उसे हमेशा से पिताजी इस रूप में गन्दे लगते थे। उनके मुँह से बास आती थी। कभी-कभी वे उलटी भी कर देते थे और ग़ुस्से का तो पूछो ही मत! इसीलिए उसने कमरे से भाग जाने का निर्णय लिया।

वो दबे पाँव उठी और दरवाज़े की ओर बढ़ी। इतने में न जाने कैसे पिताजी ने उसे देख लिया और उसका हाथ पकड़ लिया।

"बिट्टो, कहाँ जा रही है?"

"खेलने।" उसने डरते हुए छोटा सा उत्तर दिया।

"अच्छा।" पिताजी डगमग से मुस्कुराए।

"चल आज पिताजी तेरे साथ खेलेंगे, बढ़िया खेल खेलेंगे। आ...आ...न बिट्टो रानी।" पिताजी लटपटाते हुए बोले जा रहे थे।

उसे अब भयानक डर लगने लगा। उसे रोना भी आने लगा। वह पिताजी की गिरफ़्त से छूटकर भागना चाह रही थी। पर पिताजी तो पिताजी थे। बड़े से। भयानक से। ताक़तवर से। सो उन्हीं की जीत हुई। उन्होंने गुड़िया को भींचकर अपनी गोदी में बिठा लिया और उसके हाथ-पैर ज़ोर-ज़ोर से दबाने लगे। उसे घबराहट होने लगी। दर्द होने लगा। अच्छा नहीं लगा। कहाँ तो रोज़ सोचती थी पिताजी उसे प्यार करें पर आज जब करने को हुए तो गन्दा लगने लगा। वह फिर छूटने की कोशिश में मचलने लगी। इससे पिताजी को गुदगुदी होने लगी।

"बिट्टो-हो!...ही-ही, गुड़िया रानी है-हे हे।" पिताजी अपने गाल उसके गाल से सटाने लगे।

उसने ज़ोर-ज़ोर से रोना शुरू कर दिया। तभी, दरवाज़ा खुला और माँ अन्दर आ गई।

"माँ-माँ-माँ।" वह पिताजी की गोद से छूटकर भाग के माँ से लिपट गई, "माँ पिताजी गन्दे हैं, बहुत गन्दे।"

माँ ने उसे पिताजी की गोद में बैठे देखा था। पिताजी को उसे दबाते भी देखा था, पर माँ को कुछ भी गन्दा नहीं लगा। उन्होंने हमेशा की तरह गुड़िया को झटक पिताजी से ही पूछा, "सिर दर्द कैसा है?"

"कहाँ ठीक हुआ रे! नारंगी भी इसीलिए लिये। पर ठीक नहीं ही हुआ।"

इधर गुड़िया रोए जा रही थी। माँ ने उसे यूँ देख बिगड़कर कहा, "जा राजू के घर, फ़िल्म का टाइम हो रहा है। और मुँह-हाथ धो के जाना, नहीं तो लोग-बाग सोचेंगे लड़की को बहुत कष्ट है, दिन-रात आँसूवे बहाती है।"

गुड़िया निराश हो गई। क्या माँ कुछ नहीं समझती। पिताजी की हालत से क्या कभी डरती भी नहीं? लड़ती तो है पिताजी से पर फिर उन्हीं का पक्ष लेने लगती है।

आज भी माँ उसके लिए नहीं डरी। आज तो बड़ी भयानक बात हो जाती। आज तो पिताजी उसे जान से ही मार देते। पर किसी को कोई फिकर नहीं है। न माँ को, न काँदेवाले को, न टी.वी. वाली मैडम को।

उसने धीरे से लोटे में भरे पानी से मुँह-हाथ धोया। उसने सुना माँ पिताजी से कह रही थीं, "काहे जी, आज पूरा होस खो बैठे! समझ रहे थे गोदी में कौन है? जाके कौन-कौन से कह देगी तब?"

"जानते हैं भाई!" बिट्टो के पिताजी धीरे-से बोले।

"पर का जाने कोई भूत टाइप चढ़ के दिमाग़ में नाचने लगा। एकदम पंडितवा जैसे कह रहा था, वैसा ही सनीचर चढ़ गया था। एकदम हम कमज़ोर हो गए।"

"अच्छा हुआ, हम आ गए तब तो। अब पंडित जैसा कहा है वैसा ही करना होगा। दिन ठीक चल नहीं रहा है। मन्दिर जाकर सनीचर के सनीचर तेल और पैसा चढ़ाना ही होगा।"

"हाँ, तभी कुछ ठीक होगा, अब का करें? माथा तो ठीक होने का नाम ही नहीं ले रहा है!"

"आप सो जाइए। हम जाते हैं, राजू के यहाँ फ़िल्म देखने। गुड़िया को समझा देंगे।"

"ओह!" गुड़िया की माँ ने अदृश्य देवता के हाथ जोड़े, "सनी महाराज, बक्स दो, ई भूत-परेत टाइप चढ़ना ठीक नहीं।"

"आप, सोए रहिए।"

"हाँ...।" पिताजी बोले और सो गए।

गुड़िया और उसकी माँ राजू के यहाँ फ़िल्म देखने चले गए।

फ़िल्म देखते-देखते हीरो-हिरोइन के प्रणय निवेदन वाला सीन देख सात साल की गुड़िया वहीं हाथ-पैर फेंक ठंडी हो गई। जब राजू के पिता ने अति चिन्तित होकर उस पर पानी के छींटों की बौछार की, तो गुड़िया होश में आई और कुछ अलाय-बलाय बकने लगी। कुछ सनीचर और उसके भुतहे रूप के बारे में बात कर रही थी और बार-बार अपने पिता का नाम ले रही थी। लोग चिन्तित और चकित हो गए। ख़ासतौर से राजू के पिता। उन्होंने गुड़िया की माँ की ओर देखा तो गुड़िया की माँ ने लोगों को बताया कि अगले हफ़्ते सनी मन्दिर जाके वे लोग तेल-पैसा चढ़ाएँगे तो सब ठीक हो जाएगा। सनी महाराज जी नाखुस हों तो ऐसा ही होता है। घर के सब लोगन पर दौरा पड़ने लगता है।

पति-परमेश्वर

आजकल सहाय जी को अपनी पत्नी सुहाती नहीं थी। दरअसल पड़ोस की ललिता पर नज़रें फिराने पर बदन में एक नए एहसास की झुरझुरी होने लगती थी, जो पत्नी को देखने पर नहीं होती थी। गोया, बोर हो गए थे सहाय जी। क्या यार? शादी के पच्चीस साल बाद भी वही-वही चीज़ें, वही-वही बातें, वही-वही रूटीन। बेहद-बेहद बोरिंग हो चुकी थी पुनरावृत्ति अब!

सुबह उठो, तो उनसे पहले उठी हुई उनकी पत्नी, 'बाई गॉड' नहा-धो के किचिन में खटर-पटर करती दिखलाई पड़ती थी। 'सन्ध्याऽऽ सन्ध्याऽऽ' वो अलसाए, भरमाए गुहार लगाते। 'आओ यार', वो मन-ही-मन अमिताभ-जया अभिनीत 'अभिमान' फ़िल्मवाला सीन स्मरण करते। जया आती है और भीगे बाल छितरा देती है अमिताभ के मुख पर और अमिताभ के होंठ जकड़ लेते हैं, जया के कोमल होंठों को, और फिर धर-पकड़, बिखरी बिन्दी, बिगड़ी लिपस्टिक, शरमाहट, गरमाहट वाला माहौल पर्दे पर क्रियेट हो जाता! 'साला' वही सीन तो वो पच्चीस साल से क्रियेट करने की कोशिश करते जाते थे, और पत्नी थी कि...! 'सन्ध्या,' वो आवाज़ में अनावश्यक रोमांस भर फिर चिल्लाते। 'हाँऽऽ' वो इतनी ज़ोर से जवाब देती कि कान बनजे लगते। 'अरे ला रही हूँ, चाय ला रही हूँ।' जैसे सहाय जी इस वक़्त चाय जैसी फ़ालतू चीज़ के लिए तरस रहे हों। फिर पत्नी के भुन-भुन के स्वर इतने ज़ोर के होते कि कान के ऊपर तकिया रखने पर भी शब्द जेट गति से किचिन से बेडरूम तक आ ही जाते। 'न जाने सुबह-सुबह क्या सूझता है, काम करने के वक़्त, सब उलटी बातें सोचेंगे और कुछ कहो तो कहेंगे तुम ओल्ड फ़ैशन की हो...! लांछन ही लांछन! सारा जीवन तो इनकी सेवा में बीत गया अब और कौन सी, कैसे सेवा करूँ इनकी...?'

'साल्ला!' अब ये सुन तो सहाय जी के मन में क्रोध का बबूला फूटने को तैयार होता। हर चीज़ में उनकी यह पत्नी इतना नेगेटिव सोचती है कि दिन ही नहीं महीनों ख़राब हो जाते थे। अरे, अपेक्षाएँ ही क्या थीं उनकी? यही न बस, कि पत्नी सुबह उन्हें प्यार से उठाए, जिससे उनका सारा दिन अच्छा गुज़रे। क्या बड़ी ख़्वाहिश थी उनकी? बड़ी आई? जीवन भर अकेले उँगली तोड़-तोड़ काम किया सिर्फ़ इसी

के लिए और लड़के के लिए। शुरू में तो लड़का छोटा था, लड़का रो रहा था, लड़का पढ़ रहा था, लड़का ये, लड़का वो, फलाना-ठिकाना! हज़ार बहाने बनाती थी, 'ऐ जी रोमांटिक होने का वक़्त होता है, ये किसी भी समय...!' अब क्या सहाय जी ज्योतिषी को कह मुहूर्त निकलवाते? पर नहीं, तो नहीं ही कोऑपरेट किया। अब तो बेटा भी बड़ा होकर दूसरे शहर नौकरी पर चला गया है, फिर भी वही मिज़ाज हैं इस इडियट के! मन तो करता है, उठा के बाहर फेंक दें इसे!

पत्नी चाय लेकर आती और ये उसका पल्लू पकड़कर बेड पर बिठाने की कोशिश करते तो छिटककर ऐसे भागती, मानो चार सौ चालीस वोल्ट लग गया हो। 'चलो-चलो, उठो, चाय लेकर बाहर चलो। अख़बार पढ़ो, बेड ठीक करने दो, बाई आने वाली है। कितना काम है मुझे, बाथरूम में कपड़े टाँग दिए हैं तुम्हारे, जल्दी जाओ नहाने।' कनविंस्ड हो जाते सहाय जी, अब तो इससे छुटकारा पाना ही होगा। ये तो बावन साल के सहाय जी की पत्नी नहीं, माँ समान मलामत करती है।

वे बेमन से उठ नहाते-धोते, रोटी-सब्ज़ी का नाश्ता करते और चलने लगते, फिर रुकते, हारे हुए जुआरी समान पीछे देखते, जानते थे कुछ न हासिल होगा, पर फिर भी जुआरी की तरह एक अन्तिम प्रयास कर ही डालना चाहते थे, 'सन्ध्याऽऽ' आसक्ति शब्द बन, कंठ से कूदक लगाती, 'हटऽऽ' पत्नी हँसती और उन्हें ज़ोरदार धक्का दे बाहर धकेल देती और दरवाज़े की चिटखनी फट से बन्द, खटाक! सहाय जी बेचारे अपना स्टील का टिफिन और ब्रीफकेस दबाए, स्कूटर निकालते और ट्रेज़री ऑफ़िस पहुँच जाते।

वहाँ, अब्राहम, सिंह, रंजना मैडम और दुबे उनका इन्तज़ार करते होते थे। उनकी दीन-हीन दुनिया के वही हमराह और हमसफ़र थे। वे उन चारों को अलग-अलग से कुछ छुपा, कुछ बढ़ा, कुछ घटा अपनी ज़िन्दगी की बातें बता चुके थे। ऐसी बात नहीं थी कि ये सब सीरियस टाइप के गुरु थे, जो सहाय जी की परेशानी के सबब से उन्हें निकालने की कोशिश करते थे, उलटे कई बार तो उनकी स्थिति पर वे ख़ूब ठिठोली करते थे, लेकिन कुछ मिला-जुलाकर वे ही थे अन्ततः उनके दुख-सुख के साथी, उनके हमराज़।

सहाय जी का दिन शुरू होता है अब...!

"क्या बॉसऽ आज फिर भाभी से चक्कलस हुई क्या?" सिंह ने हमेशा की कहानी दुबारा सुनने के प्रयोजन से चुटकी ली।

"अरे यार!" निराशा से सहाय जी ने सिर को तीन झटके दिए, मुँह को बाएँ कोण पर पूरा घुमाकर पिचका दिया, और मुँह दबाए गुटका ऑफ़िस की गैलरी में लगे वाश-बेसिन पर थूक दिया। फिर छाती को फुला कर अन्दर किया और कहा, "वही पुरानी कहानी यार, मानती ही नहीं है। कुछ भी बोलो तो भाग खड़ी होती है। अरे-रे-रे, कुकर की सीटी बज रही है, अभी बाई आनेवाली है, अभी तो भजन-

सन्ध्या का टाइम है, अब तो थक गई, दिन भर खटते खटतेऽऽ! मतलब, आदमी दिन का कोई मोमेंट तो चाहेगा न, अपनी मैरीड लाइफ़ के लिए, या यूँ ही साल्ला...बेरंग, बेनूर!''

अपनी टेबल पर सेटल होते-होते सहाय जी ने देखा अब्राहम के सामने आज एक भी बस्ता नहीं था, रहा नहीं गया, बोल पड़े, ''क्या साहब, आज मक्खी मारोगे? ही! ही! ही!''

''हाँ!'' अब्राहम कहाँ चुप रहनेवाला था, ''चलेगा, मेरे लिए मक्खी ठीक है पर तू तो आज तक बिल्ली नहीं मार सका...!'' अब्राहम के मज़ाक ने सहाय जी को और हर्ट कर दिया। रंजना मैडम की संस्कार परायणता को भी ठेस पहुँची, ''क्या आप लोग कभी सीरियस नहीं हो सकते? सहाय, अभी साहब आपसे नस्ती बुलवाएगा तो क्या ले के जाओगे?''

''घंटा!'' दुबे बदमाशी से बुदबुदाया और ज़ोरदार ठहाका लग गया।

अलग से, कुछ साल पहले सहाय जी ने रंजना मैडम से कुछ टिप्स लेने की कोशिश की थी—''रंजना जी, क्या आप अपने पति के साथ समय नहीं बितातीं?''

''क्या?'' रंजना तो देवी दुर्गा बन विध्वंसकारिणी रूप धरने लगी, ''तुम इंटिमेट बातें क्यों पूछ रहे हो सहाय, इरादा क्या है तुम्हारा?''

''अरे नहीं मैडम, मैं तो ख़ुद अपनी घरेलू लाइफ़ से परेशान हूँ, सोच रहा था आप कुछ गाइड करोगी।'' सहाय जी कातर हो उठे थे।

''अच्छा ठीक है, बोलो क्या प्रॉब्लम है, पर मेरे से यूँ गाइडेंस लेने के बहाने, आगे बढ़ने की कोशिश मत करने लगना। यू नो जैसे उँगली पकड़ते-पकड़ते पायँचा पकड़ना।''

''अरे नहीं-नहीं, मैं वाक़ई बहुत परेशान हूँ, अच्छा आप बताओ, पत्नी का फ़र्ज़ क्या है?''

''पत्नी का फ़र्ज़ तो बहुत-कुछ होता है, सहाय जी। आप पॉइंट पर आओ, कौन से फ़र्ज़ का पालन आपकी पत्नी नहीं करती? तब मैं कुछ बताऊँ वह सही है या ग़लत या फिर उसे क्या करना चाहिए?'' रंजना मैडम अब इंटरेस्ट लेने लगी थी। दोनों अपने डब्बे से सेम और बैंगन की सब्ज़ी, पराँठों के साथ शेयर कर रहे थे लंच टाइम में, जब सामने से सिंह आता दिखा। दोनों को साथ देख उसकी आँखों में षड्यंत्र की चमक फैल गई। आज तो दोनों को जोड़ कुछ शगूफ़े उड़ाने का दिन था। वाह!

''क्यों, क्या हो रहा है गुपचुप?'' सिंह ने एक आँख दबाते हुए पूछा। दोनों सिंह की इस मुद्रा को देख हड़बड़ा गए, और कुछ नहीं से—कुछ पनप रहा था, ऐसा आभास प्रकट होने लगा, यानी बिना चिनगारी के धुआँ पैदा होने को बेक़रार होने लगा।

''सिंह, तुम लोग बहुत बदतमीज़ हो।'' रंजना मैडम ने पराँठों से लिपटे

काग़ज़ के टुकड़े को गोल कर सिंह के मुँह पर दे मारा। सुबह के सिंके, दोपहर तक डिब्बे में बन्द पराँठों की गन्ध नथुनों के रास्ते सिंह के दिमाग़ में प्रवेश कर गई।

"यार, तुम लोग रोज़ पराँठे क्यों लाते हो ऑफ़िस? बचपन से स्कूल के टिफिन में बैठे पराँठे, आज तक बुढ़ाए नहीं। वैसे ही बने हुए हैं मोटे, तन्दुरुस्त, बदबूदार।" सिंह ने नाक को रुमाल से ढककर कहा, "यार, चेंज यार, अब तो रेडी टू कुक कितनी चीज़ें आ गई हैं!"

"चौप्प!" रंजना गरजी, "सुबह तुम्हारी पत्नी आएगी मेरे लिए टिफिन बनाने या तुम आओगे? हैं? बोलो? सुबह उठकर चार लोगों को दूध-नाश्ता देती हूँ, फिर चार लोगों का टिफिन बनाती हूँ, फिर टैम्पो पकड़ती हूँ, और ऑफ़िस आती हूँ। तुम होते कौन हो मेरे पराँठों का मज़ाक बनानेवाले?"

रंजना मैडम की तुलना में सहाय जी गुम से अपने हिस्से के पराँठे-सब्ज़ी का भोग लगा रहे थे। परेशान थे, रंजना मैडम से टिप्स मिलते-मिलते रह गई। "कोई बात नहीं, अगली बार रंजना मैडम।" उन्होंने रहस्य से रंजना से कहा और अपना डिब्बा समेट, पानी की बोतल का पानी पी, चल दिए पान-दुकान पर गुटखा खाने।

सिंह फिर पिल पड़ा, "ओह! हो! आज तो बड़ी प्राइवेट बात हो रही है, पर मैडम बच के रहना, पत्नी का सताया आदमी है, दाना-वाना तो नहीं डाल रहा था?"

रंजना ने मुक्का बना हवा में जड़ दिया और सिंह को धमकाते हुए बोली, "खबरदार सिंह, मेरे से कोई पंगा नहीं, एक पड़ेगा न (मुक्का दिखाया) तो दाँत की ख़ैर नहीं। अस्सी किलो वज़न है मेरा, हाथ का बीस तो होगा ही, पता है न, कॉलेज की हैमर थ्रोअर रही हूँ मैं।"

"अरे हाँ मैडम, मैं तो छेड़ रहा था, साल्ला ये फ़िल्मी तुम पे क्या लाइन मारेगा, इसकी तो पूरी फ़िलॉसफ़ी ही चौपट है।" कह सिंह खिसियानी हँसी हँसने लगा।

इधर सहाय जी, रोज़ कभी अब्राहम, कभी सिंह, कभी दुबे को पकड़ अपना रोना-गाना मचाते ही रहते थे। पर कोई सही गाइड कर नहीं पा रहा था। कोई कहता—घर के कामों में मदद कर देना, अपने आप रीझ जाएगी, दूसरा कहता—नई साड़ी ले के गिफ़्ट कर दो, तीसरा कहता—बाहर से कोई अच्छी फ़िल्म देख के आ, कोई अच्छी...समझदार।"

सहाय जी को फ़िल्मवाला आइडिया अच्छा लगा। वैसे भी गिफ्ट-विफ्ट भी सन्ध्या को पसन्द नहीं आते थे। सो घर पहुँचे और बड़ी अदा से कहा, "सन्ध्या, चलो आज फ़िल्म चलते हैं।"

आश्चर्य! सन्ध्या ख़ुश, झट साड़ी बदल, फिट-फाट हो आ गई। फिर स्कूटर पर बैठते ही बोली, "सुनो, लौटने में तो देर हो जाएगी शाम का खाना तो बना नहीं है, क्या करेंगे?"

"अरे यार," सहाय जी शाहरुख ख़ान बन गए, जवाँ मर्द और डैशिंग। "आज रात का खाना हम होटल में खाएँगे।"

"अच्छा!" सन्ध्या ने थोड़ा मन छोटा कर कहा, मानो ये बहुत ठीक बात नहीं थी। सहाय जी को भी आवाज़ सुन थोड़ा अच्छा नहीं लगा पर आज वो ठाने बैठे थे, इस पच्चीस साला बासीपन को तरोताज़ा करके मानेंगे, सो फर्राटे से स्कूटर चलाते रहे।

पिक्चर हॉल पहुँच, पोस्टर देख सन्ध्या अकबका गई, सारे एडल्ट पोज़ थे, "अरे सुनो ये कौन पिक्चर आ गए, ग़लत टिकट ले लिये क्या?"

"नहीं!" ख़ुशी को सीने में दबाते, लपके सहाय जी सन्ध्या का हाथ पकड़ हॉल में घुसने, कहीं सन्ध्या यह सब देख पिक्चर देखने का इरादा ही न बदल दे।

अन्दर सीट के आस-पास कम उम्र के शोहदे बैठे दिखे, पर 'नो फ़िक्र' आज उनकी उम्र भी शोहदों समान हो रही थी। सन्ध्या को किनारे की सीट पर बैठा शोहदों के बग़ल में बैठ गए। दाएँ हैंडरेस्ट पर हाथ रखना चाहा तो शोहदे ने उठाकर उनकी ही गोद में रख दिया। सोचा आँख दिखाएँ, फिर लगा, लड़का है, उनके लड़के की उम्र से भी छोटा, नहीं समझा शायद, सो हाथ दुबारा उठा वहीं रख दिया।

अब लड़का बिगड़ गया, फट से अपने कील जैसे नाख़ून सहाय जी के हाथ में गड़ा दिए। सहाय जी 'इऽ ईऽ ईऽ' करते रह गए। सन्ध्या को बता, मज़ा कम करना ठीक न था। कान में पिघलते सीसे-सी आवाज़ और सुनाई पड़ी, "साला बुड्ढा, जवानी का जोस दिखा रहा है।"

'अभद्र, गुंडे, साले, रोमांटिक होना क्या किसी ख़ास उम्र की बपौती है?' सालों को कूटने का दिल करने लगा।

इस बीच पत्नी ने उनका एक हाथ पकड़कर अपनी गोद में रख लिया। सहाय जी ने देखा अँधेरे में आँख गड़ाकर, पत्नी बेतरह डरी, सहमी, शर्मसार बैठी थी। सिनेमा में शुरू हो चुके करतब उसे बेहद अस्त-व्यस्त कर रहे थे, मज़े का, कहीं नामोनिशान नहीं था। सहाय जी की चिड़चिड़ाहट बढ़ने लगी, कान में फुसफुसाए, 'अरे एंज्वाय'। पत्नी ने इसपे तत्परता से उनके बाएँ हाथ में जम के चिकोटी काट दी। अब सहाय जी दोनों चोटिल हाथ लिये पिक्चर देखने की कोशिश करने लगे, वेट करने लगे, कुछ सीन वग़ैरह तो आए, समझदारी वाला, पर कुछ भी वैसा नहीं आया। साले, चोर फ़िल्म वाले, एडवरटाइज़ कुछ और करते हैं, दिखाते वैसा कुछ भी नहीं। मन-ही-मन मोटी गाली देने लगे। तभी इंटरवल हो गया। इंटरवल के वक़्त बत्ती जलने पर बग़लवाला शोहदा एक भद्दी-सी हँसी सहाय जी पर उछाल कोक लेने चल दिया। सहाय जी ने चोर नज़रों से देखा, पत्नी यह हरकत देख चुकी थी। 'छीः' पत्नी ने मुँह बनाया।

पर सहाय जी ने सोचा आज मैदान छोड़ना नहीं है, सारे अपमान, तिरस्कार, हिकारत के बावजूद। सो पत्नी के चेहरे के भाव को इग्नोर कर दिया। इंटरवल के बाद फ़िल्म दुबारा शुरू हुई ही थी कि पत्नी की आधी चीख़ ने उन्हें डरा दिया। देखा पत्नी आधी चीख़ को पूरी चिंघाड़ बनने से रोकने के लिए मुँह में साड़ी का आँचल ठूँसे हुई थी और पीछे इशारा कर रही थी। पीछे से एक शोहदा दोनों पाँव उठा पत्नी की सीट को झूला मान पेंगे दिला रहा था। इतन देख सहाय जी ताव में आ गए, ''साले, माँ की उम्र की लेडी को तंग करता है?'' इसपे पीछेवाला उनसे भी तेज़ आवाज़ में चिल्लाया, ''साले बाप होके माँ को ऐसी फ़िल्म दिखाने लाया है?'' इस अटैक के बाद सहाय जी हॉल में क्या बैठते? पत्नी का हाथ पकड़ हॉल से बाहर हो गए। देखा, सन्ध्या रोने-रोने को हो रही थी।

बात को सँभालने के उद्देश्य से औक़ात से बड़े रेस्तराँ में स्कूटर उड़ाकर ले गए और ढर-ढर बह आए पसीने को पोंछ खड़े हो गए चुस्ती से, ''चलो डार्लिंग...।''

''हिशऽऽ'' सन्ध्या घुड़की, ''अभी भी मन नहीं भरा अपनी चिप्पड़पन्ती से? क्या चाहते हो? होटल वाले भी हँसना शुरू कर दें...?''

सहाय जी के उत्साह पर तो पहले ही ख़ासा पानी पड़ चुका था, पर लगा कैंडल लाइट डिनर पर मीठी बातें कर कुछ जंग जीती जा सकती है, सो मोहक मुस्कान फेंकते हुए एक कोने की टेबल तलाशी और पत्नी की आँखों में आँखें डाल बोले, ''ऑर्डर करो सन्ध्या, आज तुम जो कहोगी, वही मैं भी खाऊँगा।''

''हूँऽऽ'' सन्ध्या बिफरी, ''कह तो ऐसे रहे हो, जैसे रोज़ किसी और के कहे का खाते हो, अरे, जो मैं बनाती हूँ, वही तो खाते हो!''

सहाय जी अब ग़ुस्साने लगे, कुछ समझती ही नहीं है...।

'दाल मखनी', 'मटर पनीर', और 'बटर नान' खाने के बाद बिल आया, पाँच सौ दस रुपए का! ''हे भगवान!'' सन्ध्या ने दाँत पीसे, ''अभी घर में सौ रुपए में इससे बेहतर बना के खिला न दिया तो मेरा नाम नहीं। फूटानी तो देखो इनकी! उस दिन गृहशोभा विशेषांक के लिए पैसे माँगे तो दिए नहीं, और आज इतने पैसे ऐसे ही ख़र्च कर दिए, बाप रे बाप!''

''चुप रहोऽऽ,'' सहाय जी के भी दाँत आपस में गुँथ गए, ''हर वक़्त तमाशा करने से बाज़ नहीं आती हो? एक दिन ख़र्च कर ही दिए तो क्या यहीं सभी रेस्तराँ वालों में समाचार की तरह फैल जाओगी?''

'हूँ!' 'हूँ!' दोनों क्रोधित तन और मन से स्कूटर पर बैठे और घर चले आए अलग मुँह फेरकर सोने के लिए।

अगले दिन दुबे जी ऑफ़िस में प्रतीक्षा कर रहे थे। फ़िल्मवाला आइडिया उनका ही था। ''क्यों गुरू, कुछ बात बनी?''

''छोड़ो यार, सब गड़बड़ हो गया, एक तो फ़िल्म में कोई सीन-वीन आया नहीं, ठगते हैं साले, और ऊपर से छोकरों से लड़ाई अलग हो गई।'' सहाय जी हारे-हारे बोले।

''अरे रेऽऽ, यार तुम्हारी तो क़िस्मत ही ख़राब है। यार, भाभी है तो बड़ी अच्छी पर तुम अपनी बात उसे समझा क्यों नहीं पाते?''

''छोड़ो यार, मैं अब सारे नुस्ख़े आज़माँ चुका, दो मिनट बैठकर बात तक तो करना नहीं चाहती, रोमांस-वोमांस तो अब दूर की बात लगती है!''

''अरे गुरू, दिल छोटा मत करो, अपन मिलके कोई-न-कोई उपाय निकाल ही लेंगे।'' दुबे ने सहाय जी का मनोबल दुरुस्त करने के उद्देश्य से कहा।

रंजना मैडम ने कुछ दिनों बाद फिर सहाय जी को घेरा, ''क्यों पार्टनर, पत्नी के साथ जम रही है न?''

''नहीं मैडम, बिलकुल नहीं, मैं तो बहुत उदास और निराश हो गया हूँ।'' सहाय जी ने टिफिन खोला, ''फिर वही पराँठे और पत्तागोभी की सब्ज़ी।'' वाक़ई सिंह उस दिन ठीक कह रहा था, कोई चेंज टिफिन में भी नहीं लाती उनकी पत्नी, रोमांस दूर की तो बात ही है! उसमें क्या ख़ाक चेंज लाएगी?''

''मैडम, पड़ोस के शर्मा जी की वाइफ पचपन की होगी पर मुझे देख फिकरे कसती है, ठहाके लगाती है और रात में, दोनों मियाँ-बीवी फ़ैशन टी.वी. देखते हैं। ऐसी मेरी लाइफ़ क्यों नहीं हो सकती? जब मुझसे बड़ी उम्र के लोग लाइफ़ के मज़े ले रहे हैं तो मैं क्यों घाटे में रहूँ? वो भी आज के ज़माने में?''

''सहाय जी, बोलते तो आप ठीक हो! पर एक बात समझ नहीं पड़ती, आपकी पत्नी आप पर ध्यान देती क्यों नहीं?'' रंजना मैडम को प्रॉब्लम समझ में ही नहीं आ रही थी।

''अरे मैडम, आप नहीं समझे, मेरी प्रॉब्लम तो ये है कि मेरी पत्नी मुझ पर बहुत ज़्यादा ध्यान देती है।''

''फिर?'' रंजना ने चकित हो पूछा।

''अरे, पर जिन चीज़ों पर ध्यान देना चाहिए उसपे नहीं देती।''

''मसलन?''

''मसलन—दोस्ती-मुहब्बत। समझीं आप?''

''ओह सहाय जी,'' रंजना अब सब समझते हुए बोली, ''आपको कम्पैनियनशिप चाहिए, देखभाल के साथ एक खेलनेवाला साथी भी... ?''

''हाँ! कुछ ऐसा ही, मैडम बताओ न, कैसे समझाऊँ ये बात उसको?'' सहाय जी विवशता से बोले।

''सारी बॉस, मैं आपकी मदद नहीं कर सकती, एक्व्युअली सहाय जी, मेरे पास इतना टाइम नहीं होता कि मैं ये सब सोच सकूँ, घर-ऑफ़िस-घर, इसी

चक्कर में फँसी रहती हूँ। उससे अलग नहीं सोच सकती। आप तो किसी और से टिप्स लो, जिसकी बीवी घर में रहती हो।''

रंजना मैडम के इस बेरुखे जवाब से सहाय जी के मन में खिलती आशा की कली मुरझा गई। पर जीवट वाले आदमी ठहरे, सो अब्राहम को पकड़ लिया। अब्राहम की पत्नी बहुत स्मार्ट थी और घर में रहती थी। सहाय जी की पत्नी की तरह। इसलिए भी ज़्यादा चांसेज थे कि अब्राहम उनकी स्थिति को बेहतर समझता।

अब्राहम ने सहाय जी को अकेले पा चुहल शुरू कर दी, ''साब जी, आजकल रंजना मैडम से बहुत अकेले-अकेले में घुट रही है, मामला क्या है, सिंह बता रहा था, पराँठे वग़ैरह भी शेयर किए जा रहे थे!''

''साला सिंह, कुछ का कुछ बोलता रहता है। अब्राहम यार, उस पहलवान से मैं क्या इश्क़ करूँगा, मेरे घर में तो अपने मोती रखा है।''

''फिर क्यों ऐसे फिरता है मारा-मारा? क्या चाहिए? हैं?'' अब्राहम ने सहानुभूति प्रकट की।

''यार अब्राहम, बताओ तुम्हारी वाइफ यार घर में रहती है तो तुम्हारे ऑफ़िस से घर जाने पर तो दमकती होगी, ख़ुश हो चाय पिलाती होगी, सिर सहलाती होगी, मीठी बातों से थकान दूर करती होगी, नईं?''

''नईऽऽ नईऽऽ'' अब्राहम ज़ोर से हँसा, ''मैं जब घर जाता हूँ तो मेरी वाइफ चर्च में होती है, क्वायर मेम्बर है न सो रोज़ शाम प्रैक्टिस करने जाती है। शी इज ए ट्रू क्रिश्चियन एंड आई लव हर।''

''यार, मुझे लगता है, तुम लोग समय से पहले ही बुढ़ा गए हो, तुम लोग समझते ही नहीं कि अभी बहुत दिन हम जीवन एंज्वाय कर सकते हैं।''

''साला, तो क्या मैं एंज्वाय नहीं कर रहा?'' अब्राहम बिदक गया, ''सहाय जी, तुम तो क्रैक हो गए हो!''

अब्राहम ने ये बात जाकर सिंह को बता दी। सिंह घोर साज़िशी, चला आया अगले दिन सहाय जी की कमज़ोर नस ज़ोर से दबाने।

''सहाय जी,'' सिंह गरजा, ''आज भाभी से फ़ैसला कर लीजिए, इस पार या उस पार। चलिए रॉयल स्टैग पीते हैं और फिर घर जाकर कह दीजिए—आज अगर बात नहीं मानती हो तो डायवोर्स।''

सहाय जी दुबारा जी उठे। आशा पैदा करनेवाले इस ऑफर से, ''यार सिंह, शेरों वाली बात तुम ही करते हो, चलो यार, ऑफ़िस से अहाता, गले के नीचे जब उतरेगी तो धमकी का रंग ज़्यादा लाल होगा।''

''हे-हे-हेऽऽ चलो...!''

अहाते से निकलने के बाद सहाय जी की हालत हो गई पतली। स्कूटर पर दसवीं बार किक मारने पर स्टार्ट कर पाए, टेढ़े-मेढ़े घुमाते रात बारह बजे घर पहुँचे।

'सन्ध्या-सन्ध्या' आवाज़ घरऽऽ घरऽऽ कर पुराने टायरों के समान घसक रही थी। सन्ध्या नींद में थी। इन्तज़ार करते-करते थक चुकी थी। गिरते-पड़ते दरवाज़े तक पहुँची, दरवाज़ा खोला तो सहाय जी स्टील का टिफिन डब्बा हाथ में झुलाते हुए, गर्दन भी मेढक की तरह इधर-उधर घुमा रहे थे। उसने पलटकर दीवाल घड़ी देखी फिर दाँत पीसने लगी—"बारह बज गए हैं। ये टाइम है घर आने का?"

"सुनो, आज ज़्यादा मत बोलना सन्ध्या, आज अगर तुमने मेरी बात नहीं समझी तो आर या पार हो जाएगा जान लेना?"

"क्या आर-पार, ज़रा समझाओ तो?"

"क्या बोलती हो,...बताऊँ? मैं अपना दिल लिये हाथ में घूमता हूँ और तुम हो उसे वहीं अपनी आँखों से भस्म करती रहती हो...और?"

"एक मिनट, पहले अपना हुलिया सुधारो फिर दिल की बात करना समझे...।"

"अरे सन्ध्या की बच्ची क्या कुछ नहीं समझती? इस दिल को मैं पड़ोस की ललिता को दे दूँगा, ख़ुशी-ख़ुशी अपने दिल के साथ जोड़ लेगी, और तुम्हें तो मैं डायवोर्स दूँगा...डायवोर्स...।"

"अच्छा!" सन्ध्या इतराई, "तो ठीक है दे दो डायवोर्स। और दिल, आज ही की रात ललिता को दे आओ, इन्तज़ार में होगी तुम्हारे।" सन्ध्या ने इतना कहा और फटाक से दरवाज़ा बन्द कर दिया चिटखनी लगा दी और चैन से जाकर अपने बिस्तर में सो गई।

अगले दिन सुबह पाँच बजे पड़ोस के घर से ललिता दूध लेने के लिए निकली तो देखा सहाय जी दरवाज़े पर औंधे मुँह बैठे सो रहे हैं। क़ातिल ढंग से मुस्कुराई वह, सहाय जी की आँखों की भाषा ख़ूब समझती थी। धीरे से पैर बचाते हुए सहाय जी के घर की घंटी बजाई। सन्ध्या के उठने का भी समय हो गया था, उठकर झट दरवाज़ा खोला उसने। सामने ललिता मुस्कुरा रही थी, "क्यों पत्नी जी, पति जी को अच्छी सज़ा दी रात भर, ले लो अन्दर बेचारे को, वरना सब पड़ोसी जाग जाएँगे तो तमाशा बन जाएगा।" हाँ, बोलते वक़्त सन्ध्या ऐसे शर्मिन्दा हुई मानो चोरी पकड़ी गई हो। "चलो अन्दर," बोल खींच लिया सहाय जी को और सहारा दे वहीं ड्राइंग रूम में सोफ़े पर लिटा दिया। सहाय जी कुछ 'रॉयल स्टैग', कुछ हार की थकान से बेहोश निद्रा की आगोश में थे। उन्हें कुछ भी पता न चला।

सन्ध्या ने धीरे से उनका मुँह पोंछा, जूते-मोज़े उतारे, देह पर चादर ओढ़ाई और दूर दूसरे सोफ़े पर बैठ अपने पति को देखने लगी। सामने उसका सज़ायाफ़्ता मुजरिम सोया था। आज की तारीख़ में बेचारा थका-हारा और आगामी जीवन की लम्बी क़ैद को अभिशप्त...छोड़ेगी नहीं, सन्ध्या इसको...!

बरबस ठठाकर हँस पड़ी वह और न जाने कब तक हँसती ही चली गई।

स्वाँग

दोनों हथेलियों की मालिश कर, आँखों के सामने लाएँ और हल्के से आँखों को दबाकर, आँखें खोल दें। अन्धकार दूर करें। उजाला आपके स्वागत को तैयार है। उजाला फैल रहा है। उजास की प्रथम किरण से अन्तिम किरण तक प्रकाश का छोर नहीं। अब जाग्रत् तन और मन से दिन का आलिंगन करो। ख़ुद, दिन बन जाओ। दिन को ख़ुद बना लो। मुस्कुराओ, चहचहाओ। आसमान में कैसा कलरव मचाए हुए हैं, ये नन्ही चुनमुन चिड़िया सब। सुनकर प्रवेश करा लो इनका हृदय में। समाविष्ट हो जाए कलरव तुममें, तुम ही बन जाओ सुमधुर कोलाहल। हवा कहाँ बही जाती है? उसकी दिशा मोड़ो, थोड़ी आनाकानी करेगी (वही पुराना सत्य) पर समा जाएगी तुम्हारे पोर-पोर में। रससिक्त, ताज़ा मन हवा बन जाएगा, हवा मन बन जाएगी और प्रश्न अधर में परेशान सा झूलता रह जाएगा। काहे, कौन हूँ मैं, और यहाँ क्या कर रही हूँ?

योग सीखने आई हूँ शायद! कमरा तो वही गांधी आश्रमवाला लग रहा है। सामने बैठे हुए सज्जन वही हैं जिनसे योगाभ्यास सीखने सम्बन्धी कल ही शाम बात करने आई थी मैं। नाम क्या था? याद नहीं। छोड़ो! देख रहे हैं। मेरी ही ओर देख रहे हैं। अरे, मैं यहाँ लेटी हुई क्या कर रही हूँ? मुझे अपना प्रश्न कमरे के पिछले कोने से दौड़ता प्रतीत हो रहा है। थड़-थड़-थड़! भागते-भागते, प्रश्न उस सज्जन की आँख में समा जाता है। ठीक कमरे के सामने वाली दीवाल के पास बिछे कम्बल पर बैठे उस सज्जन की आँख से प्रश्न अपनी काया बदल देता है और उस सज्जन के मुँह से उत्तर का शरीर धारण कर बाहर झरने लगता है। मद्धिम-मद्धिम गति से झरते, रात की नीरवता भंग करते, हरसिंगार के मुलायम फूल चाँदनी के साथ मिल-जुलकर टपकने लग जाते हैं। टप-टप-टप! कितनी ही बार नींद न आने पर सुना है खिड़की से बाहर झाँकते हुए अपने घर के सामने लगे उस इकलौते पेड़ से झरते फूलों की ख़ामोश आवाज़ों को। टप-टप-टप। उस वक़्त न जाने कैसे चाँदनी और हरसिंगार का रंग एकसार हो जाता और मैं घंटों उसके टपकने की आवाज़ को सुनती। हाँ...ख़ामोश आवाज़ों की लय का संगीत मेरा हृदय पहचानता था तब भी जब मैं छह वर्ष की थी और उस इकलौते हरसिंगार को ताका करती थी, और आज जब...

"आप सो गई थीं। पहला दिन है न? सभी नए सीखनेवालों के साथ ऐसा होता है। शवासन में ज़्यादातर लोग कुछ देर सो ही जाते हैं।" शवासन? मुझे बिच्छू धीरे से डंक चुभाता है। शायद कमर के ठीक नीचे दबा हुआ पड़ा होगा। इतने सबेरे ये लोग सफ़ाई भी ठीक से कहाँ कर पाते होंगे?

"ओ!..." मैं सीत्कार सा कुछ निकालती हूँ कमर से ऊपर गले के भीतर से और इतनी जल्दी उठकर खड़ी हो जाती हूँ कि वे सज्जन डर जाते हैं।

"क्या हुआ?"

"कुछ गड़ा।"

"गड़ा?"

"नहीं चुभा..."

"कहाँ?"

"यहाँ।" मैं ठीक से याद नहीं कर पाती हूँ और गर्दन के पिछले भाग, स्पाइनल कोर्ड के ठीक नीचे इशारा कर देती हूँ।

"अच्छा।" सज्जन थोड़ा संयत हो जाते हैं।

"लगता है, कुछ स्पॉण्डिलाइटिस की शिकायत है आपको...कोई बात नहीं। नियमित योग से सब ठीक हो जाता है, पहले दिन तो ये सब होगा ही..."

"देखिए," वो मुस्कुराते हैं।

धूप खिल रही है। वही भोग वाली हल्की नारंगी, पीली या दोनों रंगों की मिली-जुली छाया। अनोखा सा मेला। धूप का प्रतिबिम्ब। सुबह की धूप का प्रतिबिम्ब। सुबह की धूप का प्रतिबिम्ब या अनोखे रंगों के मेल की प्रतिबिम्ब धूप। अच्छा लगने लगा।

"हाँ!" मैंने चटाई पर दुबारा बैठने का उपक्रम किया।

"आपका मन तनावग्रस्त है।"

"नहीं।" बीच में ही सदा का ढीठ मन बात काटता है।

"अच्छा!" वे मेरी साइकोलॉजी से पूरा तआरुफ़ कर लेना चाहते हैं। आदेश देने के पहले।

"माना मन नहीं है तनावग्रस्त पर शरीर? कितने वर्षों से ठीक से खींचाताना नहीं है इसे आपने? शिथिल हो जाता है ऐसे में। फिर हड्डियों के जोड़ जमने लगते हैं। खुलते नहीं आसानी से। इसी से दर्द होता है। कई बार चुभन भी होती है। और नींद भी शवासन में इसी वजह से आ जाती है।"

"अरे!" फिर कुछ किरकिराया। इस बार आँख में।

आँख बन्द कर लेती हूँ मैं। बन्द करने पर अन्धकार और उससे बनी आकृतियाँ। अन्धकार की आकृति। अन्धकार जैसी। पूरी देहयष्टि के साथ, गठी मांसल, साँस जान भरी हुई पर फिर भी आसान नहीं उसमें आँख-कान-नाक खोजना। काली

छाया पर काला आकार नहीं, कालापन नहीं, मुझे रंग चाहिए। लाल, पीला, नीला, हरा, भूरा, शरीर का वास्तविक रंग भूरा। पीलापन लिये हुए भूरा। सुन्दर ताँबई, चम्पई। पर क्या रंग देखने के लिए आँखें खोलनी पड़ती हैं? न। ऐसा तो हरदम नहीं होता। आँख बन्द करने पर भी रात और दिन दोनों के सपनों में तो रंग आते हैं हमेशा। और ख़ूब ढेर सारे आते हैं। शरीर का रंग पूरा-पूरा आता है, भूरा, ताँबई, चम्पई। बालों का रंग काला, आँखों की पुतलियों का काला, हाथ-पैर पूरे। पूरा व्यक्ति पूरा शरीर। बोलता हुआ, नाचता हुआ, गाता हुआ, रिश्ते बनाता हुआ, रिश्ते तोड़ता हुआ, फिर ख़ुद भी गिरता हुआ।

शवासन।

"नहीं-नहीं, अब पुनः शवासन में नहीं लेटना है।"

"मैं लेट कहाँ रही थी? मैं तो बैठी हूँ।"

"फिर आँखें क्यों बन्द कर रही हैं?"

"कहाँ बन्द की, वो तो हो गईं, आँख में भी कुछ चुभा था।"

"देखो!" सज्जन निश्छल आत्मीयता पर उतर आए।

"वहम हो रहा है तुम्हें।" (आप से तुम-बेहद आत्मीय)

"यहाँ कहीं कुछ नहीं जो तुम्हें चुभ रहा है। सच सुनोगी? तनाव है तुम्हारा कोई। भारी-सा पत्थर जो अन्दर कस के बाँधे रखा है तुमने, अब सब तो तुम्हारे बस में है नहीं। दरक जाता होगा कभी-कभी। तभी कहीं चुभता होगा, कहीं गड़ता होगा, कहीं दुखता होगा।"

"दुखता नहीं है। कुछ नहीं दुखता मेरा।" (वही मेरी चिरपरिचित ढिठाई)

"अच्छा चलो, नहीं दुखता, मान लिया।" मेरी साइकोलॉजी से पूरे परिचय की इति।

"अब ओम का जाप करो और घर जाओ। कल फिर आना। और रोज़ आना। अच्छा लगेगा।"

शायद उनके मुँह से मेरा बच्चा मन बाहर आना चाह रहा था, बेटा शब्द के रूप में। पर ऐसा हुआ नहीं। मेरा मन जानकर भी, दाँतों के अन्दर भींच लिया सज्जन ने उसे और आँखों से विदा की। और सांकेतिक ज्योतिपुंज एकदम कमरे के बाहर सड़क पर पटककर कहीं लोप हो गया। ओह! रुका क्यों नहीं? सड़क तो नहीं है मेरा गन्तव्य। घर तक पहुँचा देता तो अच्छा ही रहता।

सड़क पर अभी भी शोर नहीं था, धुआँ नहीं था, लोग नहीं थे। धूप पूरी चटखी नहीं थी और अभी भी बाल-सुलभ हरकतें कर रही थी। मन किया वहीं सड़क किनारे चाय वाले ढाबे के लड़के के साथ बैठ जाऊँ और सिर ऊपर धूप ताकूँ।

सुबह का उठा हुआ लड़का ढाबे की झाड़-पोंछ कर रहा था। लड़का गन्दा था, ज़रूर मुँह से बास भी आ रही होगी उसके। मेरे यौगिक क्रिया से स्वच्छ हुए मन

के साथ अच्छा जोड़ बैठेगा उसका। फनटास्टिक विरोधाभास--दोनों एक-दूसरे के पूरक बन जाएँगे। ठिठककर मनन करती हूँ पर रुकती नहीं। हिम्मत नहीं है, अभी मुझमें। ऐसी हिम्मत कि जोड़ बिठाने बैठ जाऊँ। जो मन सोचता है वही क्रियान्वित कर ही डालूँ, ऐसी क़ुव्वत विकसित नहीं हो पाई है अभी तक। सो, बेतरह लड़के को घूरते हुए उस लड़के की पूरी काया को साँस के साथ अन्दर कर जाती हूँ और उसकी गन्ध दूर से भी स्थापित हो जाती बहुत भीतर, अब वक़्त हो रहा है पिताजी की चाय का। सुबह जल्दी उठते हैं, इसलिए चाय उन्हें चाहिए।

पर वो तो कल की बात थी। कल या परसों या चौथ रोज़। पिताजी ये चौथ रोज़ का लफ़्ज़ बड़ा इस्तेमाल करते थे। करते थे?

हाँ, आज थोड़े ही करते हैं।

अच्छा। फिर शवासन।

सड़क पर कैसे करूँगी? ठीक है, इस पीले घर के सामने सड़क से दूर जो माइलस्टोन है, उस पर बैठ जाती हूँ और आँखें बन्द कर लेती हूँ। पीले घर के सामने अन्धकार नहीं दिखेगा। ज़रूर रंग दिखेंगे। चलो प्रयोग कर लेते हैं।

धत। बड़ी निराशा हुई। कुछ नहीं दिखा, अन्धकार भी नहीं। चलो, धीरे-धीरे हथेलियों की मालिश कर आँखों पर उनको लगा आँख खोल लेते हैं फिर चले चलते हैं।

धीरे-धीरे हथेलियों का आँखों पर स्पर्श, मालिश और आँख खुल गई हैं। कितनी धूप भर गई चारों ओर, कितनी ज़्यादा! ओह! अचानक बड़ी हो गई धूप तुम। अच्छी नहीं लग रही तुम्हारी मांसलता। चुभ रही हो चारों ओर से, आँखें बन्द। खुल गईं फिर बन्द फिर...

रंग दिखने लग गए। मैं न कहती थी, पीली कोठी के सामने रंग दिखेंगे। वही हरा, गँदला हरा, मटियाया हरा, नहाया हरा, लाल, गुलमोहर का लाल या शायद नारंगी, फिर कोई लाल, कोई सफ़ेद कोई? रुको...

यह सफ़ेद तो पिताजी के सिर के बाल समान, शुभ्र धवल सफ़ेद है, फिर आकार, चम्पई सुन्दर तीखे नैन-नक्श, छोटी सुन्दर काठी, चुस्त-चपल देह और आकार में आ गए पिताजी।

मेरे पिताजी ऽऽ।

''पिताजी।'' मैं चिल्लाई, ''आप यहाँ! कैसे उठे?''

''चुप।'' पिताजी तर्जनी से संकेत करते हैं शान्त भाव से।

''पर यह असम्भव है पिताजी। आप उठे कैसे?''

''इस दुनिया में कुछ भी असम्भव नहीं बेटा।''

''पर ये? ये तो है पिताजी, ये तो है ही,...''

''नहीं।'' अब मुस्काए पिताजी। वही ओठ के कोने तिरछे हो गए। उधर धूप

पिताजी को देख अपनी पूर्ण मांसलता के बावजूद घबरा गई। यहाँ नीचे पवित्र शीतलता थी, और प्रकाश ब्रह्मांड को आलोकित करने जैसा। वह मुँह चुराने लगी। सफ़ेदी स्लेटी बादलों का दुपट्टा ओढ़ लिया उसने। बल्कि मुँह पूरा ढाँप लिया उसने अपने दुपट्टे से।

"पिताजी," मैंने उनको समझाना चाहा या ख़ुद ही कुछ समझना चाहा। उस समय दोनों बातें बराबर सी हो गईं।

"क्यों घबराती हो तुम?" पिताजी मेरे और नज़दीक आ गए। मैं अपरिभाषित सुरक्षा कवच से घिर गई। अचानक सुन्दर दिखने लग गई, क्लान्त और हताहत नहीं। हाथ-पैरों में दौड़नेवाले रक्त का रंग साहस से एकरस हो मिल गया और शरीर के बाहर आने को होने लगा।

"पिताजी, लोग तो सोच रहे हैं आप..."

"सोचने दो लोगों को, बताओ तुम क्या सोचती हो?" मैं निरुतर।

"बचपन से लेकर आज तक यही चाहा कि तुम ख़ुद सोचो। लोगों की सोच तुम पर हावी न हो। तुम अपनी सोच गढ़ अपना रास्ता बनाओ ख़ुद।"

"पिताजी, मैं तो सोचती ही हूँ, अपनी तरह से, आपका ये कैसा रूप है?"

"तुम बताओ—जैसा जानती थी, वैसा नहीं है क्या? कहाँ बदला हूँ मैं और क्यों बदलोगी तुम भी?"

"पिताजी, नहीं बदलूँगी। पर बताइए यह सब क्या है? आप उठ गए हैं, मेरे पास खड़े हैं और लोग वहाँ झुंड बनाए तफ़सील से न जाने कौन सी बातें किए जा रहे हैं! ये सब क्या है? वे लोग आपको देख नहीं रहे क्या? वे लोग किस बात में व्यस्त हैं?"

"बेटा, चलो उनके पास चलते हैं?" गुनगुनाती पिताजी की आँखें मुस्कुराईं।

"सुनो क्या कहते हैं ये लोग। मन रमेगा तुम्हारा सुनने में।"

"पिताजी," मैं सन्न।

"क्या बात करते हैं आप? मन रमेगा मेरा? यहाँ? कैसे? भूल रहे हैं आप, हम दोनों कहाँ खड़े हैं?" मैं स्वरों में इतिवृत्तात्मक फैलाव भर देती हूँ।

"कहाँ हैं हम?" पिताजी उसी नफ़ासत से दुहराते हैं जो उनके व्यक्तित्व का अविभाज्य अंग थी।

"निगमबोध घाट है यह दिल्ली का। निगमबोध घाट। यहाँ तो सब..."

अब मुझसे संयत नहीं रहा जाता। कंठ से कुछ गोल-गोल आकार का घुमेर लगाता हुआ, छाती तक जाता है और बाएँ स्तन के ठीक नीचे ज़ोर-ज़ोर से नाचने लगता है।

"आह!" इस बार शरीर के किसी भाग में वाक़ई कुछ दुखता है।

"क्या हुआ बेटे?" पिताजी लाड़ से पूछते हैं।

पर छूते नहीं मुझे। क्यों नहीं छूते? मैं चाहती हूँ वो उस दुख देनेवाली चीज़ को छूकर, पकड़कर, निकालकर फेंक दें। दूर। मेरे से बहुत दूर। लेकिन पिताजी कुछ नहीं करते और मुस्काते रहते हैं। अँधेरे को भी मात कर रोशन करने की ओर उजास फैलाने की हमेशा की ही उनकी पुरानी आदत।

"पिताजी!" मैं चिल्लाती हूँ, "आप समझते क्यों नहीं? ये मुस्काने और सहज होने की स्थिति नहीं है।"

"तो?" पिताजी मुझसे ही दुबारा प्रश्न करते हैं, "कैसी स्थिति है यह? अपने सामने देखो। एक आठ–दस साल का लड़का वहाँ फोड़ रहा है। उस मन्दिर सरीखी जगह पर।" घबराहट और कन्फ्यूजन से मेरी ऑक्सीजन लेने की क्षमता घटने लगती है।

"घड़ा फोड़ रहा है। माने क्या पिताजी? ये क्या है?"

"माने," पिताजी सूचना देते हैं, "वो उस घर का मुखिया हो गया।"

"किस घर का? कैसे, कौन?"

"अरे बेटा! ध्यान से देखो, लड़का जहाँ खड़ा है उसके नीचे जो व्यक्ति लेटा है, उस बच्चे का पिता था वो।"

"आप कैसे जानते हैं? आपका परिचय उससे कब हुआ?" मेरे कौतूहल की सीमा नहीं रहती। ये पिताजी कर क्या रहे हैं? हमेशा से सोशल रहे हैं पर यहाँ भी?

"मैं जानता हूँ, यहाँ पहुँचकर सबका परिचय हो जाता है। ये जीवन से भी आगे की यात्रा है बेटा। ये सामने लेटा व्यक्ति भी उस परम स्थिति को प्राप्त कर चुका है जिसके अन्त की शुरुआत मनुष्य के पैदा होते ही शुरू हो जाती है।"

"नहीं, बिलकुल नहीं समझ में आ रहा है ये सब मुझे पिताजी।"

"आई नो, तुम समझना ही नहीं चाहती। मेरी ज़िद्दी बेटी। चलो, सैर करें। वक़्त आएगा तो आप ही समझ जाओगी और दूसरों को भी समझाओगी। चलो, वहाँ चलो, उस झुंड की ओर चलें। तुम्हारे भाइयों के पास।"

मैं यंत्र–चालित–सी उठकर चलने लगती हूँ। देखती हूँ पिताजी भी चल रहे हैं। मेरे साथ। क़दम–से–क़दम मिलाकर चल रहे हैं।

"पिताजी, आप–आप तो चल रहे हैं, सचमुच चल रहे हैं।"

"हाँ, मैंने कहा न, ये जीवन से भी आगे की यात्रा है। यहाँ मैं अब सब कुछ कर सकता हूँ और भ्रमण तो सबसे ज़्यादा।

"देखो, अब इस बेंच पर बैठा ये मोटा आदमी क्या कह रहा है? सुनो तो।"

"बड़े अच्छे थे। अब परिवार बर्बाद हो गया इनका।"

"क्यों?" बग़ल में बैठा पतला खिचड़ी बालोंवाला पूछता है, "सैटल तो हो गए न बच्चे?"

"हाँ, पर उमर ज़्यादा नहीं बच्चों की, छोटा बच्चा नौकरी करता है, पर शादी-वादी नहीं हुई उसकी।"

"ओय-होय! एक ज़िम्मेदारी रह गई। अब होगा कैसे सब?"

"पिताजी।" मैं अनजाने द्वेष और क्रोध से गरमाने लगती हूँ।

"बड़े आए दया दिखानेवाले, सचमुच इन्हें कोई दुख हो रहा होगा? हमारे लिए? हुँह!"

"डोण्ट बौदर, बस चलती जाओ तुम। दुख और सुख की परिभाषा सबकी अपनी होती है अपने बनाए स्टैंडर्ड के अनुसार।"

"हुँह!" वंचित होने का राग मुझे जला रहा है। भीषण गरमी हो रही है।

"देखिए, वो सामने वाले आपके शुभचिन्तकों को, सबके सब कोल्ड ड्रिंक पी रहे हैं। और...और, हँस रहे हैं।" मेरे अन्दर न जाने कैसी चिनगारियाँ सुलगने लगती हैं।

"ओह! तो क्या हुआ बेटे? गरमी बहुत हो रही है। यहाँ प्यास तो तुम्हें भी लग रही होगी, चलो भाई से कहकर कोल्ड ड्रिंक मँगवाओ..."

मैं चुप हो जाती हूँ मस्तिष्क छप्प! छाती की घुमेर का दायरा अब उछलने लगा है। कूद-कूद कर माथे पर आ रहा है। अच्छा है। आँखों में कॉन्टेक्ट लेंस लगे हुए हैं, एक सुरक्षा कवच वहाँ तैनात है वरना क्या पता, आँखों की काली पुतलियाँ किरिच-किरिच कर वहीं...

भाई सामने से आ रहा है।

"कहाँ घूम रही हो दीदी?" ऐसे पूछता है मानो हम यहाँ सैर ही करने आए थे, "मिशन-घुमक्कड़ी।"

"लोगों को देख रही हूँ भाई।" मैं अपनी ही आवाज़ की कैजुअल टोन से दंग हो जाती हूँ। एक झुंड की ओर इशारा करती हूँ।

"साले ऽऽ कुत्ते ऽऽ हँस रहे हैं। मज़ाक हो रहा है भाई और कुछ लोग तो दिन के आगे के बचे हुए भाग के इस्तेमाल के उपाय भी डिस्कस कर रहे हैं। बाहर से आए लोग दिल्ली घूमने की बात कर रहे हैं। मैंने ख़ुद सुना भाई। अपने कानों से।" मैं उत्तेजित हो रही हूँ पर पारसी थियेटर की शैली से अभी भी मीलों दूर हूँ और उसके कान में बिना तारतम्य अस्पष्ट सा कुछ बकती चली जाती हूँ। फिर याद आती है, पिताजी की।

तो क्या पिताजी सिर्फ़ मुझे दिख रहे हैं। भाई को भी नहीं? भाई इस सम्बन्ध में कुछ बोल क्यों नहीं रहा? भाई मेरा है इतना अपना कि उसको छूने से अपना स्पर्श कर रही हूँ ऐसा लगता रहा है जीवन भर, (अब तक के जीवन भर) "भाई!" फुसफुसाती हूँ मैं। "पिताजी...देखो मेरे बग़ल में खड़े हैं।"

"धत!" भाई बात काटता है, "हमेशा ही पिताजी तुम्हारी साइड होंगे। नहीं

जी—आज वो मेरे बग़ल में खड़े हैं पर तुम्हें दिखाई नहीं देंगे। आज वो मेरे पूरे अपने हैं। आज मैं तुम दोनों भाई-बहन से उनको शेयर नहीं करूँगा समझी।'' भाई के टोन का सेल्फ कॉन्फिडेंस मुझे असन्तुलित कर देता है।

''क्या?'' मैं पगला ही तो जाती हूँ, ''पिताजी तुम्हें भी... ?''

''हाँ। तो तुम्हें भी! हा-हा।'' भाई सहभागी हो हँसता है।

''पर बाक़ी किसी को नहीं दिख रहे हैं। बस हम दोनों को ही दिख रहे हैं ये जान लो। श्वानों को दिखेंगे भी कैसे?'' मैं अब थोड़ी शंकाग्रस्त होकर पूछती हूँ न जाने क्यों? ''आर यू श्योर भाई? हम दोनों कहीं कुछ इमैजिन तो नहीं कर रहे?''

''नहीं!'' उत्तर में ठोस विश्वास है भाई के। मुझे भाई से एका होने पर दस तावीज़ों की ताक़त एक साथ मिल जाती है।

''छोटू कहाँ है?'' हमें अपने सबसे छोटे भाई की याद आती है, ''उससे भी पूछ लेते हैं? हाँ, बुला लो उसको।''

तभी सामने से छोटा भाई चलता हुआ नज़र आता है। कुछ बिसलरी की बॉटल्स हैं, एकाध कोक भी उसके हाथ में है। मेरी आँखें गोल हो बड़ी होने लगती हैं। छोटे-छोटे डग भरता चुस्त हिरण-सा मेरा छोटा भाई। आँखें पर दिख नहीं रहीं उसकी। गर्दन स्थिर नहीं रख रहा है। चलते हुए किसी से बात करने के अन्दाज़ में बार-बार भौंह सिकोड़ रहा है। तो क्या पिताजी उसके साथ भी हो लिये?

''लो पानी पिओ।'' बोतल बढ़ाता है मेरी ओर। मेरे पास पहुँच।

''प्यास लगी थी न तुम्हें?''

''मुझे कैसे पता चला? यही जानना चाहती हो न? हमेशा की तरह?''

''हा-हा-हा पिताजी ने कहा मुझसे! बस! और क्या जानना चाहती हो?''

मैं चुप। शब्द बनकर जीभ पर ठहर नहीं रहे।

''तो क्या पिताजी तुमसे भी बात कर रहे हैं?'' फिर भी पूछती हूँ मैं।

''हाँ। छोटा हूँ। तुम लोगों की तरह क़ाबिल नहीं तो क्या कम दुलारा हूँ उनका?'' मुझे ग्लानि डरा रही है। छोटू को हमेशा कम क्यों आँकते हैं हम? ओह! तो तीनों के पास जा रहे हैं पिताजी? बारी-बारी या एक साथ सबके पास मेरे ऽऽ पिताजी! मैं भ्रमित होने लगती हूँ।

''पिताजी!'' मैं बग़ल में ढूँढ़ती हूँ। पहले दाएँ, वहीं खड़े थे कुछ देर पहले, फिर बाएँ। पर पिताजी दिखते नहीं, मैं खोज से हार थोड़ी विचलित होने लगती हूँ...

''भाई कहाँ गए वो? अभी तो यहीं थे न?''

''कौन कहाँ गए?'' पिताजी की आवाज़ पत्थर की बेंच के पीछे से आती है।

''ओह पिताजी!'' मैं आश्वस्त हो पूरी बिसलरी गटक जाती हूँ, ''कहाँ चले गए थे आप?'' गला तर हो जाता है मेरा।

"ऐसे ही घूम रहा था चारों ओर। देख रहा था किस पर क्या प्रभाव पड़ता है ऐसे मौक़ों पर। इट्स ए गुड स्टडी। तुम तीनों को देख रहा हूँ सन्तोष है। ठीक-ठाक हो, तुम लोग। ऐसे ही रहना चाहिए और अपने ढंग से जीना चाहिए। आडम्बर की कोई ज़रूरत नहीं। मुझे अपने बच्चों की फीलिंग्स पता है। तुम लोग भी अब और दूसरों की बातों को भूल अपनी डगर पर चलो।"

हम तीनों सिर झुकाए सुन रहे थे, दूसरे यानी कि कौन? वे सब जो यहाँ इकट्ठे हुए हैं और वहाँ गोल दायरा बनाकर हँस रहे हैं? और उनके तरीक़े? सिर पटकना, चिल्लाना, कर्मकांड करते जाने की सलाह और मशवरा देने की आवाज़ें।

यहाँ आए गर्मा-धर्मा फच्चु, ठेट रेठ, ए के एस, जे. के. एस. सबकी सच्चाई से रूबरू हुई मैं।

"छुनिया ऐसी ही होती है। सबकी प्राथमिकताएँ हैं...सबकी ही।"

"और हम कौन हैं?" अलग ढंग के ऊतकों से निर्मित हैं क्या? हमारी प्राथमिकताएँ क्या हैं? हम दुनियावी नहीं क्या? बिलकुल हैं अब साँस रेज़ा-रेज़ा ठंडा रही है। सत्य को याद करती हूँ एक दिन, दुख में भी भूखी नहीं रह पाई मैं। इससे बड़ी दुनियादारी की मिसाल और क्या हो सकती है?

"ग़लत सोच रही हो बेटी तुम।" पिताजी टोकते हैं। तो क्या अब पिताजी मन के पार मस्तिष्क के पार देखने की क्षमता भी प्राप्त कर चुके हैं? कहाँ पहुँच गए हैं आप पिताजी! इस कॉन्सियसनेस से परे? उस पार के कॉन्सियसनेस में? कौन सा प्लेन है वो? आख़िर कौन सा अप्राप्य स्तर है वो? मैं मन में दुहरा रही हूँ, मैं प्रश्न ही करती रह जाती हूँ।

"खाना, पीना, पहनना, ओढ़ना बुनियादी आवश्यकता हैं जीवन की। जब तक हैं तब तक तो पूरी करनी ही होगी बेटा, इसमें शर्म कैसी और इतनी आत्मभर्त्सना क्यों? नहीं। ये ठीक नहीं, जाओ जो उचित लगे करो, साफ़ मन से करो, डर-डर कर, प्रताड़ित होकर नहीं। सहजता से जीओ..." वही पुरानी पिताजी की अदा। सहजता से कहा गया सहज होने का सन्देश। बचपन से सुनते-सुनते हम इतने सहज हो गए कि मामूली बनकर रह गए। मामूली शिक्षा, मामूली नौकरियाँ, मामूली गृहस्थियाँ, मामूली इच्छाएँ, मामूली आकांक्षाएँ और कुल मिलाकर मामूली जानें, साँसें, मामूली काठी काया रचित जीवन, अपने-अपने सुखों का मामूलीकरण तो किया ही हमने, दुखों को भी दूसरों के दुखों के समकक्ष रख मामूली करना सीखा। जैसे पिताजी कुछ देर पहले उस सात-आठ वर्षीय बच्चे का हवाला दे रहे थे। यानी कि इंगित कर रहे थे, तुमसे छोटा है उस पर इस दुख का पहाड़ कैसे टूटा होगा—थिंक? बड़ी अजीब परिस्थिति है, दुख है तो संकुचित कर लो, उसे इतना छोटा बनाओ कि दाने से भी छोटा आकार ग्रहण कर कहीं छुप जाए। बार-बार मिले ही नहीं, दिखे ही नहीं फिर टीयर ग्लैंड्स स्टीमुलेट नहीं होंगे और आँखें शुष्क बनी

रहेंगी, सुन्दर और सहज। असली जीवन, सहज जीवन यही है।

"अच्छा पिताजी, आप फ़िलॉसफ़र की तरह हर वक़्त फ़िलॉसफ़ी क्यों करते रहते हैं? मुझसे रहा नहीं जाता है। ख़ूब बहस करती रही हूँ मैं पिताजी से हमेशा ही।

"बेटा, पिता हूँ तुम्हारा इसलिए महान मत बनाओ मुझे। मेरे साधारणीकरण में ही तुम लोगों का जीवन और उसका उत्कर्ष है बेटा, समझो इसे और चलो अब जुट जाओ अपने जीवन कर्म में साधारणीकरण..." पिताजी पीठ थपथपाने वाले अन्दाज़ में कहते हैं, "उठो ऽऽ...देर हो रही है भाई।"

"ऊँह! मेरे पिताजी और साधारण... ?"

"अच्छा!" पिताजी मुझे पूरा समझते हुए मुस्काते हैं।

"मेरी गुड़िया अब बड़ी हो गई है...है ना?"

"अरे! ये तो आपने परसों भी कहा था पिताजी, सुबह-सुबह और मेरे सर पर हाथ भी फेरा था। उस वक़्त मैं सोते से जगने की कोशिश कर रही थी। ये तो परसों की बात थी, आपको यहाँ लाने से पहले की बात। फिर आज आप दुबारा यूँ क्यों कर रहे हैं?" मुझे खीज होती है। बार-बार क्यों एहसास दिलाना चाह रहे हैं पिताजी कि मैं अब ख़ासी बड़ी हो गई हूँ, बच्चे मेरे स्कूल जाने लगे हैं। अब तो?

"दीदी," तभी छोटू चिल्लाता है, "इधर आओ।" भाई नाराज़ हो भुनभुनाता है, "पागल हो गया है छोटू, ऐसे यहाँ कोई चिल्लाता है, जाओ देखो कहना क्या चाह रहा है?"

मैं छोटू के चिल्लाने से चौंक जाती हूँ, पीछे मुड़ देखती हूँ। पिताजी खड़े हैं वहीं मुस्काते हुए। थक नहीं रहे, कब से खड़े मुस्कुरा रहे हैं। छोटू चिता न, अनाम के पास खड़ा है, घी और लकड़ी जलने की गन्ध फेफड़ों में घुस दिमाग़ चकरा रही है। जिस पिताजी को वहाँ लिटाया गया था वो वहाँ दिख नहीं रहे थे। दिखते भी कैसे, वो तो वहाँ पत्थर की बेंच के पीछे खड़े हो गए थे।

"देखो," छोटू कह रहा था, "वो जो देख रही हो एक टुकड़ा-सा बचा है, वही नहीं जलता जल्दी से। बड़ा टाइम लेता है। हमारे यहाँ रिवाज़ है, जब तक पूरा नहीं हो जाए हम घाट छोड़ते नहीं। फिर उसे यमुना में विसर्जित करके ही जाएँगे।"

मैं हतप्रभ छोटू को ताकती हूँ। क्या सचमुच दिमाग़ घूम गया है इसका? इतने निस्पृह भाव से पिताजी के अस्थिपंजर की कहानी समझा रहा है मुझे? कहीं मानसिक शॉक ज़्यादा गहरा तो नहीं लगा? जाकर पिताजी को बताती हूँ। मैं धीरे-धीरे क़दमों से वापस जाने को मुड़ती हूँ पर जानती हूँ छोटू मुझे देख रहा होगा। उसकी आँखें मेरी पीठ के रास्ते चेहरे पर आ टिकेंगी। दुख कर रहा होगा। चिन्तित होगा। दीदी को ज़्यादा शॉक तो नहीं लगा? चिता धू-धू कर जल रही है। एक नहीं, कई-कई एक साथ। निगमबोध घाट की कई चिताएँ। क्रमवार, नम्बरवार। सबके

दुखों और सुखों के साथ। मरनेवाले के साथ, मरकर छोड़े गए परिवारवालों के साथ। मैं लौटकर दुबारा उसी पत्थर की बेंच पर बैठ जाती हूँ। भाई बग़ल में लगे नल पर मुँह-हाथ धो रहा है। सहज है।

"हैं न पिताजी?"

"हैं न पिताजी?"

मैं प्रश्न दुहराती हूँ।

"हम तीनों में सबसे सहज और भला यही है न पिताजी?"

पिताजी उत्तर नहीं देते।

अब मेरी गुड़िया बड़ी हो गई है। मुझे समझ जाना चाहिए पिताजी ने ऐसा क्यों कहा था। भाई लौटकर फिर मेरे पास बैठ जाता है। मैं धीमे से कहती हूँ, इतना धीमे मानो मन में कह रही हूँ। अपने मन की कह रही हूँ, अपने लिए कह रही हूँ, "भाई, तुम रुको। यहाँ का काम निपटाकर दोनों आना। मैं चलकर घर पर बाक़ी इन्तज़ाम देखती हूँ।" भाई सहज है, मान जाता है तुरन्त।

मैं घर लौटकर मेहमानों को सहज करती हूँ। घर व्यवस्थित करती हूँ।

दिन निकल जाते हैं। फिर वापस अपनी गृहस्थी में लौटने के क्षण उपस्थित हो जाते हैं। गृहस्थी का कछुआ बार-बार अपने खोल से मुँह निकाल अपने होने का संकेत देता है। जीवन अभी आगे भी है...

दिल्ली छोड़ने से पहले, भाई पूजा-घर में ले जाता है। दिल्ली का वो छोटा फ़्लैट और उसका पूजा-घर। देवताओं के साथ स्थान ग्रहण कर चुके हैं पिताजी। मैं देवताओं को भूल जाती हूँ। पिताजी को प्रणाम कर भाई की ओर देखती हूँ। भाई हाथ में एक आध्यात्मिक डायरी पकड़ा देता है।

"रोज़ इसमें लिखा आज का विचार पढ़ना, बल मिलेगा।"

"हाँ।" घुटा हुआ स्वर कहीं से निकलता है। मेरे अन्दर के किस खोह से आज तक जान नहीं पाई।

"भाई...!"

जतन साधे हुए आचरण का डगमग होना ख़ुद को ही अखर जाता है। भाई ख़ुद मुझे देखकर डगमग हो जाता है।

"पिताजी चले गए दीदी।" वह चिल्लाकर रोने लगता है।

मुझे उसका रोना अच्छा नहीं लगता, समझाती हूँ उसे, "पिताजी चले गए यार, फिर आ तो गए थे जाने के बाद।"

"कहाँ?" भाई यकायक करंट लगने के आघात के बाद से चुप हो जाता है।

"उस दिन।" मैं याद दिलाती हूँ।

"घाट पर ही। हम तीनों के पास खड़े बात तो कर रहे थे! भूल गए तुम?"

भाई अविश्वास से सिर हिलाता है। इतने में छोटू आकर सब समझ जाता है।

देख रही हूँ। उस पर अध्यात्म ने अच्छा असर किया है।

"हाँ!" वो मज़बूती से सर हिलाता है। पिताजी का शरीर गया है आत्मा तो है ही हमारे पास। देखो, महसूस करो।"

उस दिन पिताजी की उपस्थिति की बात भाई लोग शायद भूल गए हैं या भूल जाना चाहते हैं। मुझे छोटू की बात पचती नहीं, आत्मा-परमात्मा की बात उसको और उसके गुरुओं को ही मुबारक। मैं तो सच जानती हूँ। पिताजी आए थे और गए थे उसी दिन। हाँ, ये नहीं जानती फिर आएँगे कि नहीं? और कब आएँगे।

छोटू को लगता है उसकी बातों का समुचित असर हम दोनों भाई-बहनों पर हो चुका है। वह बड़ा दिखने लगता है। हम तीनों ही बड़े लगने लगते हैं। एक क्षण तो कमरे की छत तक ऊँचे हमारे शरीर पहुँच जाते हैं, फिर सब नॉर्मल हो जाता है।

दिल्ली छोड़ने के बाद भाइयों से फ़ोन पर अक्सर बातें होती हैं। भाई कई बार कह चुका है—अध्यात्म में रुचि बढ़ओ। अतीत में जीने की आदत छोड़ो। आगे बढ़ो। पिताजी की आत्मा भी यही चाहती है। 'हट!' फिर वही आत्मा-परमात्मा। देखी है क्या किसी ने आत्मा? नहीं चाहिए मुझे ये ज्ञान। ये छलावा। ये भ्रम। अपने विश्वासों के साथ जीना है मुझे।

"कुछ नया करो, किसी चीज़ में मन लगाओ।" सभी कहते हैं तो योगा क्लास ज्वाइन कर ली। अब देखती हूँ उससे आगे कहाँ जा पाती हूँ। भाइयों के समान योग-ध्यान कर शान्ति प्राप्त कर पाती हूँ कि नहीं।

"हाँ। एक बात और ज़रूर मान ली मैंने भाई की। रोज़ सुबह उठने पर दिल्ली छोड़ते वक़्त उसकी दी गई डायरी उठाकर आज का विचार पढ़ लेती हूँ। आज भी यहाँ सड़क किनारे बनी पीली कोठी के सामने बैठे हुए आज का विचार याद आने लगता है मुझे।" बक़ौल उमर ख़ैयाम जैसा मैंने समझा।

'आह! जो बाक़ी बचा है जीने को, उसे ढंग से जीओ, इसके पहले कि तुम भी ख़ाक में मिल जाओ।'

"ख़ाक में ख़ाक और ख़ाक के भीतर सोने को प्रस्तुत, बिना शराब, बिना गीत, बिना शायर और बिना अन्त।"

आमीन!

त्वचा

राम मनोहर जोशी ने अपनी धोती को हाथ से झाड़कर ठीक किया। कुर्ते पर पहनी अपनी सदरी को छाती पर खींच बिठाया और सामने के बटनों को काज में डालकर बन्द कर दिया। आँखों पर चढ़े गोल चश्मे के फ्रेम की नींव थोड़ी हिली हुई जान पड़ती थी। कल 'रामसे' चश्मेवाले के यहाँ जाकर उसे ठीक करवाना ही होगा। 'समर क्लब अल्मोड़ा' सामने था। पूरा लकड़ी का बना हुआ। जालीदार नक़्क़ाशीदार। तिकोनी छत के नीचे एक बरामदा था, जहाँ लकड़ी के पिलर्स दो-दो फीट की मापी हुई दूरी पर खड़े थे। फ़र्श काले और सफ़ेद संगमरमर की थी। वहीं पर लाल कपड़े पहने भूरे बालों और भूरी-सफ़ेद चमड़ीवाला एक नौजवान बैठा हुआ था। उसके हाथ में गोलू देवता के मन्दिर में टाँगी जानेवाली घंटी जैसी ही घंटी थी।

थोड़ी देर खड़े रहने के उपरान्त राम मनोहर जोशी, जिन्हें अल्मोड़ा में सब सम्मान से 'जोशी जी' कहा करते थे, ने देखा कि लाल कपड़ोंवाला वह शख़्स हाथ में रखी घंटी को तब-तब बजाने लगता था, जब-जब कोई आगन्तुक कॉटेज के भीतर जाने वाला होता था। यह शायद भीतर के लोगों के लिए संकेत चिह्न था, या अन्दर जानेवाले के स्वागत में प्रस्तुत एक सम्मान चिह्न। जोशी जी लगातार देख रहे थे, उनका गला सूख रहा था, जिसे बार-बार अपनी जीभ से वे तर करने की कोशिश कर रहे थे। अल्मोड़ा में इस साल ठंड कम पड़ी थी और गरमियाँ अल्मोड़ा में पड़नेवाली गरमियों की अपेक्षा ख़ासी गरम हो रही थीं, इतनी गरम और शुष्क कि गला ही सूख चले? जोशी जी धीरे-धीरे बरामदे तक पहुँचे, वहाँ खड़े लाल कपड़ोंवाले शख़्स से बोले—

"साहब से मिलना है, अ...अऽऽ अन्दर हैं साहब?"

लाल कपड़ोंवाले शख़्स ने ऊपर से नीचे तक जोशी जी को तौला और पर्याप्त मुआयने के बाद बोला—"कौन से साहब?"

"ब्राउनिंग साहब..." जोशी जी काले-सफ़ेद संगमरमर की फ़र्श के किसी चौखाने से ऊपर उठते हुए बोले।

इसके बाद लाल कपड़ोंवाले शख़्स ने, जोशी जी की शख्सियत को पूरी तरह

जादुई ढंग से विलुप्त कर दिया और उनकी ओर देखने के बजाय उनके पार देखने लगा। जोशी जी के पीछे मार्ले साहब खड़े थे, और अब वह शख़्स मार्ले साहब के आगमन की सूचना घंटी बजाकर दे रहा था। उनके लिए क्लब में अन्दर आने का दरवाज़ा खोल रहा था। जोशी जी ने देखा, मार्ले साहब ने लाल कपड़ोंवाले शख़्स के कान में धीरे से कुछ कहा और भीतर चले गए। जोशी जी समझ नहीं पा रहे थे कि वे क्या करें? ब्राउनिंग साहब का सख़्त निर्देश था कि आज शाम तक सारी फाइलों पर काम ख़त्म कर जोशी जी उनसे दस्तख़त ले लें। अब चूँकि साहब क्लब के अन्दर थे तो दस्तख़त वहीं जाकर लेने ज़रूरी हो गए थे वरना जोशी जी तो कभी इस ओर फटके भी नहीं थे। फटकते भी कैसे? यह सड़क तो उन जैसों के लिए थी ही नहीं। वह तो...। अब मार्ले साहब ने जाने उस लाल कपड़ोंवाले शख़्स को क्या कह दिया है? जोशी जी मार्ले साहब को जानते थे। मार्ले साहब स्वास्थ्य विभाग में थे और ज़िला कलेक्ट्रेट से उनका वास्ता था। वैसे कलेक्ट्रेट के ज़्यादातर दफ़्तर नैनीताल में थे मगर उसके कुछ विभाग अल्मोड़ा में भी थे। अल्मोड़ा में ब्राउनिंग साहब के अधीन राम मनोहर जोशी काम करते थे। राम मनोहर जोशी, अंग्रेज़ी और हिन्दी के जानकार थे। ब्राउनिंग साहब के प्रिय थे और अल्मोड़ा में उनका रुतबा 'साहब के दफ़्तर में काम करनेवाले बड़े बाबू' की बड़ी हैसियतवाला था। राम मनोहर जोशी को साहब, कई बार बँगले पर भी बुलवाकर काम निपटवाते थे, मगर आज बँगले पर पहुँचने पर पता चला था, साहब क्लब चले गए हैं। सारे काग़ज़ात उनके हाथ में थे, मगर वे दस्तख़त लेने जाएँ तो कैसे जाएँ? न जाने क्यूँ मार्ले साहब ने उन्हें पहचानने के बावजूद कुछ कहा नहीं, पूछा नहीं। वे जब तक कुछ निर्णय कर पाते कि अब आगे उन्हें क्या करना चाहिए, लाल कपड़ोंवाला शख़्स नज़दीक आया और निहायत सपाट सी आवाज़ में बोल उठा—

"आप अन्दर नहीं जा सकते। मार्ले साहब ने कहा है। यहाँ बिलकुल नहीं जा सकते हैं। वे कह रहे थे, लौट जाइए और जाते वक़्त गेट पर का लिखा हुआ पढ़ते जाइएगा।"

"मगर ब्राउनिंग साहब...।" जोशी जी को हाथ में थामे काग़ज़ों का बोझ असहनीय मालूम देने लगा।

"वे ब्राउनिंग साहब से बात कर लेंगे।" लाल कपड़ोंवाला शख़्स सिर्फ़ इतना ही बोला और सड़क की ओर देखने लगा। शाम के सात बज रहे थे। ऊबड़-खाबड़ अँधेरी पहाड़ी रात में लाल कपड़ोंवाले शख़्स के सपाट शब्द का वज़न भारी और अन्तिम था। जोशी जी उलटे क़दमों से बाहर जाने लगे, जब अचानक पहाड़ों की मद्धम, दूर-दूर तक फैली छोटी जुगनू समान रोशनियों को नहलाती, झमाझम बारिश बरस पड़ी। जोशी जी ने काग़ज़ातों को सदरी के भीतर छाती से चिपका लिया और ख़ुद भीगते हुए, बिजली चमकने पर उत्पन्न हुई रोशनी के बीच, गेट पर

लिखे हुए को देखने की इच्छा न दबा पाने की मजबूरी से वशीभूत पट्टिका पर लिखा हुआ पढ़ा।

"इडियंस (ब्लैक्स) एंड डाग्स नॉट अलाउड!" (भारतीय (कालों) और कुत्तों का प्रवेश वर्जित) उन्होंने नि:श्वास ले अपनी छतरी खोली और टुकुर-टुकुर सामने सड़क को देखते अपने घर चले आए।

राम मनोहर जोशी का रंग दूध से सने आटे की तरह कोमल और साफ़ है। उनकी आँखें हल्की भूरी हैं। वे अल्मोड़ा के सम्माननीय और सुन्दर व्यक्ति हैं। मगर 'समर क्लब' और ऐसी ही कुछ जगहों पर ऐन अल्मोड़ा में ही उनका प्रवेश वर्जित है। नैनीताल में तो वे कई सड़कों पर चलने का साहस भी नहीं करते वहाँ सिर्फ़ साहब लोग चल सकते हैं। साहब लोग अंग्रेज़ हैं, मगर रेवेन्यू डिपार्टमेंट में बाबू होने की बदौलत, उनका साबक़ा कई तरह के साहबों से होता रहा है और जोशी जी ने पाया है कि वे कई साहब लोगों से ज़्यादा गोरे दिखते हैं। इसके पीछे कारण चाहे जो रहे हों, मगर यह सच उनकी आँखों ने ख़ुद देखा था और सब देखने के बाद वे उस गुत्थी को सुलझाने में असफल रहे थे कि वे कई गोरों से गोरे होते हुए भी काले कैसे हैं? उनके बरअक्स कुत्तों को क्यों खड़ा किया जाता था? दोनों की समानता की बात उन्हें भीतर से छीलती थी। मगर वे क्या करते? ब्राउनिंग साहब के साथ काम करना उन्हें अच्छा लगता था। अंग्रेज़ों के साथ रहते हुए वे बड़ी और ऊँची बातें सीखते थे। उनके आचार-व्यवहार, उनका साहसिक होने का गुण। कैसे-कैसे अभियानों पर वे चल पड़ते थे, समुद्र-पर्वत-पहाड़ और रेगिस्तान, हर जगह ब्राउनिंग साहब की क़ौम जाती थी और अपना परचम फैलाती थी। कितना अद्‌भुत था, ब्राउनिंग साहब का साथ! मगर कुत्तों के साथ जोशी जी की समानता? घबराकर अनेक बार उनका हाथ बरबस उनकी सदरी के नीचे पीछे कमर की ओर चला जाता था। पूँछ तो नहीं उग गई वहाँ, जो ब्राउनिंग साहब को देख उपकृत हो हिलने लगती थी।

जब उनके नौकर दान सिंह ने आकर उनकी छतरी झपटकर उनके हाथ से ले ली तो उन्हें होश आया कि वे घर के दरवाज़े तक पहुँच गए हैं और उनके जूते पानी से लदफद हो गए हैं। उन्होंने अपने जूते वहीं उतारे और भीगे मन से अपने कपड़े बदले। जब दान सिंह लालटेन लेकर ऐन उनके मुँह के पास खड़ा हो गया और प्रेम से भरकर पूछने लगा—

"मालिक, भोजन? मालकिन पूछ रही हैं?" तो उन्हें दान सिंह और मालकिन की इतनी चिन्ता पर अनायास ही बहुत सारा क्रोध उमड़ आया, वे चीख़े—

"चैन भी न लेने देते...भागो नहीं खाना खाना, आज बिलकुल नहीं खाना।"

दान सिंह के हाथ में पकड़ी लालटेन मालिक के क्रोध के आगे काँपने लगी। उसकी भटकती लौ के बीच जोशी जी ने देखा दान सिंह की चमड़ी कैसी भूरी हो

गई थी। वह जोशी जी के सारे काम करता था, धूप-गरमी बरसात में, दिन में और रात में। अब तो चालीस से कुछ ऊपर का हो गया होगा। रूखी और ऊबड़-खाबड़ गड़नेवाली चमड़ी, घोटी पीली आँखोंवाला दान सिंह। इतने वर्षों से उनकी सेवा कर रहा था। आज लालटेन ठीक उनके मुँह के सामने लिये, ठीक उनकी बराबरी में खड़ा था।

"भाग, भाग यहाँ से , नहीं खाना है हमें खाना।"

"जी...जी...जी," बोल दान सिंह भाग खड़ा हुआ। मालिक आज बहुत नाराज़ हैं। हुआ क्या उन्हें, मालकिन ने भी उनकी चिल्लाहटों को सुन लिया है और वे चुपचाप रसोई समेट रही हैं। वे सोच रही हैं, अच्छा है दान सिंह ने मालिक के आने से पहले खा लिया वरना उस बिचारे को भी भूखे सोना पड़ता। वे दान सिंह को जाने का इशारा कर देती हैं। दान सिंह घर में नियत अपने स्थान पर, गुड़ी-मुड़ी हो ढलक गया। उसे ज़्यादा सोचना नहीं आता था। यह पन्द्रह वर्ष की उम्र से इस घर का नौकर रहा था।

राम मनोहर जोशी के दिल को कमज़ोर करनेवाली यह सबसे अहम घटना थी और यह अठारह सौ सत्तावन यानी गदर के कुछ महीनों पहले घट्टी थी, 'समर क्लब' गेट के बाहर लगी पट्टिका को देखने के बाद उस काली रात से राम मनोहर जोशी को सीने में ठंड लग गई थी। वह घुलनशील रसायन समान उनके प्रत्येक अंग में घुलती जा रही थी। जब ब्राउनिंग साहब ने एक दिन दफ़्तर में काम करते वक़्त जोशी जी को बहुत खाँसते हुए सुना तो कह दिया था, "जोशी, हॉस्पिटल जाओ...। कुछ दिन आराम करो।"

ब्राउनिंग साहब ने यह नहीं कहा, अब काम पर मत आओ। यह भी नहीं कहा कि अब तुम्हारी छुट्टी हो चुकी है मगर राम मनोहर जोशी के अन्दर ऐसी ही समझदारी पनपी और इस दिन वे दफ़्तर से घर लौटे और बिस्तर पर गिरे तो यम देवता के आसरे ही बैठे रहे। मालकिन उनके आगे-पीछे कर, पच्चीसियों बार उनकी नज़र उतारतीं। लाल सूखी मिर्चें उनके सिर के ऊपर से घुमा चूल्हे में झोंक देतीं। घर में मिर्च की बर्दाश्त से बाहर तिक्तता फैल जाती। जोशी जी और परेशान होते, घरों की खिड़कियाँ खुलवा ताज़ी हवा से साँस भरते और ठंड की मार से पीटे जाते। छटपटाहट एक वृत्ताकार चक्कर बना उनकी परिक्रमा कर रही थी। वे उसी के साथ राहत की आशा में गोल-गोल घूमते रहते। दान सिंह उनके पैर दबाता तो उन्हें नींद आती। दान सिंह कितना कठोर था, मगर उसका स्पर्श कितना कोमल था, वह स्पर्श उन्हें माँ के आँचल जैसा लगता और वे सपनों की दुनिया में गोते लगाते। नींद खुलती तो सब कुछ उलटा प्रतीत होता, और यदि दान सिंह पैरों पर गलती से नींद में मदमाता दिखता तो वे भड़क जाते और चीख़ने लगते विक्षिप्तों की तरह, "भाग यहाँ से, भाग...मेरे ऊपर गिरा हुआ था...भाग।"

अल्मोड़ा में ग़दर के वक़्त क्या हुआ, यह राम मनोहर जोशी को पता नहीं चल पाया क्योंकि अब उनकी हालत बीमारी की वजह से अत्यन्त जर्जर हो चुकी थी। वे बिस्तर से हमेशा के लिए लग गए थे। दान सिंह के हवाले से पता चला था कि कुछ गाँवों के लोगों ने अंग्रेज़ साहबों के दो-एक घर जला दिए थे। ज़्यादा ग़दर हल्दवानी में हुआ, वहाँ कई बाग़ी पकड़े भी गए थे। ख़ास अल्मोड़ा में 'समर क्लब' का पिछला हिस्सा भी जलकर राख हुआ पड़ा था। बस आगे का गेट, संगमरमर के खम्भे और काली सफ़ेद चौखानों वाली फ़र्श बच गई थी। ब्राउनिंग साहब, अल्मोड़ा में पहाड़ी के सबसे ऊँचे मन्दिर के भीतर पुजारी की मदद से तीन दिन तक छिपे रहे थे। पुजारी जी ने ही उन्हें पानी-वानी पिलाकर ज़िन्दा रखा था। तीसरे दिन नैनीताल से सेना की एक छोटी टुकड़ी आई थी और उन्हें अपनी हिफ़ाज़त में नैनीताल ले गई थी। जिन लोगों ने उन्हें सेना की हिफ़ाज़त में जाते देखा था, उन्होंने कई दिनों तक बाज़ार में यह बात कही थी—

"कैसा स्याह हो गया था साहब! एकदम सिकुड़े फूल जैसा कुम्हलाया चेहरा था, गाड़ी में बैठते वक़्त। डर-कमज़ोरी के मारे ज़ोर-ज़ोर से हाँफ रहा था। लगता ही नहीं था, जैसे कोई अंग्रेज़ हो।"

यह सब सुन एक दोपहर राम मनोहर जोशी ज़िद ठान बैठे और मालकिन से बोले, "ज़रा मुझे तैयार कर दो, 'समर क्लब' तक जाना है। दान सिंह को बुलाओ, मुझे सहारा देगा।"

मालकिन इस हठ पर काठ हो गईं। चलने-फिरने की ताक़त तो है नहीं शरीर में और दो किलोमीटर दूर पैदल चलकर जाएँगे, "जल्दी करो...जल्दी करो, जल्दी क्यों नहीं कर रही?" उनकी आवाज़ सुरंग के भीतर से आती मालूम दे रही थी, ख़ोखली, गूँजती और भयावह। बात न मानने पर जाने क्या हो जाए—सोचकर मालकिन डरते और प्रार्थना करते हुए उन्हें तैयार करने लगीं। जब तैयार हो वे घर से बाहर निकले तो मालकिन खिड़की से छिपकर उनका जाना देखने लगीं। धूप की चाँदी पेड़-पौधों पर चमक रही थी। सड़क शीशा हो गई थी। आसमान धुला और नीला था। लगता था, चारों ओर एक सहलानेवाली स्थिरता थी। 'अब ये ठीक हो जाएँगे,' मालकिन ने मन ही मन प्रार्थना की और विश्वास से भरी वेग भरी रुलाई उनके वदन से फूटने लगी।

जब धीरे-धीरे चल, घंटों बाद राम मनोहर जोशी 'समर क्लब' के जले हुए मलबे तक पहुँचे, तब तक धूप और तीखी हो सर पर चढ़ आई थी। उन्हें बड़ा अच्छा लगने लगा। शरीर में ताक़त का अनुभव करने लगे और दान सिंह से कहने लगे—

"जा, एक पत्थर उठा ला, भारी-सा।"

दान सिंह कुछ नहीं समझा और हमेशा की तरह मालिक का कहा कर लाया।

जोशी जी ने उस भारी पत्थर को उठाया और 'समर क्लब' के गेट के पास लगी पट्टिका पर वार करने लगे। एक बार, दो-तीन बार और तब तक, जब तक बेदम हो गिर नहीं गए। जब उनकी आँखें बन्द हुईं तो उन्होंने सन्तोष से देखा था जहाँ 'इंडियंस' लिखा था, वह जगह कुछ खुरच-सी गई थी और एक निरर्थक शब्द 'यंस' बचा हुआ था। उनके कंठ से गुड़प-गुड़प सी आवाज़ वाली हँसी निकलते-निकलते रह गई और दान सिंह की रुलाई और लाचारी के अलावा उन्हें कुछ अनजान आवाज़ों की अस्फुट भाषा समझ में आई जो आश्चर्यों से भरी थी।

"जोशी जी हैं ये तो!"

"अपने जोशी जी।"

"क्या हो गया इन्हें?"

"अरे, ये नहीं जानते क्या, अंग्रेज़ के भवन को नुक़सान पहुँचाना अपराध है?"

"ये क्या कर दिया जोशी जी?"

"ग़दर तो ख़त्म हुआ, हम लड़ाई हार गए हैं फिर ये क्यों कर रहे हो जोशी जी?"

क्यों का कोई जवाब नहीं आया क्योंकि उसी लम्हे जोशी जी इस दुनिया से कूच कर गए, और मालकिन अभागिन वहाँ बड़े मन से पूड़ी तलने बैठी थीं, मालिक का मन अच्छा होने की ख़ुशी में।

मलिका विक्टोरिया के भारत पर विधिवत् राज सँभालने के बाद, कुछ वर्षों तक तो जोशी जी की कथा अल्मोड़ा में गूँजती रही। दान सिंह ने उसे जिलाए रखने में प्रमुख भूमिका निभाई मगर उसके और मालिकन के ख़त्म होने के बाद बाक़ी पीढ़ियों के लिए वह रोचक घटना भी नहीं रह पाई थी। डिस्ट्रिक्ट गज़ेटियर में भी इसका कहीं उल्लेख नहीं हुआ। उल्लेख लायक बात थी भी नहीं। न तो प्रतिरोध संघातक था, न बाग़ी, बाग़ी जैसा। पूरी घटना की भाषा ही क्षीण थी, दुबली और कमज़ोर, वही बनी रही। स्थानीय इतिहास के प्रसंगों में भी वह स्थान ग्रहण करने के क़ाबिल नहीं मानी गई इसीलिए स्मृति से लुप्त हो गई।

वह तो कई पीढ़ियों बाद जब अल्मोड़ा में 'समर क्लब' वाले स्थान पर नया 'समर क्लब' बनाने की योजना बनी, तो उस जगह की खुदाई में एक पत्थर मिला, जिस पर 'यंस' उकेरा हुआ था, और जिसके आगे 'इंडि' लगा देने पर एक अर्थवान नाम बन जाता। लोगों ने यह माना या मानना चाहा कि यंस से पहले वाले अक्षर समय की मार ने मिटा दिए थे। लोगों को अचानक दूधिया रंगत वाले राम मनोहर जोशी याद हो आए, और उनसे जुड़ी बाक़ी यादें धूमिल बनी रहने दी गईं। लोगों ने एक कहानी के हिस्से को धीरे-धीरे जोड़ते हुए अपने मन से सुन्दर आकार देना शुरू किया और लोगों ने राम मनोहर जोशी की एक नई कहानी बना दी।

प्रकाश जोशी उन बच्चों में से था, जो 'समर क्लब' के टूटे-बिखरे खँडहरों में खेलकर बड़ा हुआ था। प्रकाश अंग्रेज़ों की कहानियों से प्रभावित था और सोचा करता था कि लोग जिस राम मनोहर जोशी की कहानी पर वर्षों बाद पहुँच रहे थे, हो सकता है, वही राम मनोहर जोशी उसके पूर्वज रहे हों। प्रकाश ने यही बात एक बार खँडहरों से खेलकर घर लौट जाने के बाद अपनी माँ से कह दी थी—

"सब जोशी एक ही हैं क्या?"

"हाँ, पहले एक ही थे...।" माँ ने उसके लिए ब्रेड सेंकते हुए कहा।

"तो वे जो राम मनोहर जोशी थे, वे हमारे ही ख़ानदान के रहे क्या?"

"नहीं, बक-बक मत कर।" माँ ने कड़ुए स्वर में बोला और टी.वी. देख रहे प्रकाश के पिता की ओर उलाहना भरी नज़रों से देखने लगी। पिता ने टी.वी. देखने में ख़लल को पसन्द नहीं किया। वे तमककर उठे और प्रकाश को बाथरूम में ले जाकर, नाराज़गी से उसका मुँह धुलाने लगे रगड़-रगड़कर। प्रकाश ने शीशे में अपने आपको देखा और फिर अपने पिता को। पिता ने अपने आपको देखा फिर उन्हें राम मनोहर जोशी की सुनी-सुनाई छवि दिखाई देने लगी। उन्हें लगा, इतनी तो मिलती-जुलती छवि है उनकी और राम मनोहर जोशी की, मगर यह कौन है जो उनके कमर से कुछ ऊपर तक की ऊँचाई वाला है? कौन है यह, जिसका मुँह वह धुला रहे हैं? यह क्यों उनकी तरह नहीं लगता है? यह क्यों नहीं राम मनोहर जोशी की तरह लगता है, दूध से मले गए आटे समान कोमल और सफ़ेद। ये कहाँ से हम जोशियों के बीच पैदा हो गया? सफ़ेद रेशम की शॉल पर एक काला बूटा? उन्हें जेनेटिक पूल की इस गड़बड़ी और अपने पूर्वजों की हार पर तिलमिलाहट मच गई। जी किया, खींचकर थप्पड़ मार पूर्वजों पर आ रहे ग़ुस्से को अपने बच्चे पर उतार दें। मगर वे ऐसा कर नहीं सके, और पराजय के भाव से भर अपने बच्चे को एक नाज़ुक चीज़ मानकर उन्होंने उसे अपने गले से लगा लिया।

जब प्रकाश बड़ा हो रहा था, तब तो उतना नहीं, मगर जब वह कॉलेज में पहुँचा तब उसे ज़रूर एहसास होने लगा था कि उसका पहला इम्प्रेशन लोगों पर कुछ अटपटे प्रभाव पैदा करता है। लड़कियाँ तो उससे कट-सी जाती हैं और कॉलेज के प्राध्यापक भी हाथ खड़ा करने पर उससे औरों से पूछने के बाद ही सवाल पूछा करते हैं। जहाँ उसके साथी वैभव जोशी और सुशान्त जोशी तुरन्त हस्तक्षेप कर लेते हैं, वहाँ उसे वही करने में उनसे दुगुना समय लग जाता है।

एक दिन जब तीनों नैनीताल के एक बड़े शोरूम में गए थे, तब दुकान के मालिक ने उसके बार-बार कहने पर भी उसकी कही हुई चीज़ें नहीं दिखलाई थीं। जब उसके दोस्तों ने मोबाइल के ब्रांड्स दिखाने को कहा तो मालिक ने तुरन्त कई डिब्बे सामने रख दिए। जब प्रकाश ने वहाँ रखी एक ख़ास ब्रांड की मिक्सी देखी तो वह उसके फीचर्स पर अपने साथियों को जानकारी देने लगा। यह एक प्रभाव

पैदा करनेवाली घटना थी और दुकान मालिक उसके प्रभाव से अछूता नहीं रह पाया। वह उससे मुख़ातिब हुआ और हँसकर कहने लगा—

"बहुत जानकारी रखते हैं भाई!"

"हाँ।" प्रकाश ने स्वीकृत होने का आभार प्रकट किया और समझ लिया कि उसके जीवन की राह कठिन रास्तों से होकर ही गुज़रेगी और उसे इसकी तैयारी में विलम्ब नहीं करना चाहिए। उसकी तैयारी में सबसे पहले क्रम पर पढ़ाई में अव्वल होना था, दूसरे क्रम पर अप टू डेट होना था, कपड़ों, व्यवहार तथा विश्व की तमाम जानकारियों से लैस, पूरी तरह अप टू डेट। तीसरे क्रम पर जो बात उभरी थी, उसके लिए उसे ख़ासी मशक़्क़त करनी पड़ी थी। उसे सबसे पहले तो इसके लिए अपने अन्दर की हिचक से लड़ाई लड़नी पड़ी थी, जो अपने मज़बूत तर्कों से उसे ध्वस्त करती आई थी और जो पड़ताल करने पर वरीयता क्रम की पहली और दूसरी ज़रूरत का तोड़ थी। यह परस्पर विरोधी भी था, मगर अब प्रकाश में उसे नकारने की हिम्मत नहीं थी, ख़ासतौर से उस दिन के बाद, जिस दिन उसने कॉलेज के पुराने बरगद के पेड़ के नीचे बैठी करीना कपूर जैसी लगती (और जिसे वह मन ही मन चाहता था) सहपाठिका के मुँह से सुना था—

"अरे ऐ...प्रकाश कैसा दिखता है यार?"

"जले हुए तवे समान।" दूसरी ने कहा था।

"जब हँसता है तो टी.वी. में दिखाए गए 'हैप्पी डेंट' च्यूइंगम के एंड जैसा लगता है, चारों ओर अँधेरा और दाँतों में बिजली।"

'हा...हा...हा।' एक सामूहिक ठहाका लगा था। उसने उस दिन सोचा था—क्या अँधेरे के बीच रोशनी एक सुन्दर प्रतिबिम्ब नहीं होती? क्या जब पहाड़ी रातों के अँधेरे में दूर से टिमटिमाती लौ जगमगाती दिखती है तो वह दृश्य सुन्दर नहीं लगता? क्या वह जीवन का संकेत देता पुंज नहीं होता? फिर क्यों उसे ही, हमेशा उसी अँधेरे को लक्ष्य कर, उसी के आधार पर प्रकाश का आकलन किया जाता है? हमेशा ऊपरी आवरण की बात, उसी की चिन्ता उसी के सार-सँभाल की बात? इस विचार ने उसके भीतर एक बवाल मचा दिया था।

लिहाज़ा उसी दिन वह नैनीताल के लिए निकल पड़ा था और अगले दिन जब लौटा था तो उसके बैग में सेक्सी सिने नायक जॉन अब्राहम द्वारा प्रचारित गोरा होने की क्रीम के कई ट्यूब्स थे। उस दिन शीशे के सामने उसने राम मनोहर जोशी की कहानी को याद किया था और उसके अन्दर बातें ऐसे जुड़ीं—

'एक थे राम मनोहर जोशी, दूधिया रंगत वाले। ख़ूब पढ़े-लिखे और झक्क सफ़ेद। उस ज़माने में अंग्रेज़ उन्हें बहुत मानते थे, क्योंकि वे ख़ूब पढ़े-लिखे थे, अंग्रेज़ी जानते थे और थे एकदम गोरे। गोरों समान गोरे...। आगे कुछ हो सकता था, या होना चाहिए था, यह 'समर क्लब' के नए मालिकों, कांट्रैक्टरों तथा शहर

के पुराने लोगों के द्वारा नहीं बताया गया था। 'साहब' का मिथक उसके रंग में ही निहित था। इसीलिए, क्रीम की पहली परत लगाते वक़्त प्रकाश ने हर्ष और उत्साह से आँखें मींच ली थीं।'

'आज से नई पीढ़ी का राम मनोहर जोशी' बनने की उसकी यात्रा प्रारम्भ हो गई थी।

प्रकाश के पास जब 'जॉन वाटर्स' नाम की अमरीकी कम्पनी का इंटरव्यू लेटर आया, तब वह कुमाऊँ यूनिवर्सिटी से अपना एम.कॉम. अव्वल दर्जे में उत्तीर्ण कर चुका था। वह अप टू डेट हो चुका था और परम आत्मविश्वासी भी। दिल्ली के नेहरू प्लेस में स्थित 'जॉन वाटर्स' कम्पनी के कमरे में जब वह घुसा तो उसके दिपदिपाते चेहरे के पीछे जॉन अब्राहम का जादू काम कर रहा था। अकाउंट्स सेक्शन का चीफ़, हेनरी मौरीसन, उसे देख लगातार मन्द-मन्द मुस्कुराता रहा था और जब उसने इंटरव्यू के बाद खड़े होकर कहा था—

"वेलकम अबोर्ड, मिस्टर प्रकाश। जॉन वाटर्स कम्पनी इज़ हैपी टू वेलकम यू।"

"यस सर, यस सर, थैंक्यू सर, थैंक्यू सर," बोलते-बोलते उसकी जुबाँ लटपटा गई थी। हेनरी मौरीसन ने उसे शान्त करने के लिए और उसका मनोबल बढ़ाने के लिए उसका कन्धा थपथपा दिया था। वह हेनरी मौरीसन के दोस्ताना व्यवहार के प्रति आदर से भर गया था। जब हेनरी मौरीसन ने एक उँगली उठाकर दरवाज़े की ओर रुख़सती का इशारा किया था तो भी उसकी अदा नहीं बदली थी। उसके उपकृत क़दम तेज़ी से दरवाज़े के बाहर दौड़ गए थे और उसके मन की चुग़ली कर गए थे। कमरे में बैठा हेनरी मौरीसन ठठाकर हँस दिया था और इंटरव्यू बोर्ड के काफ़ी लोगों ने हेनरी मौरीसन की ख़ुशमिज़ाजी की तूती बजाई थी, हे...हे... हे...हो...हो...ही...ही।

जॉन वाटर्स कम्पनी के ऑफ़िस का वातावरण भी मेहनतकश मगर दोस्ताना था। उसके सारे साथी अधिकारी हेनरी मौरीसन को 'सर' नहीं हेनरी बोलते थे। प्रकाश ने शीशे के सामने खड़े होकर लगभग बीस बार हेनरी के नाम के सही उच्चारण का अभ्यास किया था, वह चाहता था नख से शिख तक सब सही रहे। कहीं कोई चूक न हो जाए। जब ऑफ़िस में हेनरी ने उससे कहा, "प्राकॉश, प्लीज़ मेरे केबिन में आओ।" तो एकबारगी वह भ्रमित हो गया, और बग़लवाले से पूछने लगा था—

"उन्होंने मुझे ही बुलाया है न?"

"हाँ," बगलवाला हँसते हुए बोला था, "शुरू में उसका उच्चारण समझने में दिक़्क़त होगी, मगर क्या करे बिचारा एक अजनबी देश में, अजनबी लोगों के बीच बैठा है, ही इज ट्राइंग हिज़ बेस्ट।"

"यस...यस, नो डाउट," प्रकाश बोला था, एकदम हड़बड़ाकर। वह किसी को, यहाँ तक कि अपने को भी यह संकेत नहीं देना चाहता था कि हेनरी मौरीसन के उपकारों का फलक उसके निकट बैठकर काम करने से सिकुड़ने लगा था। वह कभी नहीं हो सकता था। ये गोरी चमड़ीवाले बड़े लोकतांत्रिक होते हैं। उसके भीतर का जमा इतिहास उसे बार-बार यही कहता था। वह राम मनोहर जोशी को भूला ही कहाँ था!

अल्मोड़ा जाकर माँ-पिता के साथ उसने गोलू देवता के मन्दिर में बड़ा प्रसाद चढ़ाया था। गोलू देवता के मन्दिर में, इच्छापूर्ति से पहले इच्छा की घंटी, कोने में टँगी दूर से ही दिखाई पड़ती थी। उसने उसमें नीला धागा बाँधा था, जिससे बाद में इच्छापूर्ति की पूजा के दौरान वह दूर से नज़र आए। माँ-पिता बहुत ख़ुश थे। वे उसे सीने से लगाए आशीष दिए जाते थे। पिता ने गोलू देवता के आगे हाथ जोड़कर क्षमा माँगी थी—

"हे देवता, ख़ामख़ा मैं बचपन में अपने पूर्वजों को दोष देता था। मेरा बेटा तो हीरा निकला, शक्ल से नहीं तो अक्ल से। पिछली पाँच पुश्त में क्या कभी कोई जोशी यूँ इतनी बड़ी कम्पनी में नौकर हुआ है?"

माँ ने अपनी ओर से कहा—

"हे देवता, ख़ामख़ा मैं लड़के के बचपन में इसे सबसे छिपाती फिरती थी। लोगों के दंश सह नहीं पाई मैं, क्षमा करो...हे देवता! क्षमा करो।"

इसके बाद सनसेट प्वाइंट पर प्रकाश ने अपने पुराने दोस्तों को पार्टी दी थी। अल्मोड़ा आनेवाले टूरिस्ट सभी दोस्तों के उत्साह और नाच-गाना देख ख़ुश हो रहे थे। एक-दो विदेशी तो उनके साथ नाचने भी लगे थे और एक ने तो तत्परता से अपनी झोली से बाँसुरी निकाल बजानी शुरू कर दी थी। उसने बाँसुरी बजाते हुए लड़कों से कहा—

"आई एम कृष्णा।"

सब हँसने लगे थे लेकिन प्रकाश माहौल के जादू से पूरा बिंधा हुआ बोला—

"यस...यस यू आर।"

जब विदेशी उसके आस-पास से चले गए तो प्रकाश के दोस्तों ने कहा—

"अरे, तू क्या उन नौटंकियों की हाँ में हाँ मिला रहा था, अब ये सब कुछ हो जाएँगे क्या? कृष्ण भी...?"

"तू भी साला, दिल्ली जाके नौटंकी हो गया है, है न?" और वे ज़ोर-ज़ोर से उस पर हँसने लगे। प्रकाश समझ रहा था वे उसे छेड़ रहे हैं, चिढ़ा रहे हैं, मगर वह भक्ति में डूबा हुआ था और उसे अपने इन पहाड़ी दोस्तों पर तरस आ रहा था। वह कैसे उन्हें बताता कि लोकतांत्रिक मूल्य ही असली मूल्य हैं, और कृष्ण भी तो यही कहते रहे...। तुम लोग कितने संकीर्ण हो, दोस्तो, तुम समझना नहीं चाहते कि वे

हमें कैसे अपने में घुला-मिला लेते हैं और तुम लोग बड़ा विज़न बनाना नहीं चाहते, बस अपने मिथकों को छाती से लगाए अभी भी निरर्थक से घूमते हो। उसने यह सब कहना चाहा पर कहा नहीं। उसने उनसे कोई बहस ही नहीं की और जल्दी दिल्ली लौटने का मन बनाने लगा, मगर जब उसके सबसे प्रिय दोस्त वैभव जोशी ने कहा—

"इस भ्रम में मत रहना दोस्त कि वे तुझे बराबरी का मानते हैं या कभी मानेंगे?" तो वह बुरी तरह हड़क गया था और तेज़ क़दमों से दोस्तों से छिटककर घर लौट गया था। उसके कान में पिघलते शीशे से कुछ उदाहरण पड़े थे—

"भूल मत, हाल-फिलहाल में इराक़, साउथ अफ़्रीका, और...।"

उसे दोस्तों का व्यवहार घृणास्पद लगा था। असहनीय, बिलकुल असहनीय। वह जल्द दिल्ली लौट गया था, और ऑफ़िस में व्यस्त हो गया था। वह जी-तोड़ काम करता था, लेकिन एक साल बाद उसे सम्भावित पदोन्नति नहीं मिली। उस दिन उसने पहली बार ऑफ़िस के बाथरूम के शीशे में अपना मुँह धोया था, वरना वह कभी भी ऑफ़िस में रहते अपना मुँह नहीं धोता था। उसे हमेशा क्रीम धुल जाने का डर सताता था। आज जब धुले मुँह और बिना धुले मुँह के बीच वह तुलना करने बैठा तो उसने पाया कि उसकी रंगत में 30 प्रतिशत तक का फ़र्क़ आया है और दावा पूरे फ़र्क़ का रहा था। उसे अपने बग़ल में बैठनेवाली शक्ल याद आई और उसके मन में यही बात बैठ गई। शक्ल की बात। बग़लवाले को किसी क्रीम की ज़रूरत नहीं थी। यह सौ प्रतिशत और तीस प्रतिशत के बीच की होड़ थी, जिसमें वाजिब तरीक़े से सौ प्रतिशतवाला विजयी हुआ था। उसके मन में यही बात बैठने लगी हरी-हरी काई की तरह और उसे हेनरी मौरीसन पर पहली बार ग़ुस्सा आया, मगर जब हेनरी ने उसे अपने केबिन में बुलाया तो वह 'यस सर-यस सर' करता रहा और अन्दर ही अन्दर अनुग्रह के भाव में भरता रहा।

हेनरी मौरीसन अभी भी उससे कितने प्यार से बात कर रहा है और वह है कि शंकाएँ ढोया करता है। पदोन्नति के पीछे दूसरे कारण होंगे। हेनरी तो अभी भी कितना लोकतांत्रिक है। कितना प्रेमिल भाव है उसका। काई जितनी तेज़ी से जमने लगी थी, उतनी ही तेज़ी से साफ़ भी होने लगी थी।

जिस दिन उसके घर में काम करनेवाले जग्गा ने क्रीम की बहुत सारी ख़ाली ट्यूब्स को पलंग के नीचे से झाड़ते हुए पूछा था—

"ये क्या है? दवाई है क्या?" उस दिन उसके अन्दर साँप की तरह कुंडली मारे बैठा ग़ुस्सा फन उठाकर बोला था—

"तुझे इससे मतलब? चल साफ़ कर, ज़्यादा सवाल मत पूछ।" इसके बाद उसके मन के साँप ने फुफकारा था।

यह सच था कि जग्गा के साथ हुई उस दिन की मामूली तू-तू, मैं-मैं ने जग्गा

के भीतर किसी प्रकार की तल्खी नहीं बसाई थी, मगर प्रकाश न जाने क्यों बुरी तरह चिढ़ गया था। जग्या को देखते ही उसकी नाक चढ़ जाती थी और वैसे तो वह गाली-गलौज करने का आदी नहीं था, मगर जग्या न जाने क्यों उसके अन्दर के उच्चता वाले भाव को उकसा देता था। उसका जी होता था, जग्या को अपने पैरों के नीचे मसल दे। कैसा कॉकरोच समान दिखता है, जमीन पर रेंग-रेंग सफ़ाई करता! आजकल अक्सर ही, जग्या को देख, उसकी औरत को देख और उसके जैसे अन्य जग्यों को देख और उसकी औरत जैसी अन्य औरतों को देख उसके अन्दर क्रोध और घृणावाले भाव उबलने लगते थे।

उसके दोस्त भी अब उसकी दोस्ती के लायक नहीं रह गए थे। वे सोचते थे कि उलटा-शुल्टा बोलकर, बिहँसकर वे हेनरी मौरीसन जैसे लोगों को टापकर कहीं टँग जाएँगे, आकाश-कुसुम समान। हूँऽऽ यह तो उनकी भुसी-भुसी आत्मरक्षा थी, जिसे वे साहस मानने की भूल कर रहे थे। कहीं नहीं पहुँच पाएँगे वे। वहीं ऊपर-नीचे करते रहेंगे, अपने अल्मोड़ा की पहाड़ी में।

इन दिनों एक नए तरह के क्रोध और नए तरह की ज़िद के साथ नए तरह की कामना भी प्रकाश के भीतर जन्म लेने लगी थी।

वह कॉलेज के दिनों के बाद से पहली बार लड़कियों से आकर्षित होने लगा था। यह नई ही बात तो थी कि जिन लड़कियों से वह आकर्षित हो रहा था, वे सारी ऑफ़िस में काम करनेवाली जमा तीन, अमरीकी लड़कियाँ थीं। जब कभी वह टेबल के नीचे झुकता था तो एक-चौथाई झुकने के बाद उसे वे दीख जाती थीं। लम्बी, चिकनी, मक्खन-सी टाँगें। इधर माँ शादी के लिए अनेक इसरार कर चुकी थीं। वह मानने भी लगा था। उसने अभी तक बीस लड़कियों की तस्वीरें देख ली थीं और उन्हें अस्वीकृत कर चुका था। रात को आजकल वह अक्सर अपने अँधेरे अंगों और गोरी टाँगों के साथ सोने लगा था। ऐसे में उसे थोड़ी चिन्ता भी लगने लगी थी—

'ऐसी टाँगें, ऐसी मक्खन टाँगें, यदि अल्मोड़ा ज़िले में माँ नहीं खोज पाई तो?' मगर वह अभी तक माँ को साफ़-साफ़ बता नहीं पाया था कि इतनी लड़कियों को आख़िर उसने अस्वीकृत किया क्यों था?

एक साल पदोन्नति नहीं होने के दूसरे ही वर्ष उसकी पदोन्नति हो गई थी। सब कुछ सापेक्ष और लोकतांत्रिक हुआ था। अन्ततः मन में ख़ुशी की हिलोरें पैदा हो गई थीं और उन्हीं महीनों में बराक ओबामा अमेरिका का नया राष्ट्रपति हो गया था। यह विश्व के लिए जन आन्दोलनकारी घटना थी। पूरा विश्व इस घटना को टेलीविज़न पर लाइव देख रहा था। विश्व के सारे, ओबामा जैसे दिखनेवाले, लोग कृतज्ञता के आँसुओं को चारों ओर बहने दे रहे थे। इससे न्यायप्रियता का सैलाब उमड़ने लगा था। ढेर सारे खाने-पीने, शराब और संगीत के बीच हेनरी मौरीसन ने प्रकाश की पीठ

थपथपाते, उसका हाथ पकड़े-पकड़े एक छोटी-सी स्पीच दी थी—

"दोस्तो, यह लोकतंत्र की जीत है, आइए नाचें, पूरी दुनिया नाच रही है।"

उस दिन प्रकाश ने अपनी सारी शंकाओं को जीत लिया था और जमकर नाचा था। यह जीत बराक ओबामा की नहीं थी, उसकी अपनी जीत थी। राम मनोहर जोशी के जीवन का नया शाहकार प्रकाश जोशी आज पूरी तरह स्वाधीन और सफल हो गया था। अब दुनिया उलटी हो गई थी। अब सब जायज़ हो गया था। इसी उद्घाटन के समानान्तर, बिना देर किए, बहुत उत्साहित हो प्रकाश जोशी ने अपनी माँ को तत्काल अल्मोड़ा फ़ोन कर, सख़्त हिदायत दे दी। इस बार बिलकुल साफ़ और खुले शब्दों में, अब माँ से कैसा पर्दा?

"माँ, चाहती हो कि मैं शादी करूँ? तो लड़की अच्छी ढूँढ़ो न माँ।"

"अच्छी ही तो ढूँढ़ती हूँ, इतनी ढूँढ़ी भी, पता नहीं तुझे पसन्द क्यों नहीं आती हैं?"

"अरे माँ, क्या कुछ नहीं समझतीं तुम? मुझे गोरी चाहिए, गोरी-गोरी, दूधिया सफ़ेद, जो मेरे ऑफ़िस वालों में खप जाए...जो मेरे साथ खप जाए...समझीं।"

"ओ? हाँ...हाँ, बेटा," माँ ने अपने बरसों पुराने अपराध-बोध का गला घोंटा और उसे जल्दी-जल्दी आश्वस्त किया। यह अच्छा हुआ, लड़के का मन पता चल गया। बहुत देर नहीं हुई।

हिजरत से पहले

बहुत ज़ोर की बारिश हो रही है।

धरना देनेवालों की भीड़ अब तितर-बितर होने लगी है। अचानक ज़ोर से हवा चलती है और जिस तम्बू के नीचे सारे धरना देनेवाले बैठे हैं, वह अपनी नींव से उखड़ने लगा है। धरना देनेवालों का लीडर बड़ी मुश्किल से चिल्लाकर कहता है—

''चलो, जल्दी से चल दो, पूरे अनुशासन के साथ, बस स्टैंड की ओर।''

माइक का कनेक्शन भी कहीं से टूट गया है, ऐसा लगता है, बहुत सारे लोगों को इस निर्देश का पता नहीं चल पाया है इसीलिए लोग अजीब-सी अवस्था में इधर-उधर भागते हुए बचने का ठिकाना ढूँढ़ रहे हैं।

लुदरू ने लेकिन ठीक-ठीक सुन लिया है। वैसे भी यह शहर उसका जाना-पहचाना है, जवानी के दिनों में यहीं डी-21, चौहत्तर बँगले के सर्वेंट क्वार्टर में वह कई साल रहा है। भीड़ में लुदरू, लीडर लक्ष्मण को ढूँढ़ लेता है, जो उसके बेटे जीवन का गहरा दोस्त भी है और इशारों में भीड़ की बेतरतीबी के बन्दोबस्त के बारे में पूछता है, कैसे सँभाले इन्हें? लक्ष्मण चिल्लाकर कहता है—

''आगे-आगे चलो दादा।''

लुदरू 'हौव' में सिर हिलाता है।

एंकर ईनू जोशी, अपने कैमरामैन की तरफ़ इशारा करती है, ''हिम...इस बूढ़े दादा को फोकस में लो।''

कैमरामैन ने एक ख़ाकी रंग की बरसाती से कैमरे को ढक लिया है और ख़ुद भीग रहा है। बारिश का आलम भी ग़ज़ब का होता जा रहा है, एक क्षण लगता है अब जो सब कुछ भीगकर तरबतर हो चुका है तो सन्नाटा पसर जाएगा। लोग धूप का इन्तज़ार करते बैठेंगे और उसके आने पर खिलखिला उठेंगे। दूसरे ही क्षण लेकिन बारिश अपना विध्वंसी शोर फैलाकर किसी प्रलय की सूचना देने लगती है और लोग अपनी जान कैसे बचानी है, इसके जहद्दम में लग जाते हैं।

''प्राकृतिक आपदा से तो हम लड़ लेंगे लेकिन सत्ता द्वारा बनाई आपदा का क्या करेंगे? यही सवाल इनके मन में है, इसीलिए ये लोग गाँवों से उठकर चले आए हैं प्रदेश की राजधानी में। सूत्र बता रहे हैं कि इनका इरादा मुख्यमंत्री के बँगले

का घेराव था लेकिन अब यह सम्भव नहीं लगता है इसीलिए ये लोग आज ही लौट जाएँगे।''

ईनू जोशी बारिश की निर्मम मारों के बावजूद ख़ासी उत्साहित है और रिपोर्टिंग करती जा रही है। आज बड़े दिनों बाद उसे समाज के हाशिए पर खड़े लोगों पर स्टोरी करनी थी और वह जो स्क्रिप्ट तैयार करके आई थी उसमें से बहुत-कुछ एयर हो जाएगा और स्टोरी सीरियस लगेगी यदि कैमरामैन ठीक से कैमरा पैन करे और लांग शॉट्स के बजाय कुछ क्लोज-अप्स भी ले ले तो। लुदरू की ढीली चमड़ी झुर्रीदार गाल और भूरी आँखों का क्लोज-अप आइडियल शॉट है। वह लुदरू को इशारा करती है कि हाथ में पकड़ा झंडा वो दाएँ कन्धे के ऊपर उठा ले। लुदरू सारी आपाधापी से नर्वस तो ज़रूर ही हो गया है लेकिन सामने खड़ी तेजस्वी लड़की से प्रभावित भी। टी.वी. पर कवरेज के सारे मतलब समझता है वो लेकिन इस बार कुछ पता नहीं चल पा रहा है कि टी.वी. पर दिखलाई पड़ना अच्छा है या बुरा। एक क्षण को वह लक्ष्मण की रज़ामन्दी हासिल करने के ख़याल से भीड़ के बीच से फिर लक्ष्मण को ढूँढ़ने की कोशिश करता है, और जब बारिश परदा बन सारी सूचनाओं को ढक देती है, तो ईनू जोशी की ही स्क्रिप्ट जीत जाती है और लुदरू अपना बायाँ हाथ हवा में उछाल देता है और आश्चर्य करता है कि पतली बाँस की खपच्ची में बँधा उसका पतले कपड़े का लाल झंडा कैसे थोड़ा झुका हुआ तो है लेकिन अपने बन्धन से आज़ाद बिलकुल नहीं। यह देख उसके हल्के गुलाबी होंठों पर एक पतली मुस्कान का रंग फैल जाता है। ईनू जोशी का साथी कैमरामैन उसे ही capture कर लेता है और ईनू जोशी ख़ुश होकर देखती है, कि, हाफ धोतीनुमा टुकड़े के ऊपर सिर्फ़ एक काली बनियान और गले में गमछे के साथ, एक थका हुआ बूढ़ा आन्दोलनकर्ता राजधानी में लगातार कई दिनों से हो रही बारिश के बीच भी हवा में अपना लाल झंडा फहराते हुए ख़ुश ऐसे हो रहा है मानो यह झंडा तो फहराने के लिए ही बना है।

''हाऊ एक्साइटिंग, यह इन लोगों के बीच के होप का प्रतीक है। गुड वन यार...'' ईनू जोशी अपने कैमरामैन की पीठ थपथपाती है, और कैमरामैन ईनू की नादानी पर हँस देता है, और सोचता है, अभी नई है इसीलिए इस तरह के ऐंगल की कल्पना कर रही है, कुछ दिनों में समझ जाएगी कि यह बूढ़ा कोई होप-वोप का प्रतीक नहीं, वह तो नासमझी में सब कुछ कर रहा है, या थोड़ी बेवक़ूफ़ी में, या फिर पैसों का लालच खींच लाया है इसे यहाँ पर। हर पार्टी देती है ऐसे लोगों को पैसे और ईनू जोशी इतनी भी कच्ची नहीं कि यह वाला पॉइंट नहीं समझे। ख़ैर! वह फटाफट अपना कैमरा समेट गाड़ी में बैठता है और ढेर सारा पानी लुदरू पर उछालते हुए गाड़ी फर्राटा भरने लगती है। लुदरू धैर्य से अपने गीले गमछे से अपना मुँह पोंछता है और गाड़ी के पीछे-पीछे छोटे क़दमों से दौड़ने लगता है। गाड़ी के

पीछे इसलिए क्योंकि यही सड़क बस स्टैंड की ओर जाती है, जहाँ से उसे दूसरे गाँववालों के साथ बस पकड़ गाँव लौट जाना है। जैसे ही वह दौड़ने लगता है, वह देखता है उसके बाक़ी सारे साथी एक क़तार में उसके पीछे चलने लगते हैं। वह आश्वस्त हो जाता है और लक्ष्मण और जीवन की बातें उसके सामने बार-बार कौंधने लगती हैं—'हम यदि ईमानदार बने रहें, तो दादा, हमें अपना हक़ ज़रूर मिलेगा।' अब एक बार वह फिर मुस्कुराता है, सामने जाती ईनू जोशी की गाड़ी के पीछे दौड़ती तमाम गाड़ियों को देख—

"और तुम समझते हो कि हम मूर्ख हैं?"

गाँव के सब लोग अगले दिन-रात को गाँव के सबसे बड़े पेड़ के नीचे इकट्ठा होते हैं। वैसे गाँव में बिजली आ चुकी है, लेकिन अभी नहीं है। चिमनी, लालटेन, टॉर्च और साल, सागौन, महुआ, आम, चिरौंजी के घने पेड़ों के सायों के बीच एक गाँव के सत्तर स्त्री-पुरुष किशोर, बच्चे सायों के भीतर सायों की तरह कभी छिपते, कभी उगते दिखलाई पड़ते हैं। कुछ लोग पड़ोस के क़स्बे में गए थे, वे बताने लगते हैं, सबको जल्दी-जल्दी, हवा में कौन-कौन सी गरम ख़बरें हैं। लुदरू भी बैठा है एक कोने में बीड़ी पीता हुआ। बीड़ी की मीठी तीखी गन्ध हवा में फैल रही है। चाँदनी रात नहीं होने के बावजूद आधा कटा चाँद, मैं कम नहीं हूँ, ऐसी घोषणा कर रहा है। लुदरू अपनी बीड़ी ख़त्म कर, उसे फेंक मिट्टी में गाड़ देता है। हालाँकि बारिशों के दिन हैं, फिर भी वह शहर में रहने के दौरान यह सीख चुका है कि एक छोटी चिनगारी जंगल की आग को कैसे फैला सकती है। पहले कोई बात नहीं थी, लेकिन अब यही जमा थाती है गाँववालों की। यही कुछ एकड़ में फैले साल, सागौन, महुआ और चिरौंजी के पेड़ जिन्हें बचाना हर गाँववाले के धर्म में शामिल हो गया है। प्रधान भी लक्ष्मण और जीवन की सारी बातों को घर-घर फैलाने के बाद यही दोहराता है, "पेड़ों के आसपास ही हम लोगों के बड़ादेव हैं। कोई भी ग़लत काम वहाँ नहीं होना चाहिए, जंगल की रक्षा हमारा धर्म है, वरना बड़ादेव नाराज़ हो जाएगा।" हालाँकि ग़लत काम की परिभाषा गाँव में बदल गई है, और लुदरू ने आज से पैंतीस साल पहले का गाँव देखा है, और फिर आज का देख रहा है पिछले दस सालों से। इस फ़र्क़ को चुभन की हद तक महसूस करता है वह। जब से सरकारी नौकरी से बाहर हुआ और गाँव लौट आया है तब से। लेकिन वह लक्ष्मण और जीवन जैसे गाँव के लड़कों की बातों में बिलकुल टाँग नहीं अड़ाता है। आज के पढ़े-लिखे लड़के हैं, उससे तो बेहतर ही जानते होंगे। गाँववाले बात कर रहे हैं, पड़ोसी गाँव दुश्मन गाँव हो चुका है। नेता, मंत्री लोग, उन्हें हथियारों से लैस कर रहे हैं। अब अपने गाँव की सुरक्षा के लिए हथियार जमा करने होंगे। अब गाँव बचाना है तो पड़ोसी गाँव, समाजवालों से भी लड़ना ही होगा।

वे लक्ष्मण की ओर आशा से देखते हैं। गाँव की रक्षा बुरा काम नहीं है। बड़ादेव का आशिष ही मिलेगा इससे।

लुदरू जाने क्यों सब सुन-सुनकर थक जाता है। वह धीरे से ज़मीन पर रेंगकर चलते अपने दस महीने के सबसे छोटे पोते को गोद में खींच लेता है। पोता टुकुर-टुकुर उसकी आँखों में ताकता है और फिर अपने खेल के बीच में रोक दिए जाने पर रोने लगता है। लुदरू ठठाकर हँस पड़ता है। उसके पास बैठे लोग भी हँस पड़ते हैं। दूर बैठा जीवन यह देख थोड़ा चिढ़ जाता है। वह लोगों से सूचनाएँ लेने में व्यस्त है। वह स्ट्रैटजी बनाने में व्यस्त है। यह गम्भीर समय है, और लुदरू पोते के संग चुहल करता हुआ इस समय को कमतर बना रहा है। यह ठीक नहीं है। वह दूर से आँखों का कड़ा इशारा करता है। लुदरू को अपने बेटे का यूँ घुड़कना बिलकुल अच्छा नहीं लगता है, फिर भी वह कुछ कहता नहीं। वह अपने बेटे का सम्मान करता है तभी तो रिटायर होने के पाँच साल पहले ही वह अपनी सरकारी नौकरी छोड़ गाँव चला आया था।

सब कुछ कितना अचानक हुआ था। एक दिन सुबह-सुबह जीवन और लक्ष्मण उसके कमरे पर पहुँचे थे। उसने घबराते हुए चाय बनाई थी।

"अचानक कैसे?"

वे दोनों कुछ देर चुप ही बने रहे थे, फिर उसके अपने लड़के ने नहीं, अपने लड़के जैसे लड़के ने बहुत रुआँसी आवाज़ में कहा था—

"दादा अन्याय की भी हद होती है अब और नहीं सहा जाता, कुछ बड़ी योजनाओं को अंजाम देना है। हमारा गाँव भी सरकार के निशाने पर आ गया है। उन्होंने हमारे गाँव को नक़्शे में लाल रंग से रँग दिया है, अब अपने पास कोई चारा नहीं। जितने हाथ होंगे उतना गाँव मज़बूत होगा, तुम्हें अब जल्द ही हमारे साथ चलना होगा।"

लुदरू फक्क से रह गया था। जिस सरकार की नौकरी वह पिछले पैंतीस साल से कर रहा था, जिसकी वजह से उसने अपने इस बेटे को शहर में पढ़ाया-लिखाया था, वह इस सरकार के ख़िलाफ़ बात कर रहा था और न सिर्फ़ बात कर रहा था, बल्कि उसे भी अपने साथ ख़िलाफ़त करने को कह रहा था। दोनों लड़के लुदरू को इसी अवाक् स्थिति में छोड़ आए थे। लुदरू कोई राजनीतिक समझ वाला आदमी तो था नहीं इसीलिए बहुत बातों को जानने की ज़िद नहीं की उसने। हाँ, इतना ज़रूर समझ गया था यदि लक्ष्मण और जीवन ने कोई बात कही है तो उसमें दम होगा ही। दोनों कभी हल्की और नाजायज़ बात नहीं करते थे।

साहब से जब उसने जाने की अपनी तजवीज़ पेश की थी, तो साहब चौंक गए थे।

"क्योंऽऽ लुदरू? तुम तो रिटायर होने के बाद अपने लड़के को अपनी नौकरी

दिलवाने की बात कर रहे थे। अचानक फिर, यह सब छोड़कर जाने की बातें क्यों?''

''साहब,'' उसने मुलायम लेकिन ज़िद भरी आवाज़ में कहा था, ''लडके-बच्चे गाँव में ही रहना चाहते हैं, कोई नहीं आना चाहता यहाँ।''

''लेकिन तुम्हारा लड़का तो ग्रेजुएट है, शहर में पढ़ा है, वह गाँव में कहाँ नौकरी ढूँढ़ेगा लुदरू?'' साहब ने आत्मीय भाव से पूछा था।

''पता नहीं साहब, शायद वहीं खेती वग़ैरह कुछ करे, क्या जाने?''

बात हवा में लटक सी गई थी क्योंकि लुदरू ख़ुद बेहद अवस्थित था और सचमुच जान नहीं पा रहा था कि साहब को वह कौन से तर्क दे अपने लौट जाने के और बेटे के वहीं गाँव में बस जाने के। उसके बाद से रिजाइन करने की झंझटें, पेंशन के काग़ज़ों का झमेला, सर्विस रिकॉर्ड को जुटाना सब अचानक मत्थे पड़ गया था उसके। लेकिन जाने क्या बात थी, कि इसके बावजूद उसके अन्दर गाँव लौट जाने की ज़िद बढ़ती जा रही थी। उसने इतने सालों में बहुत सारे साहबों के साथ काम किया था, सबके बँगला ऑफ़िस से अटैच्ड रहा था, लेकिन कभी किसी साहब या उनके परिवार से इतना जुड़ाव महसूस नहीं किया था। इस बार लेकिन बात और थी। साहब और मैडम बहुत मानने लगे थे उसे, और उसके बेटे की नौकरी पक्की है, ऐसा आश्वस्त भी कर चुके थे। उन्हें इस तरह छोड़कर जाना अच्छा नहीं लगा था। फिर भी लुदरू लौटा था अपने गाँव। पैंतीस सालों की नौकरी के दौरान बहुत बार घरवालों ने वापिस बुलाने की कोशिश की थी लेकिन कभी नहीं सुना उसने। इस बार लेकिन जाने कैसी पुकार थी, जो दिल को मथती जा रही थी, और उसे जाने की ठोस सी ज़िद लगा गई थी। साहब के अन्तिम शब्द इन दस सालों में कई बार गूँजे उसके कानों में—

''अच्छा लुदरू, ठीक से रहना। कभी यहाँ आना तो मिलना ज़रूर, और कोई मदद लगे तो फ़ोन करना, तुम हमारे परिवार के सदस्य की तरह हो।''

'हौव' लुदरू रास्ते भर याद करता, सिर हिलाता लौटा था, लेकिन इन दस सालों में कभी साहब से मिलने नहीं गया था। फ़ोन तक नहीं कर पाया उन्हें। जाने क्या बात थी? झिझक, शर्म या फिर अलग ढंग से साहब की नज़रों में चढ़ जाने का डर।

''नज़रों में आना, अच्छी बात नहीं, हमें अपनी पहचान ख़ूब होशियारी से छिपाकर रखनी होगी।''

''हौव-हौव'' सब गाँववाले जीवन की बात का समर्थन कर रहे हैं। वह सबको आगे की योजना समझा रहा है। तभी कुछ नए लोग दौड़े चले आते हैं और हाँफते हुए बताने लगते हैं।

''टी.वी. पर दादा दिखा।'' वे लुदुरू की ओर इशारा करते हैं। ''पड़ोस वाले

गाँव में दादा का ख़ूब मज़ाक बन रहा है। सब कह रहे हैं डोकरा सब कर-कराके आ गया, तो अब टी.वी. में बड़ी-बड़ी फोटू बन रहा है।"

इसपे गाँव के चार-पाँच पढ़े-लिखे, लड़के-लड़कियों को उत्सुकता ने घेर लिया—

"कौन चैनल पर था, कौन चैनल?"

"कोई 'आभा न्यूज' करके था, और कोई ईनू जोशी करके, दादा को लीडर जैसा दिखा रही थी।"

"हाऽऽ हाऽऽ" इसपे इतने गम्भीर माहौल में भी सब हँस पड़े। इसपे लुदरू ने लक्ष्मण की ओर ज़हरीली आँखों से ताका। जब उससे टी.वी. पर आने के बारे में राय-विचार करना चाहा था तो कहाँ था लक्ष्मण? भीड़ में कहीं खो गया था और आज सबके साथ वह भी लुदरू पर हँस रहा है। लक्ष्मण ने लुदरू का मूड ताड़ लिया और प्यार से दादा को पास बिठाते बोला—

"तू हमारा चेहरा है दादा। सोच कित्ती उमिर हुई तेरी, सत्तर बरस का डोकरा होने वाला है। कब से देख रहा है हमारे गाँव को लेकिन क्या आज भी हालात बदले हमारे? दादा तू तो दुनिया को बता रहा है, कि अब हम आशा करते-करते थक गए हैं और अब हम अपनी क़िस्मत ख़ुद लिखना चाह रहे हैं। ये गाँव, ये जंगल हमारा है।" बोलते-बोलते, लक्ष्मण की आवाज़ में ऐसा जुनून भर आया कि वहाँ बैठे गाँव के कुछ बूढ़े धीरे धीरे हिल-हिलकर रोने लगे। इसी बीच सियार भी हुआँ-हुआँ कर चिल्लाने लगे। ऐसा लगा, बुरी शक्तियाँ गाँव में मँडराने को तैयार बैठी हैं। कुछ लोग अपने छोटे बच्चों को गोदी में दबाए झटपट अपनी झोंपड़ियों की ओर चल दिए। बाद में बच गए सिर्फ़ दस लोग। ज़िला मुख्यालय के स्कूल की कक्षा ग्यारहवीं में पढ़नेवाली तीन लड़कियाँ, ज़िला मुख्यालय के कॉलेज में पढ़नेवाले चार लड़के, लक्ष्मण, जीवन और लुदरू। लड़के-लड़कियों ने आसपास से लकड़ियाँ बीनकर एक छोटी-सी आग लगाई और उसके चारों तरफ़ बैठ गए। अब आसपास जानवर हुए भी, तो इतने नज़दीक नहीं आ पाएँगे। सबके चेहरों पर रोशनी की लपट ऊर्जा बन नाच रही थी। ऐसा लग रहा था कोई रहस्यमय रीत के मंत्र पढ़े जा रहे हों।

लक्ष्मण ने फुसफुसाती आवाज़ में कहा, "कल चलना है, ट्रेनिंग कैम्प में, कमांडर आ रहे हैं।"

चारों ओर एक सजीली कम्पन फैल गई। सब उत्साह से भर गए। समझ गए, कहाँ और क्यों जाना है। इसके बाद वे सब बहुत आराम से हँसते-गाते अपने-अपने घर चले गए। सिर्फ़ लुदरू चुपचाप बैठा लक्ष्मण का मुँह ताकता रहा। सोचता रहा।

सारे काम अकेले करने का भूत सवार हो जैसे लक्ष्मण को। गम्भीर आदमी है।

ईमानदार भी। उसके लड़के जैसा, लेकिन इसका अपना सगा कोई नहीं। बाप-माँ, एक दिन जंगल में ही ख़त्म हो गए। लोग कहते हैं बाघ खा गया। कोई भाई-बहन नहीं इसको, न ही कोई घरवाली या बाल-बच्चे हैं। कहो कि, घर बसा लो, तो कहता है, सारा गाँव मेरा घर है, और हमारा हक़ मेरी ज़िम्मेदारी। लेकिन, उसका बेटा जीवन तो शादीशुदा है। तीन बच्चों का बाप है। सब जानते हैं गाँव और हक़ के अलावा वे भी जीवन की ही ज़िम्मेदारी हैं। बड़ादेव ने उन सबकी क़िस्मत लिख दी है, फिर भी जाने क्यों लक्ष्मण सबकी क़िस्मत दुबारा लिखना चाहता है। वह भी अपने ढंग से। आजकल बड़ा नेता बनता जा रहा है। लेकिन नेतीगिरी के चक्कर में किसका भला हुआ है आख़िर! अरे, धरना देना-वेना तक सब ठीक है। देख चुका है लुदरू बहुत शहर में। लोग उसके साहब को भी आवेदन, शिकायत सब देने आते थे। ट्राइबल विभाग के डायरेक्टर थे साहब। सबकी समस्या हल करने की कोशिश तो करते ही थे। उसने ख़ुद अपनी आँखों से देखा और कानों से सुना है। आख़िर सरकारी आदमी भी तो उसी हाड़-मांस का बना है, जिससे वो बने हैं। इसीलिए सब समझता है लुदरू, आदमी हर जगह दो ही क़िस्म के होते हैं, अच्छे और बुरे। मन ही मन ख़ुद से बात करता है लुदरू कई बार। लेकिन एक बार बीच जंगल में पता नहीं कैसे लुदरू के मन की आवाज़ जीवन को सुनाई पड़ जाती है।

"नहीं...नहीं...नहीं।" जीवन जब आवाज़ तेज़ करता है तो लुदरू डर जाता है। सच्चाई की इतनी गरमी है उसकी आवाज़ में कि चारों ओर ताप फैल जाता है। आज बारिश नहीं बरसी है। लगता है, अब सूखे दिन आ गए। अब बड़े काम करने के दिन आ गए। लुदरू और जीवन अपने गाँव से दस किलोमीटर दूर, पैदल ही पैदल चलते जा रहे हैं, जब बातों ही बातों में जीवन पिता से बहस करने लगता है—"किनकी बात करता है तू दादा? जिनके लिए तेरे मन में इतना मोह है, वे सब हमारे दुश्मन हैं। इतने साल शहर में रहने से, तू भोथरा हो गया है। अन्धा और बहरा भी, उनके और हमारे बीच का फ़र्क़ दिखाई नहीं देता तुझे? हमारी कोई हस्ती नहीं उनकी नज़रों में।"

जंगल के बीच जीवन की आँखें बाघ जैसी दिखलाई पड़ती हैं—चमकती हुईं, लक्ष्य पर केन्द्रित। इतनी बेधतीं कि लुदरू फिर डर जाता है। इसके बाद उसके अन्दर एक रासायनिक प्रतिक्रिया होती है। वह हाथ में पकड़े अपने लम्बे बाँस को ज़मीन पर गहरे धँसा देता है। वह पिता है जीवन का, जीवन नहीं है उसका पिता। बच्चे को अपने से बुद्धि में बड़ा मान, सम्मान देने का मतलब यह नहीं कि अब बच्चा उसे डराने लगे। बहुत हो गया, यह सब। लुदरू की आँखें भूरे काँच-सी चमकती हैं। वो अपलक जीवन की काली आँखों का मुकाबला कर रही हैं। उसी दम, लुदरू को टी.वी. वाली लड़की याद आती है, वही ईनू जोशी, जो अभी कैमरा लेके सामने खड़ी हो जाए, तो बराबर फ़ैसला हो जाए, कौन बाप और कौन बेटा!

मन में हँसी की गुदगुदी रेंगती हुई ऊपर तक आती है और लुदरू को अपनी हरी, ताज़ा आवाज़ सुनाई देती है—

'चल बेटा, जल्दी क़दम बढ़ा, घर पहुँचकर, बहस निपटाएँगे, शान्ति से, यही पुराने लोग सिखाते आए हैं।'

लुदरू धीमे से पिता वाला हाथ अपने बच्चे के कन्धे पर रख देता है। लुदरू की हथेली जल जाए ऐसी गरमी अभी भी है वहाँ। वह झट से अपना हाथ हटा लेता है। बच्चे के शरीर को उसकी हथेली का स्पर्श भी स्वीकार्य नहीं। वह ठीक ही समझता है क्योंकि अपने पढ़े-लिखे मन में बाप की अपढ़, घुसपैठ से जीवन अब चिढ़ने लगा है। बहुत हुआ, दादा का बात-बात पर समझाने लगना। अच्छा हुआ, शहर से उसका काम छुड़ा लाए वे लोग, वरना किसी दिन, कोटवार की तरह दादा भी हम लोगों के निशाने पर होता। कोटवार के बारे में अफ़वाह फैली थी, कि वह पड़ोस के गाँववालों से मिला हुआ है और सरकार की मुखबिरी कर रहा है।

दूर से कुछ टॉर्चें भुकभुका रही हैं। अँधेरे के बावजूद चीज़ों को साफ़ देखने का पाठ पढ़ा है, जीवन और उसके साथियों ने। साफ़-साफ़, टॉर्च वाले हाथ, बड़े-बड़े बोरे पकड़ाते हैं, लुदरू और जीवन को। लुदरू इन दस सालों में अच्छी तरह समझ चुका है, बातें अब बातों की तरह नहीं होतीं, आपस में बात करने के लिए भी संकेत हैं, कोड हैं। बोरों को अपनी-अपनी पीठ पर लाद बाप-बेटे चल पड़ते हैं अपने गाँव की ओर। रात गहरा कुआँ बनती जा रही है। लेकिन वे बेख़ौफ़ चलते चले जाते हैं तेज़ी से। सारी आशंकाओं को हराते, मन और असबाब से मज़बूत। कल ज़िला मुख्यालय जाना है जीवन को। काडरों की मीटिंग है। लुदरू जीवन की तिक्तता के बावजूद मन ही मन गर्व से भर जाता है याद कर, कमांडर कितना मानते हैं जीवन को। लक्ष्मण से भी ज़्यादा।

''इरावती नदी, चित्रकोट फाल्स,'' उसके साहब कहा करते थे, ''बहुत सुन्दर हैं न लुदरू?''

''हौव साहब।'' लुदरू सोचता था, उसके साहब क्यों उससे इस तरह की बातें करते हैं? उसके यहाँ की नदियों, झरनों और जंगलों की बात, उसके यहाँ के रीति-रिवाज़ों की बात, उसके यहाँ के सरल जीवन की बात। उसे ख़ुश करने के लिए क्या? कम्प्यूटर पर बैठे-बैठे इन जगहों की तस्वीरें देखा करते हैं। वैसे, साहब को उसे ख़ुश करके क्या मिलेगा? वह तो है एक छोटी हैसियत का आदमी। एक चपरासी। उसे बँगले पर दी गई कई पार्टियों का ध्यान आता है। वहाँ आए साहब लोग भी हक़ और लड़ाई की बात किया करते थे, ठीक उसके जीवन की तरह। उस समय लुदरू को इतनी समझदारी नहीं थीं कि दोनों लड़ाइयों का फ़र्क़ समझ पाता। इसीलिए बँगले के दूसरे चपरासियों की तरह वह भी महसूस करता कि उसके साहब अलग क़िस्म के हैं। हमेशा भीड़ में अकेले पड़ जाते हैं। साहब दिल्ली

के थे, और बार-बार सैद्धान्तिक लड़ाई की बात करते थे। एक बार की पार्टी में तो बहुत बहस छिड़ गई थी और पुलिस के बड़े साहब, बहुत पीने के बाद बच्चों की तरह रोने लगे थे, फिर झम्म से उठ खड़े हुए थे और चिल्लाकर उसके साहब से बोले थे—

"आप जैसे सैद्धान्तिक सपोर्टरों की वजह से ही उनका मन बढ़ा हुआ है। इस देश का तथाकथित इंटेलेजेंशिया ही उन्हें बढ़ावा देता है। आपको मालूम है मौत क्या होती है? उसका डर क्या होता है? मार दिए जाने का ख़याल क्या होता है? एक बार बच चुका हूँ बाल-बाल, माइंस बाद में फटे, कार उनसे बचकर पहले गुज़र गई। शायद भाग्य था मेरा, लेकिन हर बार भाग्य मेरे साथ होगा...उसकी क्या गारंटी है? बताइए? नौकरी करता हूँ, देश की, कोई पर्सनल दुश्मनी नहीं है मेरी किसी से...।" उसके बाद दोनों साहबों की दोस्ती टूट गई थी। मैडम ने सबके जाने के बाद साहब को समझाया था।

"तुम क्यों पड़ते हो ऐसी बहसों में?"

"क्योंकि मैं दूसरे के पक्ष को भी देख पाता हूँ।"

"हाँ," मैडम ने मायूस आवाज़ में कहा था, "समझती हूँ लेकिन क्या हत्या के बदले हत्या ज़रूरी है? मौत के बदले मौत? कितने बेक़सूरों की जान जाती चली जा रही है? ये कैसी लड़ाई है?"

मैडम की आवाज़ सुन लुदरू का भी दिल भर गया था, उसे बहुत सारे पुलिस लाइन के लोग याद आ गए थे जो ठीक उसी की हैसियत के थे, लेकिन यूँ ही मार दिए गए, क्योंकि वे ड्यूटी पर थे।

उसने कमरे में आने के बाद जीवन को फ़ोन पर यह सब बताया था।

"सब कुछ बहुत ठीक नहीं है जीवन।"

"सब हत्यारे हैं बाबा, उन्होंने हमारे बहुत आदमियों को यूँ ही मारा है।" मोबाइल के उस पार से आती जीवन की आवाज़ इतनी ठंडी और बर्फ़ जैसी थी कि लुदरू वहीं जम गया था और तब चेता था, जब लक्ष्मण की आग जैसी आवाज़ ने उसे न सिर्फ़ जगा दिया था, बल्कि कुछ देर को जला भी दिया था—

"बदला तो लेंगे ही हम दादा।"

तो क्या जीवन ने अपना फ़ोन स्पीकर पर रख दिया था? और अपने सभी साथियों को उसकी बात सुना रहा था? तभी बाप-बेटे के बीच लक्ष्मण आ गया था। तो क्या उसकी नादान घरेलू बातचीत के अन्दर भी लड़ाई के सन्देश ढूँढ़ने लगे हैं ये लड़के? क्या हक़ की लड़ाई आदमी से उसके भीतर की सरलता भी चूस लेगी? और क्या उनकी लड़ाई बदले में घटकर रह जाएगी?

उस दिन पहली बार थोड़ी आशंका मन में आई थी उसके। जीवन और लक्ष्मण का इतना अधिक साथ होना, कहीं जीवन का काल तो नहीं बन जाएगा। मन में

बुरा ख़याल आया था इसीलिए लुदरू ने साहब को छुट्टी की दरख़्वास्त दी थी, और पहली गाड़ी पकड़ गाँव चला गया था। वहाँ बारी-बारी ग्राम देवता, ग्राम देवी और कुल देवता पर मुर्ग़े की बलि चढ़ाई थी। फिर बड़ादेव के स्थान पर बहुत देर माथा टेककर बैठा रहा था, मन ही मन बुदबुदाता हुआ—एक ही लड़का है मेरा, रक्षा करना महादेव। वहीं आशंका में डूबे-डूबे उसे याद आया कैसे लड़के की माँ बहुत पहले मर गई थी, पेट दर्द के मारे और वह उसे ज़िला मुख्यालय के सरकारी अस्पताल तक भी नहीं ले जाया पाया था। तभी से जंगल उसे कम प्रिय लगने लगे थे। लगता था, भाग जाए यहाँ से और फिर वाक़ई बीस साल की उम्र में वह भाग गया था भीतर बहुत सारा ग़ुस्सा दबाए। क्यों उसके गाँव में कोई डॉक्टर नहीं था? क्यों गुनिया कुछ नहीं कर पाया था? अपने छोटे बच्चे को उसने ज़िला मुख्यालय में अपनी बहन के पास छोड़ दिया था। गाँव के स्कूल से भी चिढ़ गया था वह। इसीलिए वहीं शहर में बुआ के पास पढ़ा-लिखा जीवन। वहीं लक्ष्मण से दोस्ती गाढ़ी हुई। शायद बेटे को अपने से दूर कर अच्छा नहीं किया उसने। बिचारा अकेला पड़ गया, इसीलिए दूसरी बातों में फँसता गया। लड़के की हक़ की बातों से कोई उज्र नहीं उसे लेकिन लड़के की जान की फ़िक्र तो है ही। क्या होगा देव, बताओ। लेकिन फिर लुदरू को लगा भगवान बोल रहे हैं—तेरा बेटा बड़े काम करने आया है धरती पर, देख कितना होशियार और पढ़ा-लिखा है वह, करने दे उसे जो चाहे। उसने अचकचाकर सिर उठाकर देखा था, छोटे चबूतरे पर विराजमान भगवान, मुस्कुरा रहे थे मानो उसकी चुटकी ले रहे हों—तेरे कमज़ोर बाप-दिल में यही बातें गूँज रही थीं न? जा, तूने मेरे मुँह से बुलवा ली। बिन माँ का बच्चा इतना बुद्धिमान और आग से भरा कैसे बन गया? हे महादेव! सब मेरी बहन और उसके आदमी का किया-कराया है, उन्हें भी अपने आशीर्वाद से भर देना। उन्होंने ही मेरे लड़के को इतना क़ाबिल बनाया। वह यूँ बड़ादेव के स्थान पर आत्मविश्वास और गर्व से भर गया था। सही रास्ते ही चल रहा है उसका जीवन।

घर पहुँचकर उसने जीवन की औरत को देखा था। अपने पहले बच्चे को दूध पिलाते, सुलाते हुए। उसने चुपचाप अपनी चटाई बिछाई और बेटे की झोंपड़ी की छत को ताकने लगा। उसके बेटे की ही बनाई झोंपड़ी है यह, वह तो कब का इसे छोड़ भाग गया था। यहाँ रहेगा तो उसे बेटे के नियम भी मानने होंगे और उसमें बुराई भी क्या है। बड़ा काम कर रहा है उसका बेटा।

''ऐ बाई, जीवन की माँ एक गीत गाती थी, तुम लोग आज की लड़कियाँ उसे सीखा कि नहीं?''

''कौन गीत दादा?'' जीवन की औरत ने मीठे स्वर में पूछा। दादा परदेसी हो गया है। गाँव और जंगल की बहुत बातों से कट गया है। बहुत-कुछ बदल रहा है,

लेकिन फिर भी सब कुछ कहाँ बदला यहाँ? रीति-रिवाज़ थोड़ा-थोड़ा, खान-पान थोड़ा-थोड़ा, रहन-सहन थोड़ा-थोड़ा, पर रोज़ दिन जीना और कितना कठिन हो गया है? बदलाव समन्दर में बूँद जैसा है। हमेशा लगता है, उनकी बात कोई तो सुनेगा, लेकिन हमेशा धोखा ही मिला है। इसीलिए तो वह अपने पति जीवन से इतना प्रेम करती है। जीवन बहादुर आदमी है। पूरा योद्धा है। जीवन के घर छोड़ते वक़्त, जब वह उसकी ओर देखती है, तो जीवन यही कहता है, मन ही मन में, ज़ोर से कभी नहीं, हम अपने बेटे के लिए लड़ाई मोल लिये हैं, इसका भविष्य सुन्दर बनाएँगे। वह तब भी समझ जाती है। जीवन के मन की सब बातें समझ जाती है अब वह। उसकी लड़ाई में वह भी पूरी भागीदार है। दादा चुप बैठ गया है। बहू भी चुप बैठी है। वह जीवन की आशाभरी बातों को याद कर रही है। लुदरू अपने लड़के जीवन की माँ की आँखों को याद कर रहा है, उसके गीत उसके मन में बज रहे हैं—

'डोंगा चे डोंगी, डोंगा चे डोंगी, आनबे दादा रे, ऐ दादा रे!
'कौनो नी घाटे, कौनो नी घाटे,
ऐ बाई रे, ऐ बाई रे?
'पुआली घाटे, पुआली घाटे,
ऐ दादा रे,...ऐ दादा रे...।'

उसके आगे क्या था? लुदरू परेशान हो रहा है। जीवन की माँ बार-बार यही पक्तियाँ उसके मन में दुहरा रही है। वह कैसे भूल गया है, इसके आगे क्या है? इतने साल के शहर के साथ ने उसके प्रिय गीत की पक्तियाँ चुरा ली हैं। उसका दिल मसोसकर रह जाता है। वह अपनी बहू की ओर देख जानना चाह रहा है, सब पुराना बिसरा रहे हो तुम नए लोग। सचमुच जो समन्दर में बूँद की तरह बदल गया है वह तो शहरी जैसा है। तुम्हारे कपड़े, तुम्हारे रीति-रिवाज़ और गीत-संगीत भी। फिर ये बार-बार जंगल बचाने की बात कैसे कर रहे हो? कौन से अपने आपको बचाना चाहते हो? वह दिनोदिन और गड़बड़ाता जा रहा है। चीज़ें साफ़ नहीं हो रही हैं दिमाग़ में। अपनी उलझनों के बारे में बात करे तो किससे?

जब जीवन रात को घर लौटा था तो लुदरू ने उसके तने हुए चेहरे से जान लिया था कि उसके मन के सवालों का जवाब उसे यहाँ नहीं मिल पाएगा। इन बच्चों का जीवन नए तरीक़े का हो चुका है, उसे भंग करने का उसे अधिकार नहीं। वह कुछ दिन और रुक जाता है बच्चों से अपनी बात साझा करने को।

वह बच्चों को बताता है कैसे शहर में उसे अख़बारों से तरह-तरह की ख़बरें मिलती रहीं। उसके गाँव की भी और उन लोगों की, जिन्होंने इधर सरकारी लोगों और ठिकानों पर हमले किए थे। जब किसी बड़ी वारदात की ख़बर आती, घर में साहब-मैडम, टी.वी. खोलकर बैठ जाते और कई बार जब जंगल से लाशों के ढेर

बरामद होते, मैडम देखतीं और रोने लगतीं। साहब तनाव से भर टी.वी. बन्द कर देते। तब मैडम साहब से सवाल करतीं—

"क्या अब भी तुम्हें यही लगता है कि ग़लती सरकार की है?"

साहब हाथ मलते रह जाते, कहना चाहते 'नहीं' फिर भी जाने कैसा मोह पाले हैं, जीवन जैसे लोगों से कि कह देते हैं 'हाँ' और सिर झुका लेते हैं शर्मिन्दगी से, मानो चारों ओर एक कटघरा है और आज वे भी खड़े हो गए हैं उसमें। निर्दोष लोगों की मौत, चाहे वे किसी भी पक्ष के हों, कैसे जायज़ मान ली जाए?

"तो चले क्यों नहीं जाते, यह नौकरी छोड़ वहीं जंगल में?"

"यह एक प्रॉब्लम है जान, तुम समझने की कोशिश करो, युगों के शोषण से उपजी।"

"झूठ...युगों पहले यह सब कुछ नहीं था...झूठ, झूठ।" मैडम ज़ोर से अपने कमरे का दरवाज़ा बन्द करती हुई चिल्लाती है,

"प्रॉब्लम का हल बन्दूक़ से होता है क्याऽऽ?"

इसके बाद साहब पूरी तरह हारकर सोफ़े में धँस जाते हैं।

"मैडम और साहब में भी जंगल को लेकर झगड़ा होता है, पता नहीं साहब मैडम की बात मान क्यों नहीं लेते?" लुदरू अपनी इस बात को जब बताता है तो लक्ष्मण दाँत पीसते हुए बोलता है, "कमज़ोर दगाबाज़ औरत।"

उसी दिन लुदरू का मन लक्ष्मण से पूरी तरह उतर गया था। जो मैडम लुदरू का इतना मान करती हैं, उसके लिए ऐसे शब्दऽऽ वह भी लुदरू के सामने। वह तमककर उठा था, और पैदल ही गाँव पार कर, उसी दम ज़िला मुख्यालय की बस पकड़ चला गया था। यह अलग बात है कि किसी ने उसे रोकने की कोशिश भी नहीं की थी।

रास्ते में उसे बंगाली औरतें मिली थीं, नारायणपुर वाली, बाँस के खिलौने बेचने जा रही थीं, शहर की ओर। चकर-चकर बँगला में बात कर रही थीं। ये भी यहाँ आकर बसाए गए और यहीं घुल-मिल गए। बाहरी होकर भी ये बाहरी नहीं रहे तो जंगल और बाहर वालों में फ़र्क़ कहाँ से बढ़ता जा रहा है? और यह लक्ष्मण? कह नहीं पाया लुदरू जीवन को, लेकिन शहर जाकर फ़ोन कर देगा, सावधान रहे जीवन लक्ष्मण से। आजकल सिर्फ़ गाली निकलती है उसके मुँह से। किसी में कोई अच्छाई नहीं दिखती उसे। लुदरू के लिए भी नफ़रत भरती जा रही है लक्ष्मण की आँखों में। दिखाई दे रहा है लुदरू को।

लेकिन यह बात भी अब पुरानी पड़ गई, लुदरू ने भुला दी।

वह ख़ुद ही, सोच-समझकर चला आया था गाँव? अपने बच्चे के हिस्से का बोझ ढोने? वापस आने के बाद उसने ज़्यादातर यही किया है। अब यह उसकी आदत बन चुकी है।

अक्सर उसका काम बोझ को एक ख़ास मुकाम तक पहुँचाना होता है। वह जानता है बोझ भरे भारी बोरों में क्या है, लेकिन कभी पूछता नहीं। उसने क्यों और कैसे-जैसे सवालों से अपना नाता तोड़ लिया है। अब तो वह अपने बेटे का साया बन चलना चाहता है, जब तक ख़ुद मर नहीं जाए, तब तक। बचपन में जिस कलेजे के टुकड़े को अपने से अलग कर बहन के घर छोड़ दिया था, अब उसकी देखभाल करने का जी करता है। अनोखे प्रायश्चित्त से भरा वह, ग़लत समझे जाने के बावजूद, बेटे पर ग़ुस्सा आने के बावजूद उसका साथ नहीं छोड़ता है।

वह देखता है कि आजकल कुछ बातों को लेकर लक्ष्मण और लुदरू के बीच तनाव होने लगा है। लुदरू अपने बेटे को अलग ले जाकर समझाता है—

''लक्ष्मण नेता बनना चाहता है, जीवन, बनने दे उसे, तू अपनी सच्ची राह पर चल, लक्ष्मण के लक्षण ठीक नहीं लगते। कभी पता किया है, पड़ोस के गाँव में कितना ग़ुस्सा है उसको लेकर... ? लोग उस पर भी इलज़ाम लगाते हैं, ज़ोर-ज़बर्दस्ती का, हर तरह की...।''

जीवन चुप है। आज वह लुदरू को झिड़कता नहीं। मतलब सब जानता है, लक्ष्मण भी उसी रास्ते चलने की कोशिश कर रहा है, जिस रास्ते सरकारी कर्मचारी चलते हैं, और जिनके ख़िलाफ़ वे सब लामबन्द हुए हैं। लुदरू जीवन को ले चिन्ता में पड़ जाता है। जीवन के लिए कठिन समय पैदा हो रहा है। अब इस नई तरह की मुश्किल को कैसे सुलझाया जाए?

जब दोनों बाप-बेटे चुपचाप मंत्रणा कर रहे हैं, तभी लक्ष्मण उन दोनों के बीच टपककर कहता है, लुदरू को मर जाने का शाप देती नज़रों से घूरते हुए—

''जीवन, दादा नेताम बाबू से मिला था, उन्होंने ही दादा को मेरे ख़िलाफ़ भड़काया है, तू जानता है न, हमारी लड़ाई को कमज़ोर करने की ये सब साज़िशें हैं, लोग तुझे और मुझे अलग करना चाहते हैं। याद है, कमांडर भी हमें यही बताते हैं, अफ़वाह दुश्मन का अस्त्र है। हमें उसकी चालाकी से बचना होगा।''

''नही-नहीं।'' लुदरू निराशा से धरती की ओर ताकता है। बाप और बेटे के बीच बारीक़ रेखा खिंच चुकी है।

''नेताम बाबू कोटवार है, तो क्या मेरा साथी हो जाएगा? मुझे बुद्धू समझते हो क्या? मैं उससे बात नहीं करता, कभी नहीं। जीवन, मेरी बात पर भरोसा करो। मुझे तो ये बात बोली है ईनू जोशी।''

''ईनू जोशी?'' जीवन और लक्ष्मण चौंक जाते हैं, ''अब यह एक और नई उलझन आ गई है क्या?''

''हाँ, वही टी.वी. वाली, ज़िला मुख्यालय में मिल गई थी, पहचान गई और जानकारी माँगने लगी। उसी ने बताया।''

''लेकिन कैसी जानकारी...माँग रही थी वह?''

"कुछ उड़ती ख़बर थी उसको, अपने गाँव के कुछ लोगों के बारे में। पड़ोसी गाँव आई थी, कोई स्टोरी कर रही है। उन्हीं लोगों ने उसे बताया है।"

लक्ष्मण चौकन्ना हो जाता है।

"और कैसी जानकारी दी दादा तूने?" जीवन की आवाज़ वही बर्फ़ वाली ठंडी है। क्या आज ही के दिन, अभी हाल खिंची बारीक़ रेखा और चौड़ी हो जाएगी और धरती फट जाएगी? इतना अविश्वास, उसका अपना बेटा कर कैसे पा रहा उसपे?

"कोई जानकारी नहीं दिए बेटा, बस जानकारी दिए अपने खाना-पीना और नाच-गाने की। चींटी की चटनी खाना चाहती है वह, किसी चैनल पर दिखाया गया था, बोल रही थी।"

लक्ष्मण का इन मलाईदार बातों से कोई लगाव नहीं, वह सोच में डूब जाता है। क्या हवा में बातें इतनी बढ़ गई हैं कि टी.वी. वालों को पता लग जा रहा है। कहीं ये ईनू जोशी भी सरकारी मुखबिर तो नहीं? अब देखकर तय करना होगा कि ईनू जोशी उनका किसी प्रकार का नुक़सान करने की क़ाबिलियत तो नहीं रखती। आज ही ज़िला मुख्यालय जा, उससे भेंट करनी होगी। पता लगाना होगा। बाक़ी काडरों को भी सावधान करना होगा।

आज हाट-बाज़ार का दिन है। अब हर सीजन में सब कुछ मिलता है, खाना पीना, कपड़ा-लत्ता सब, साड़ी-ब्लाउज़ से पैंट-शर्ट तक। बड़े मज़े का हाट है। रंगीन और ज़ायकेदार।

बड़ी मुश्किल से हाट के रंगीन ढेरों के बीच दोनों मित्र ईनू जोशी को खोज पाते हैं। खोजकर फिर देखते हैं। एकदम शहरी लड़की है। जोश से भरी। कुछ नया करना चाहती है। अपने कैमरामैन से बात कर रही है—

"कुछ जंगल शॉट्स से शुरू करते हैं, फिर, इस रंगीले बाज़ार के शॉट्स, फिर इन औरतों के गिलट के जेवरों, इनकी पोशाकों पर और फिर इन भोले-भाले आदमियों के शॉट्स भी। भोले-भाले आदमियों की शक्ल लक्ष्मण और जीवन से मिलती है, बस वे ग़लत जगह, ग़लत समय पर हैं। जाने-अनजाने में वे अब कैमरे की भीड़ का हिस्सा हो गए हैं।" गम्भीर क्षणों के बीच ईनू जोशी, गम्भीर कमेंटरी कर रही है। सब दम साधे सुन रहे हैं। हमेशा की तरह बड़ी मेहनत से उसने स्क्रिप्ट तैयार की है। पिछली स्टोरी के कंटीन्यूएशन में यह स्टोरी है।

"आइए, आज आपको ले चलते हैं, दंडकारण्य...यह दंडकारण्य है...रामायण, के युग का दंडकारण्य। यहीं राम, सीता और लक्ष्मण ने अपने वनवास के वर्ष बिताए और फिर तभी से उस कहावत की शुरुआत हुई, कि जो निर्वासित है, यह उनका घर है। इसके कई मतलब हम लोग अपने-अपने ढंग से लगा सकते हैं। लेकिन देखिए, यहाँ सब कुछ कितना सुन्दर है, यहाँ की लोककला, नृत्य और

लोग। लेकिन फिर भी क्यों हो रहा है, यहाँ इस तरह का डिस्टर्बेंस? क्या बाहर के लोग आकर यहाँ का देवत्व ख़त्म कर दे रहे हैं या चारों ओर कोई ग़लतफ़हमी फैली है... ? जब हमने गाँववालों से बात करने की कोशिश की तो उन्होंने कुछ भी कहने से इनकार कर दिया। कई बार वे ग़ुस्से में दिखे तो कई बार डरे हुए भी।''

ईनू जोशी, सुन्दर, गुड़िया-सी ईनू जोशी, सुन्दरता से कठोर सचों को पेश करती है। देश भर में लोग उसके चैनल को गम्भीरता से देख रहे हैं और पक्ष-विपक्ष में अपने तर्क रख रहे हैं।

जीवन और लक्ष्मण, बहुत दिनों बाद खुलकर हँसते हैं और ख़ूब सारी महुआ ख़रीदते हैं। गाँव तक वापस पहुँचते-पहुँचते वे जकड़ देनेवाले नशे में भर जाते हैं। जीवन सोए हुए दादा को जगाकर कहता है—

''दादा, तुम ठीक कह रहे थे, ईनू जोशी को तुम कुछ नहीं बताए, वो हमको नहीं पहचानी, खोजबीन में लगी ज़रूर है, लेकिन कुछ ज़्यादा जानती नहीं। पता चला कल लौट जा रही है। अब सब ठीक है।''

यह सुन लुदरू का दिल दुख से फट जाता है, वह उसी फटे दुख से पूछता है—

''तुम क्या सोचे थे, हम तुम्हारी पहचान दूसरों को बता देंगे क्या कभी?''

''हम नहीं लेकिन लक्ष्मण बोला था, डोकरा तो सरकारी आदमी है, पता नहीं कब सरकार से मिल जाए!''

''अगर मिलना ही होता तो क्या हम नौकरी छोड़ तुम्हारे पास चले आते?''

''न, न...'' कर लक्ष्मण और जीवन वहीं झोंपड़ी के बाहर गोबर से पुती ज़मीन पर सोने लगे।

यह सोने से पहले ही हुआ होगा। वरना नींद में बोले शब्द तो कम ही समझ में आते हैं।

यह जो लुदरू ने सुना था—

''शनिवार को राजधानी से कई बड़े अफ़सर आ रहे हैं जंगलवालों की समस्या सुनने, तभी याद है न बीस किलोमीटर दूर से ही धरती को बाँध देना है।''

लुदरू को बिलकुल समझ में नहीं आता है कि दोनों में से कौन यह बोलकर सोया है। सोने से पहले किसके रहे हैं ये अन्तिम शब्द? लुदरू मानना नहीं चाहता कि जीवन ने कहे हैं ये शब्द। लुदरू और उसके जीवन का सम्बन्ध क्या आज यहीं समाप्त हो गया? क्या लुदरू वाक़ई अब इनके बीच का नहीं रहा? कोई और हो गया है? क्या उसके ख़ून में मिलावट आ गई है? जो उसे ये सारी बातें सुन बिलकुल अच्छा नहीं लग रहा है। ऐसा क्यों लग रहा है जैसे उसे उसका जीवन उचाटता के आकाश में धकेल दे रहा है? जहाँ सिर्फ़ ख़ालीपन है, कहीं आदमी नहीं, जन नहीं, रिश्ता नहीं, बस सब ख़ाली-ख़ाली।

सोचते-सोचते उसकी आँख झपकने लगती है। वह अपने ऊबड़-खाबड़ सपने में अपने साहब जैसे कुछ साहबों को देखता है। ईनू जोशी जैसी गुड़िया को देखता है। अपने गाँव की दरिद्रता और कमतरी को देखता है। आसपास के सन्नाटे को देखता है और उसी के बीच, सच्चे जज़्बे से भरे अपने लड़के जीवन को देखता है, दादा तू चिन्ता मत कर, मैं बदलाव लाऊँगा। वह और गहरी नींद में भटकता है, तभी गाँव की किसी औरत की चीत्कार सुनाई देती है, और वह चौंककर उठ जाता है। यह सपना नहीं है, यह सिनेमा नहीं है, यहाँ ईनू जोशी का चैनल भी नहीं है। यह औरत जो गहरी पीड़ा से भरकर रो रही है, यह तो दरअसल जीवन की माँ है, जो जीवन के पैदा होने के कुछ ही साल बाद मर गई थी। उसी के मरने के बाद तो वह भागा था यहाँ से दूर, आज वह फिर आवाज़ दे रही है, आज फिर भागना होगा, लगता है। सोचते-सोचते, वह झोंपड़ी के अन्दर जाता है अपने गमछे को गले में लपेटता है, अपनी लम्बी बाँस की लाठी को हाथ में पकड़ता है, और झोंपड़ी से बाहर निकलने को होता है, तो उसे कोने में टँगा, वह लाल झंडा दिख जाता है जिसे ऊँचा उठाकर उसने टी.वी. कैमरे में पोज़ किया था, जिसके लिए और जिसके पीछे से झाँकते-मुस्कुराते अपने बेटे के लिए वह सब कुछ छोड़कर यहाँ चला आया था। वह झंडे को एक हाथ में उठाए, बड़ादेव के जंगल के पास दौड़ने लगता है। गाँव से बीस किलोमीटर दूर। ज़िला मुख्यालय जानेवाली कच्ची सड़क पर।

गाँव के सब लोग सोए रहते हैं। लुदरू दौड़ा चला जाता है। हाँ, रास्ते में उसी के गाँव का पटेल अपनी मोटरसाइकिल पर ज़िला मुख्यालय की ओर जाता दिखाई पड़ता है। आज बहुत सरकारी अफ़सर आ रहे हैं, उन्हीं की अगुवाई में जा रहा है शायद। वह लुदरू को कच्चा रास्ता पकड़ते देख पूछता है—

"कहाँ दादा?"

लुदरू शान से मुस्कुराते हुए अपना झंडा लहराता है और पटेल को वहीं हतप्रभ छोड़ आगे बढ़ जाता है।

अँधियारा मिटने को है। भोर होने को है। ऐन भोर होने के साथ-साथ ही दंडकारण्य की पवित्र पावन भूमि पर एक साथ शहादत के कई धमाके होते हैं।

बँधी हुई धरती खुल जाती है। चारों ओर दरारें पड़ जाती हैं।

एक लाल झंडा हवा में उछलकर कहीं खो जाता है।

किसी के हताहत होने की कोई अफ़वाह नहीं उड़ती।

फिर थोड़ी देर बाद अशोभन शान्ति पसर जाती है।

कोई अफ़सोस नहीं करता है।

●●●